55位革命先烈、英雄模范

55份家书、遗嘱、自述、入党志愿书……

55篇催人泪下的红色故事

用热血和生命筑就的革命理想与忠诚

让信仰之火熊熊不息

让红色基因融入血脉

让红色精神激发力量

字里行间

★ 和山 书文 ◎ 编著

共产党人的初心与使命

北京出版集团
北京人民出版社

图书在版编目（CIP）数据

字里行间：共产党人的初心与使命／和山，书文编
著. — 北京：北京人民出版社，2019.1
ISBN 978-7-5300-0386-2

Ⅰ．①字… Ⅱ．①和… ②书… Ⅲ．①中国文学—当
代文学—作品综合集 Ⅳ．①I217.1

中国版本图书馆 CIP 数据核字（2018）第 182634 号

字里行间：

共产党人的初心与使命

ZILI HANGJIAN

和山 书文 编著

*

北 京 出 版 集 团
北 京 人 民 出 版 社 出版

（北京北三环中路 6 号）

邮政编码：100120

网 址：www.bph.com.cn

北 京 出 版 集 团 总 发 行

新 华 书 店 经 销

河北宝昌佳彩印刷有限公司印刷

*

787 毫米×1092 毫米 16 开本 17.25 印张 230 千字

2019 年 1 月第 1 版 2022 年 2 月第 5 次印刷

ISBN 978-7-5300-0386-2

定价：49.00 元

如有印装质量问题，由本社负责调换

质量监督电话：010-58572393

目 录

导　读

习近平总书记在党的十九大报告中指出："中国共产党人的初心和使命，就是为中国人民谋幸福，为中华民族谋复兴。这个初心和使命是激励中国共产党人不断前进的根本动力。"[①]

不忘初心，方得始终。党的十九大提出，"以县处级以上领导干部为重点，在全党开展'不忘初心、牢记使命'主题教育"。为了配合主题教育，我们编写了《字里行间：共产党人的初心与使命》。

本书紧紧围绕"初心"这个主题，选取革命、建设和改革开放新时期55位革命先烈、英雄模范人物的家书、诗章、箴言、遗嘱、自述、入党志愿书、日记和电报等八类文字，从字里行间体会"为中国人民谋幸福，为中华民族谋复兴"的初心和使命，彰显坚定的共产主义信仰，全心全意为人民服务的宗旨，为主题教育活动提供学理性、鲜活性的读物。

本书内容突破只选取新民主主义革命时期英烈人物遗文的做法，而是涵盖革命（42人）、建设（8人）和改革开放（5人）三个时期，既突出了重点，也兼顾了不同历史时期。

[①]　习近平：《决胜全面建成小康社会　夺取新时代中国特色社会主义伟大胜利——在中国共产党第十九次全国代表大会上的报告》（2017年10月18日），人民出版社2017年版，第1页。

　　本书撰写手法突破以往仅收录遗文并简单注释的形式，而是采取缘由、原文、延伸阅读、品读四段式。其中"延伸阅读"围绕主题讲故事、写人物，"品读"结合原文主题，使用新时代新思想加以诠释，高屋建瓴，突出时代主题。

　　由于时间仓促，作者水平有限，书中难免有疏漏或错误之处，敬请读者批评指正。谢谢！

和山　书文

2018年4月

我们抢前去迎未来的文化吧

——高君宇①致女友石评梅的信

1921年4月16日

在北京山西会馆的一次聚会上，高君宇结识了山西同乡石评梅，不久成为恋人。石评梅很有才华，经常写文章宣传新思想、新文化，被誉为"女界杰出之秀"。但她多愁善感，作品中总是充满着忧伤、低沉的情调。在给高君宇的信中，石评梅说自己"有说不出的悲哀"。于是，高君宇给女友回了这封信。

高君宇

评梅②先生：

十五号的信接着了，送上的小册子接着了吗？

来书嘱以后行踪随告。俾相研究，当如命；惟先生以"自弃"自居，视

① 高君宇（1896—1925）：原名高尚德，字锡三，山西娄烦人。1920年3月，在李大钊指导下组织北京大学马克思学说研究会；同年冬，加入北京中国共产党早期组织；11月，被选为北京社会主义青年团书记。1921年，加入中国共产党，是中国共产党第二、三届中央委员。1925年3月6日在北京病逝，时年29岁。

② 石评梅（1902—1928）：原名石汝璧，笔名评梅，山西平定人。中国现代女作家。1919年考入北京女子高等师范学校体育系。1920年结识高君宇，1923年留校任附中女子部主任兼国文、体育教员。她一生创作大量诗歌、散文、游记、小说等。1928年9月18日患脑膜炎，30日病逝于北京协和医院，时年26岁。

我能责以救济，恐我没有这大力量罢？我们常通信就是了！

"说不出的悲哀"，这恐是很普遍的重压在烦恼之青年口下一句话罢！我曾告你我是没有过烦闷的，也常拿这句话来告一切朋友，然而实际何尝是这样？只是我想着：世界而使人有悲哀，这世界是要换过了；所以我就决心来担我应负改造世界的责任了。这诚然是很大而烦杂的工作，然而不这样，悲哀是何时终了的呢？我决心走我的路了。所以对于过去的悲哀，只当着是他人的历史，没有什么迫切的感受了。有时忆起些烦闷的经过，随即努力将他们勉强忘去了。我很信换一个制度，青年们在现社会享受的悲哀是会免去的——虽然不能完全，所以我要我的意念和努力完全贯注在我要做的"改造"上去了。我不知你为何而起了悲哀，我们的交情还不至允许我来追问你这样，但我可断定你是现在世界桎梏下的呻吟啊！谁是要我们青年走他们烦闷之路的？——虚伪的社会吧！虚伪成了使我们悲哀的原因了。我们挨受的是他结下的苦果！我们忍着让着这样，唉声叹气了去一生吗？还是积极的（地）起来，粉碎这些桎梏呢？都是悲哀者，因悲哀而失望，便走了消极不抗拒的路了；被悲哀而激起，来担当破灭悲哀原因的事业，就成了奋斗的人了。——千里程途，就分判在这一点！评梅，你还是受制于命运之神吗？还是诉诸你自己的"力"呢？

愿你自信：你是很有力的，一切的不满意将由你自己的力量破碎了！过度的我们，很容易彷徨了，像失业者踯躅在道旁的无所归依了。但我们只是往前抢着走吧！我们抢上前去迎未来的文化吧！

好了，祝你抢前去迎未来的文化吧！

君宇　静庐

一六·四·一九二一①

---

① 《红色家书》编写组编：《红色家书》，党建读物出版社2016年版，第6—7页。

生如闪电 死如彗星

我是宝剑，

我是火花。

我愿生如闪电之耀亮，

我愿死如彗星之迅忽！

这首小诗，是90多年前高君宇题在自己的照片后边的，而今刻在北京陶然亭公园高君宇墓碑上。

高君宇有过包办的不幸婚姻，对石评梅有火一般的恋情。为了表明自己对爱情的忠贞，高君宇特意从广州买了两枚象牙戒指。一枚连同平定商团叛乱时用过的子弹壳，寄给北京的石评梅作为生日留念；另一枚戴在自己的手上。

爱情是可贵的，但高君宇始终把社会使命放在首位。他在一封信中对石评梅说："我有两个世界的，一个世界一切都是属于你的，我是连灵魂都永禁的俘虏；在另一个世界里，我是不属于你的，更不属于我自己，我只是历史使命的走卒！"

1924年11月，高君宇随孙中山北上，到达后因肺病住进北京德国医院治疗。当病情稍有好转时，他就要求出院，德国主治大夫可棣只好答应了他的要求，但嘱咐他：出院后一定要静养6个月。高君宇明知自己身体上的"数架机器不堪耐用"，但还是忘我地投入工作。

1925年3月1日，国民会议促成会第一次全国代表大会在北京开幕。高君宇被推举为代表，带病出席。3月2日，他突发阑尾炎，腹痛难耐，但他仍然坚持开会。到了3月4日，他实在支持不住了。弟弟高全德把他送到协和医院，大夫诊断为急性盲肠炎，马上开刀。但来得太晚了，阑尾炎导致败血症。3月6日零点25分，高君宇不幸病逝。

高君宇、石评梅塑像

当石评梅赶到医院时，只见病床上空荡荡的。床头柜上，除了一张高君宇的照片，其他什么也没有。这张照片，就是两个月前高君宇出院那天，站在医院枯萎的草坪上，石评梅为他照的。3月29日，高君宇追悼大会在北京大学三院礼堂举行。石评梅送的挽联挂在遗像两旁：

碧海青天无限路

更知何日重逢君

追悼会之后，按照高君宇生前的愿望，他被葬在了陶然亭畔。

陶然亭的名字取自唐代诗人白居易"更待菊黄家酿熟，共君一醉一陶然"。陶然亭不但是高君宇生前经常秘密活动的地方，也是他和石评梅常常漫步的地方。

高君宇突然逝世，对石评梅犹如晴天霹雳。她后悔当初抱定"冰雪友谊"的藩篱，没有和高君宇走到一起。她把对高君宇的思念，融入一首首诗篇中。"假如我的眼泪真凝成一粒一粒珍珠，到如今我已替你缀织成绕你玉颈的围巾。假如我的相思真化作一颗一颗红豆，到如今我已替你堆集永久勿忘的爱心。"以后，石评梅经常到高君宇墓前凭吊。春天，她和着春风来；夏天，她迎着酷暑来；秋天，她踏着落叶来；冬天，她冒着飞雪来。墓前石板上，一次次留下她娟秀的字体——"我来了"。

1928年9月18日，在西拴马桩8号寓所，石评梅突然感到剧烈头痛。她觉得身体不舒服是常事，所以还是照常去学校教书。但病情日益加重，她被送进旧刑部街的山本医院，不久开始昏迷。23日，转到协和医院，诊断为脑膜炎。30日，年仅26岁的才女石评梅病逝于北京协和医院，在泣血哀吟中走完了短暂的一生。根据她生前的愿望，人们把她葬于陶然亭内高君宇墓旁，并建造了一座同高君宇墓碑相同的墓碑，后人统称两墓为"高石之墓"。"生前未能相依共处，愿死后得并葬荒丘。"

高君宇生前与周恩来是同志、战友。1956年6月3日，周恩来在审查北京城市规划总图时，赞成保留高石之墓及墓碑，并深情地说："革命与恋爱没有矛盾，留着它对青年也有教育意义。"

【品读】

"生如闪电之耀亮"的青年先锋高君宇，在十月革命的影响下，经过五四运动的锤炼，坚定了马克思主义信仰。在李大钊的领导下，发起组织北京大学马克思学说研究会，在长辛店创办工人子弟学校，建立工人俱乐部，领导发动北方早期的工人运动。1920年冬，他成为北京共产党早期组织的成员。

在给石评梅的信中，他鼓励女友走出个人情感的"说不出的悲哀"，要"抢前去迎未来的文化"，而这"未来的文化"就是无产阶级革命文化。无产阶级革命文化熔铸于新民主主义革命斗争中，彰显着共产党人的初心与信仰。正是这种初心与信仰，让高君宇充满力量，奔波不息。积劳成疾时刻，他全然不顾个人安危，为革命献出了自己的生命，如彗星般迅忽，让人惋惜。但是，如同闪电，高君宇划破了旧世界的黑暗，悄然点亮中国的未来。

从容莫负少年头

——何孟雄①黑龙江陆军监狱作《狱中题壁》

1922年底

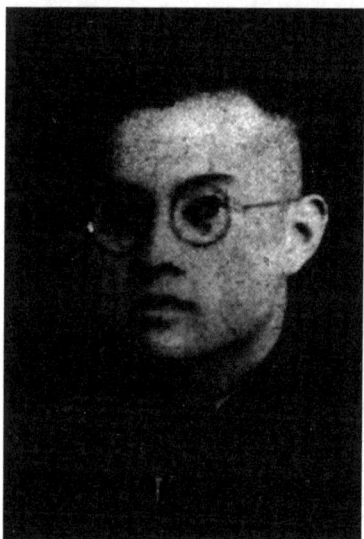

何孟雄

1922年底，何孟雄等人离开北京赴苏联出席伊尔库茨克远东大会。北洋政府密探关谦侦知后，向北洋政府步军统领王怀庆密报。当何孟雄行至满洲里时，被奉系军阀逮捕并关押在黑龙江陆军监狱，严刑拷打。何孟雄英勇不屈，在狱中写下了这首《狱中题壁》。为纪念这一事件，他特地取了"江囚"这个笔名。

---

① 何孟雄（1898—1931）：湖南酃县（今炎陵县）人。原名定礼，字国正，号孟雄。1920年加入北京大学马克思学说研究会，参加北京共产党早期组织。1921年加入中国共产党，任中共北京地委书记，领导京绥铁路车务工人大罢工、京汉铁路工人大罢工。同年10月9日，与中国共产党第一位女党员缪伯英结为夫妻。1926年起先后任中共唐山地委书记、中共湖北区委组织部部长、中共江苏省委委员。1931年1月在上海被捕，2月7日英勇就义，时年33岁。

狱中题壁

当年小吏^①陷江州，

今日龙江^②作楚囚^③。

万里投荒阿穆尔，

从容莫负少年头。^④

【延伸阅读】

党史上的"英雄"夫妻

1921年10月9日，星期天又逢重阳节，北京中老胡同5号正在举行一场热闹的婚礼。新郎叫何孟雄，新娘叫缪伯英，这是中共历史上一对著名的"英雄"夫妻。1920年11月，他俩一块儿从社会主义青年团转入北京共产党小组，成为最早的一批党员，而且缪伯英还是中国共产党第一位女党员。

按照北京共产党支部要求，何孟雄到长辛店、唐山、南口等地调查研究，开展工人运动。他经常步行往返六七十里，去长辛店给工人讲课，与大家话家常、聊生活，被工人们视为贴心人。他以密查员身份为掩护，深入张家口铁路工人宿舍，和工人们坐在一起聊天、讲故事、说时事，启发大家的觉悟。 1923年2月，京汉铁路工人举行大罢工，何孟雄参与领导北段罢工。2月4日起，他和罗章龙、高君宇等坚守在北京前门车站，密切关注长辛店、郑州及汉口工人斗争，联络协调统一行动。7日，罢工遭到镇压。何孟雄与缪伯英、罗章龙、高君宇等一起，在景山东北的骑河楼，秘密编辑《京汉工

---

① 小吏：指宋江。宋江曾是郓城县小吏，在江州因题反诗被捕。

② 龙江：指黑龙江，俄文名为"阿穆尔河"。

③ 楚囚：楚国宫廷琴师钟仪被郑国俘虏献给晋国，称"楚囚"。

④ 中共中央宣传部宣传教育局：《重读先烈诗章》，中华书局2016年版，第63页。

人流血记》，并到长辛店组织救护，慰问受伤工人、援助失业工人。为合理发放募集来的救济物品，缪伯英到受难工人的家里，逐一了解，及时把救济物品送到他们手中。

1924年5月21日清晨，京师警察厅侦缉队包围了腊库胡同16号玄坛公寓，中华全国铁路总工会干事张国焘与新婚妻子杨子烈被捕后，向京师警察厅供出李大钊等45人的名单。5月30日，京畿卫戍司令王怀庆密咨内外部总长"请转令严拏共产党李大钊等归案"。得到这个消息后，缪伯英由何孟雄护送，告别北京，南下回到自己的家乡湖南长沙。

大革命失败后，1927年秋，受党组织派遣，缪伯英与丈夫何孟雄一起秘密来到十里洋场的上海。何孟雄化名刘元和，表面是韩昌书店的店员，实际在党内担任中共江苏省委委员；缪伯英化名廖慕群，在华夏中学当物理教师，实际担任上海沪东区妇委会主任。

夫妻俩先在成都路小菜市场附近安家，但不能在一个地方久住。不久，又在法租界汉壁礼路1225号"新家"团聚。除了经常搬家，夫妻俩也做好了为革命牺牲的思想准备。缪伯英多次叮嘱做秘密交通工作的缪位荣（缪伯英族兄，同时兼管家务、带孩子）："我们如果有两个晚上没有回来，你就搬家，以减少不必要的牺牲。"

为了开展秘密工作，缪伯英除了教书，还要到工厂做女工的思想工作，时常天未亮出门，夜深才归，回到家也不能立刻就睡，还要照顾年幼的一双儿女。1929年10月下旬，积劳成疾的缪伯英染上了伤寒，被送进黄浦区汉口路515号德国人开办的宝隆医院25号病房。

缪伯英的病越来越重，医生也回天无术。生命垂危之际，缪伯英与丈夫何孟雄诀别："既以身许党，应为党的事业牺牲，奈何我因病行将逝世，未能战死沙场，真是恨事！孟雄兄，你要坚决与敌斗争，直到胜利！你若续娶，要能善待重九、小英两孩，使其健康成长，以继我志。"缪伯英去世后，她的灵柩暂厝上海扬州会馆。

当时党内弥漫着"左"倾冒险主义，何孟雄反对"直接进攻"的蛮干，结果被扣上"调和派"的帽子。但他没有屈服，对欧阳立安说："一个革命战士，要像暴风雨中的海燕，经得起斗争的考验。"王明"左"倾教条主义错误在党中央占据统治地位后，何孟雄被共产国际代表米夫指名批评，被王明等人扣上"右倾机会主义代表""右派领袖""反党、反国际"等罪名，屡遭公开点名批判。但他仍一如既往，不屈不挠地坚持斗争。

中共六届四中全会结束不久，由于叛徒告密，1931年1月17日晚间，上海警察局联合公共租界工部局，

缪伯英与儿子何重九在湖南第一女子师范学校（1925年9月）

在中山旅社抓捕了何孟雄。一到上海淞沪警备司令部军法处看守所龙华监狱，何孟雄等刚下车，就被钉上脚镣。看守得意扬扬地对在押犯人说："这是真正的共产党，你瞧他们一进来便钉镣了。"

1931年2月7日夜晚，龙华监狱的看守长亲自一一点名，看守们到号子内用手电筒仔细检查，点完一间号子便锁上一间。半个小时后，看守们打开铁栅门，按着名单点了23人并对被提出的人说："恭喜你们解南京，快开释了。"何孟雄、林育南、李求实等23位共产党员，拖着沉重的铁镣走向刑场。法官在小桥前安放一张茶几，放着每人的照片，挨个核对，然后向他们宣判死刑。过了小桥，在方塔旁的大树下，23人排成两行。突然，背后响起行刑队的枪声，何孟雄等人倒在血泊之中。后来，龙华监狱关押的革命者赋诗纪念这23位烈士："龙华千古仰高风，壮士身亡志未穷。墙外桃花墙里血，一般鲜艳一般红。"①

何孟雄牺牲了，他的两个孩子何重九、何小英在龙华监狱关了一年多后被送进了孤儿院。1932年1月28日，日军进攻上海时，两个孩子失散在战火中，至今杳无音信。

【品读】

何孟雄曾说："一个革命战士，要像暴风雨中的海燕，经得起斗争的考验。"他将囚禁当作一次磨炼，没有丝毫畏惧。"万里投荒阿穆尔，从容莫负少年头。"身陷囹圄，尚如此从容不迫，足见其信仰之坚贞、精神之乐观，这种精神品质始终贯穿着何孟雄的革命生涯。党的六届七中全会通过的《关于若干历史问题的决议》中曾这样评价："何孟雄等二十几个党的重要干部，他们为党和人民做过很多有益的工作，同群众有很好的联系，并且接着不久就被敌人逮捕，在敌人面前坚强不屈，慷慨就义……所有这些同志的无产阶级英雄气概，乃是永远值得我们纪念的。"②

何孟雄、缪伯英夫妇，一个名字中有"英"，一个名字中有"雄"，后来被誉为党史上的"英雄"夫妻。他们为革命奉献了自己的一切，这就是中国共产党人"为中国人民谋幸福，为中华民族谋复兴"初心和使命的典型诠释。

---

① 曹仲彬：《何孟雄》，《中共党史人物传》（第四十九卷），陕西人民出版社1991年版，第231页。
② 《关于若干历史问题的决议》，《毛泽东选集》（第三卷），人民出版社1991年版，第964—965页。

我要救中国最大多数的劳苦群众

——俞秀松①致父母亲的信（摘录）

1923年1月10日

1922年8月，俞秀松以个人名义加入国民党，赴福州参加孙中山领导的讨伐陈炯明北伐军，任东路讨伐军总司令部参谋处一等书记官。12月，他在福州收到父母亲的来信。于是，他回了这封信，表示准备用革命手段，"救中国最大多数的劳苦群众"。

俞秀松

父母亲：

十二月十六日寄来的信，于二十二日收到。……父亲，我的志愿早已决定了：我之决定进军队是由于目睹各处工人被军阀无礼的（地）②压迫，我要救中国最大多数的劳苦群众，我不能不首先打倒劳苦

---

① 俞秀松（1899—1939）：浙江诸暨人。又名俞寅初。1920年8月加入中共上海早期党组织。1925年率中共中央选派的103人赴莫斯科中山大学学习。1935年受苏共派遣，出任支援新疆"省立一中"校长和新疆学院院长，并任反帝联合总会秘书长。后被王明诬为托派，1938年被押回苏联，次年在莫斯科被枪毙，年仅40岁。1962年，被中华人民共和国中央人民政府追认为烈士。
② 编者加，（　）目的是注释错别字、异体字等，本书后同。

我要救中国最大多数的劳苦群众

俞秀松烈士光荣纪念证

群众的仇敌——其实是全中国人的仇敌——便是军阀。进军队学军事知识，就是打倒军阀的准备工作。这里面的同事大都抱着升官的目的，他们常常以此告人，再无别种抱负了！做官是现在人所最羡慕最希望的，其实做官是现在最容易的事，然而中国的国事便断送在这般人的手中！我将要率同我们最神圣最勇敢的赤卫军扫除这般祸国殃民的国妖！做官？我永不曾有这个念头！父亲也不致有这样希望我吧。

……

家中现在如何？我很记念。我所最挂心者还是这些弟妹不能个个受良好的教育，使好好一个人不能养成社会上有用的人——更想到比我弟妹的命运更不好的青年们，我不能不诅咒现在的制度杀人之残惨了！我在最近的将来恐还不能帮忙家中什么，这实在没法想呢。请你们暂且恕我，我将必定要总报答我最可爱的人类！我好，祝我父亲、母亲和一切都好！

秀松

中华民国十二年一月十日于福州布司埕①

---

① 吴青岩主编：《品读红色家书》，中央文献出版社2006年版，第132—133页。

俞秀松与"同妹"的爱情故事

俞秀松——中共上海早期党组织最年轻的发起人、中国社会主义青年团的创建人、中国共产党第一批赴苏学习的人，1939年2月21日，却在苏联肃反扩大化中遇害。

1935年6月，联共（布）中央决定派俞秀松（担任组长）等25人组成的小组进入新疆开展工作。新疆"边防督办"盛世才任命他为省立一中校长、新疆学院院长，并兼任自己的二妹盛世同和自己女儿的家庭教师。渐渐地，盛世同对这位家教有一种相见恨晚的感觉；从未谈过恋爱的俞秀松，内心也悄然滋生了对这位美丽清纯、追求进步的姑娘的爱慕。很快，两人便到了谈婚论嫁的阶段。由于俞秀松身份特殊，经过斯大林批准后，1936年7月28日，37岁的俞秀松和21岁的盛世同，在新疆迪化（今乌鲁木齐）风景如画的西公园（今乌鲁木齐市人民公园）朝阳阁，举行隆重的婚礼。苏联迪化总领事阿毕列索夫、领馆秘书安铁列夫代表斯大林送来一箱衣物和高级化妆品作为贺礼，还派来一个电影摄影组，摄制一部电影纪录片。

1937年12月，王明以共产国际常委和中共驻共产国际代表身份，从苏联回延安。途经新疆时，他告诉盛世才，援疆的25人都是托派，借盛世才之手

俞秀松与盛世同的结婚照

将俞秀松等人逮捕入狱。妻子安志洁①探监时，他勉励说："坐牢是革命者的家常便饭。要革命就不怕杀头。革命者是杀不完的。为革命献身是光荣的。"②王明、康生等人到延安后，又诬蔑俞秀松等为"在苏联的中国托洛茨基匪徒"③。

1938年6月的一天，俞秀松被押解到迪化机场，一架苏军飞机停在那里。生离死别之际，他紧紧抱住妻子，含泪说："同妹！你要坚强，多保重，但愿我们能重逢。"马达响了，飞机腾空而起，他手拿帽子，从机窗口不断向妻子挥手。机场一别，竟成永诀。苏联肃反扩大化时，俞秀松被枪杀在莫斯科郊外。

中华人民共和国成立后，在公婆劝说下，又征得母亲首肯，安志洁与俞秀松的四弟俞寿臧结为夫妻。1962年，政府为俞秀松的家属颁发了烈士光荣纪念证。但由于康生的阻挠，俞秀松的事迹不能在报刊上公开宣传。党的十一届三中全会后，俞秀松的冤案才得到平反昭雪。④

【品读】

马克思、恩格斯在《共产党宣言》中庄严宣布："过去的一切运动都是少数人的或者为少数人谋利益的运动。无产阶级的运动是绝大多数人的、为绝大多数人谋利益的独立的运动。"⑤这就是中国共产党的初心之源。俞秀松身上就体现了这种初心。早在1920年的时候，俞秀松到北京求学，就决心要"实验我的思想生活，想传

---

① 俞秀松被捕后，盛世同更名为"安志洁"。

② 安志洁：《忆秀松》，《青运史资料与研究》（第三辑），第175页。

③ 康生：《铲除日寇侦探民族公敌的托洛茨基匪徒》，《解放》，1938年第30期（1938年2月8日出版）。

④ 罗征敬：《何孟雄》，《中共党史人物传》（第二十五卷），陕西人民出版社1985年版，第23页。

⑤ 马克思、恩格斯：《共产党宣言》，人民出版社1997年版，第38—39页。

播到全人类"。对于做官却"永不曾有这个念头"。入党后，他更是立志做大事——"要救中国最大多数的劳苦群众"。

人民性特质是中国共产党与生俱来的显著特征和优良品质，是马克思主义政党永葆政治本色的根本标志。中国共产党人始终把全心全意为人民服务、诚心诚意为人民谋幸福作为党的最高利益和核心价值，习近平总书记强调指出："人民对美好生活的向往，就是我们的奋斗目标。"①必须"坚持以人民为中心的发展思想，统揽伟大斗争、伟大工程、伟大事业、伟大梦想，统筹推进'五位一体'总体布局，协调推进'四个全面'战略布局，奋力开创新时代中国特色社会主义事业新局面！"②

---

① 习近平：《人民对美好生活的向往，就是我们的奋斗目标》，《习近平谈治国理政》（第一卷），外文出版社2014年版，第4页。

② 习近平《在十三届全国人民代表大会第一次会议上的讲话》，《人民日报》，2018年3月21日第2版。

儿生性与人不同，最憎恶的是名与利

——邓恩铭①致父亲邓国琮的信

1924年5月8日

1921年春，中共山东早期党组织成立后，邓恩铭赋诗抒怀："读书济世闻鸡舞，革命决心放胆尝。为国牺牲殇是福，在山樗栎寿嫌长。"1924年，父亲邓国琮来信希望他"谋阔差光宗耀祖，早订婚传宗接代"。早已立下共产主义大志的邓恩铭，5月8日给父亲回了这样一封信。

父亲大人：

不写信又三个月了，知双亲一定挂念，但儿又何尝不惦念双亲呢。儿一切很好，想双亲及祖母……均安康如常？

儿生性与人不同，最憎恶的是名与利，故有负双亲之期望，但所志既如此，亦无可如何。再婚姻事，已早将不能回去完婚之意直达王家。儿主张既

---

① 邓恩铭（1901—1931）：又名恩明，水族，贵州荔波人。山东中共党组织的创始人、中国共产党创始人之一，中共一大代表。1927年党的五大后，任中共山东省执行委员会书记。1929年1月，由于叛徒告密在济南被捕；1931年4月5日，在济南纬八路刑场英勇就义，时年30岁。

定，决不更改，故同意与否，儿概不问，各行其是也。三爷与印寿回南，儿本当同行，奈职务缠身，无法摆脱，故只好硬着心肠不回去。印寿如到荔，问他就知道儿一切情形了。儿明天回青岛，仍就原事。余后续禀，肃此敬请

福安　并叩

祖母万福　顺祝

阖家清吉

男　恩明谨禀^①

【延伸阅读】

囹圄悲歌

邓恩铭等人1929年1月被捕后，被关押在济南警察局看守所。经过几次绝食斗争，狱友们获得了读书看报的待遇。邓恩铭从报纸上看到，《中日济案协定》规定：山东境内日军自签字之日起，两个月内完全撤出。于是，他向狱中党组织提出：趁日军撤出、国民党势力接管济南的混乱之机，发动越狱。他的主张得到狱中党员的赞同。

就在邓恩铭与狱室党员秘密联系时，越狱计划不慎被一个动摇分子知道了，这家伙企图告密。无奈，4月19日晚，仓促举事。在邓恩铭的指挥下，19人冲出监狱。由于准备不足，除杨一辰一人逃出外，邓恩铭等18人又先后被抓回看守所，受到严刑毒打。

邓恩铭等5人又组成越狱领导小组，决定寻找机会第二次越狱。这时，日军按协定要求已完全撤出山东，暂驻泰安的国民党山东省政府也迁入济南，国民党蒋介石反动势力完全控制山东。

狱外党组织根据邓恩铭信中的暗示，把钢锯条等秘密带进监狱。为筹集

---

① 《红色家书》编写组编：《红色家书》，党建读物出版社2016年版，第19页。

儿生性与人不同，最憎恶的是名与利

17

1920年秋，为表情怀，邓恩铭站在历下亭吟出："无情最是东流水，日夜滔滔去不停。半是劳动血与泪，几人从此看分明。"

越狱后的疏散费用，何志深说动看守，把自己的一只金兜链拿出去变卖了80块钱。越狱领导小组把狱中的其他党员，按身体强弱做了搭配，分为3个小队，还给3个小队负责人分别绘制了从各囚室到监狱大门的线路图。

转眼间济南进入一年中最炎热的7月，狱中党组织得悉，南京政府组建了"中央特别军法会审委员会"，提出对山东过去判决的政治犯重新审判，轻判重、重判死。越狱领导小组将越狱计划提前到7月21日。

7月21日是星期天，看守比平时相对松懈。午饭后，大家悄悄将镣铐锯断卸去，系好鞋带，扎紧腰带，带上装有石灰粉的信封。下午4点，送饭的看守一打开牢房门，在邓恩铭的示意下，第一小队几个身强力壮的党员，以迅雷不及掩耳之势，将看守打倒卡死，拿起看守的枪冲出牢房。第二、三小队也迅疾冲出牢房，奔向监狱大院。监狱大门上的两个看守与一个值班人员被这突如其来的冲击吓蒙了，回过神想举枪时，难友们用石灰包一齐打向看守，3个家伙被打得睁不开眼，不停地咳嗽、打喷嚏。

3个小队的难友们冲上大街，按原计划迅速分路疏散。由于行动提前，再加上山东省委刚遭到严重破坏，所以无人接应。狱友们长期囚禁，遭受严刑毒打，身体孱弱，没跑多远就上气不接下气。另外，狱友们穿着和相貌与众不同，难以融入老百姓中。当邓恩铭在原省委交通员王永庆背负下，好不容易进入一个小胡同口时，发现许多军警从马路两端围过来。邓恩铭对王永庆说："放下我吧。你身体好、武功强，对济南还熟悉，赶紧逃出去，要不我们的心血就白费了。"在邓恩铭的再三催促下，王永庆挥泪与他分手。[①]越狱的18名共产党员中，除何志深、王永庆等6人逃脱外，邓恩铭等12人又被捕回监狱。

1931年3月，邓恩铭在狱中留下诀别诗："卅一年华转瞬间，壮志未酬奈何天；不惜惟我身先死，后继频频慰九泉。"4月5日，邓恩铭等22位共产党员，被国民党山东当局枪杀于济南纬八路刑场。4月8日，《申报》发表题为"山东枪决大批红匪"的消息，名单中的"黄伯云"就是邓恩铭的化名。

【品读】

父亲希望邓恩铭"谋阔差光宗耀祖，早订婚传宗接代"。光宗耀祖、传宗接代是一种传统的人生观，已经接受马克思主义的邓恩铭，告诉父亲自己"最憎恶的是名与利"，"革命决心放胆尝"，甚至"不惜惟我身先死"。这正是共产党人的世界观、人生观、利益观。

人生如屋，信念如柱。正如习近平总书记教导的那样："理想因其远大而为理想，信念因其执着而为信念。我们要把理想信念教育作为思想建设的战略任务，保持全党在理想追求上的政治定力，自觉做共产主义远大理想和中国特色社会主义共同理想的坚定信仰者、忠实实践者。"[②]

---

① 中共山东省委党史研究室编著：《中共山东编年史》（第一卷），山东人民出版社2015年版，第574页。

② 习近平：《不忘初心，继续前进》（2016年7月1日），《习近平谈治国理政》（第二卷），外文出版社2017年版，第35页。

儿生性与人不同，最憎恶的是名与利

他是为了国家牺牲的，我的等待有意义

——童长荣①给母亲吴氏的信

1926年3月20日

童长荣

1926年，日本东京帝国大学学生、中共日本特别支部领导童长荣身在扶桑，但他时刻惦念着祖国和母亲。于是，给母亲写了这封信。

母亲大人：

好久没写信回家了，劳你老人们挂念，心实不能安，老人们或者以为我忘了家罢，其实我决不，我无日不想回去看看乡里的沧桑，家庭的状况，你老母的平安！

想回去而不回去的理由很简单，因为来回要百多元。——春假了，还是欲归不得！

乡里的兵匪之乱，怕还未平静吧，——这是不能平静的呵。在社会未变

---

① 童长荣（1907—1934）：安徽枞东（今枞阳）人，又名张长荣、张树华等，字灿华。1924年加入中国共产党，1926年任中共东京特别支部领导人之一。1928年秋回国后，先后任中共上海沪中区委书记、河南省委书记、大连市委书记、东满特委书记等职。1934年春，日军全力"围剿"东满游击队。3月21日，在吉林汪清县十里坪庙沟一带时被包围，中弹牺牲。时年27岁。

革，上下未颠倒以前。——这不独是中国，全世界都走到五叔所常说的"大劫"的关头，但也是黑暗和光明的天晓。日本近日全国捕去了千多革命者，但是劳农的反抗也就随着更加高涨起来，压不下去的。

我在求学之时，听到或看到这些事情，就常常不禁浩叹！——我家为什么这样破落？你老人家年老了，为什么不能得到事（侍）养？我读书之年为什么没钱读书？怎样解决这些问题？

又听说广东东江和海南岛一带的小百姓全都赤化起来，田塍也废掉了，田契债据都烧毁掉了，生意也兴盛起来了，——他们胆子真大呀，简直是无法无天！

在日本消息非常灵通，真是触目接耳心酸！

以后来信，统寄日本东京府下大冈山李仲明样，内封长荣收。因为春假要去他处旅行，以后又要住贳间的。

诸长，诸兄，诸友，皆问好！

敬叩金安！

荣儿

三·二十日①

【延伸阅读】

守 望

按照中共满洲省委的指示，1933年1月，童长荣创建了中国工农红军第三十二军东满游击队（东北人民革命军第二军独立师前身）。日军向东满地区发动"讨伐"，妄图将抗日游击队扼杀在摇篮中。童长荣（战士们都称他"老张"）以久病之躯，带领部队转战在吉林大小汪清一带的深山密林之

---

① 中国青年出版社编：《革命烈士书信》（续编），中国青年出版社1983年版，第84—85页。

他是为了国家牺牲的，我的等待有意义

中。[①]1934年3月21日，童长荣带领战士们转移到庙沟村大北沟时，尾随而来的日军讨伐队包围了他们。激战中童长荣腹部受伤，21岁的汪清县委妇女部长崔今淑[②]搀扶他转移时，他再次中弹，永远长眠在白山黑水的土地上。

千里之外的安徽枞阳，有一个比童长荣大三岁的姑娘，在苦苦地等着他。她就是童长荣的未婚妻何坤芝[③]。18岁那年，何坤芝与童长荣订婚了。告别家乡、东渡扶桑留学时，童长荣对她说："三年后回来娶你！"童家大家族分家时，童长荣的寡母无人奉养，何坤芝来到童家，挑起了生活重担。

一个三年过去了，又一个三年过去了，童长荣杳无音信。有一天，老太太对她说："孩子，你走吧！嫁人去！"何坤芝赶忙说："妈，您糊涂了？我是您儿媳妇！""我儿不回了，他没那个福分。我不能耽误你，会遭人骂的。"老太太一次次"撵"她走，何坤芝一次次求情说："我就是您的儿，我给您养老！"

思儿心切，老太太哭瞎了双眼，身子也佝偻了，如同一段枯木。何坤芝抱着老太太，一个想儿子、一个思"丈夫"，娘儿俩相拥而泣。1948年，老太太油枯灯灭，带着思儿不见儿的遗憾走了。全然不知她的儿，早她14年就已经长眠在冰天雪地深山密林之中了。

童家茅屋，何坤芝成了唯一主人。她不止一次想：等童长荣回来，她先要代老娘好好打他一顿，问他为什么扔下老娘几十年不闻不问？她还要代老娘好好疼他爱他，让他漂泊几十年的身心得到安抚。考虑到自己年龄大了，将来童长荣回来，家不能没有孩子，于是，她抱养了姐姐的幼子，又领养了从小没娘的小女孩。她要给童长荣一个完整的家。但柴门几多闻犬吠，终是不见风雪夜归人。

天亮了，解放了。两年后的一天，一张有省里领导签字的烈士证明书出现在何坤芝面前，击碎了她大半辈子的憧憬。她离开凡尘，遁入空门。好在

---

① 宋世章：《"给后代留下一条往前走的路"——童长荣传略》，《不屈的共产党人》（第三册），人民出版社1982年版，第222—239页。

② 崔今淑（1911—1934）：朝鲜族，吉林汪清人。1930年加入中国共产党，1932年12月任中共汪清县委妇女部长。1934年3月21日，在"小汪清惨案"中牺牲。

③ 何坤芝：童长荣的未婚妻，又名何佛清。

不久，经过当地政府的妥善安排，懂事的孩子将她接回家奉养。

有人曾问过老人："等了一辈子，却始终等不回丈夫，你这样值吗？"何坤芝朴实地说："值！他是为了国家牺牲的，我的等待有意义。"1987年，83岁的何坤芝临终前嘱咐养女："将来一定代我去看看你的父亲。"2011年6月，养女带着一双儿女，来到吉林汪清县烈士陵园，拜祭未曾谋面的父亲、外公。

2015年9月3日上午，中国人民抗日战争暨世界反法西斯战争胜利70周年阅兵式上，在接受检阅的抗战老兵乘车方队里，作为抗日英烈子女代表中的一员，何坤芝的养女、78岁的童承英接受了习近平主席的检阅。

【品读】

童长荣从扶桑寄给母亲的家书，看似普通，但其中的发问——"我家为什么这样破落""你老人家老了，为什么不能得到侍养""我读书之年为什么没钱读书"等，点出了社会的不平等。而解决的手段，就是"赤化起来"，也就是革命起来。要奋斗就会有牺牲。童长荣为了民族、为了国家、为了信仰，壮烈牺牲；吴氏老太太思儿是母爱，也是一种牺牲；"他是为了国家牺牲的，我的等待有意义"，未婚妻何坤芝的等待，是期盼，是守望，同样是牺牲。

"一寸山河一寸血，一抔热土一抔魂。"回望历史，共产主义远大理想激励了一代又一代共产党人英勇奋斗，成千上万的烈士为此献出了宝贵生命。在民族危亡之际，中国共产党带领中国人民同仇敌忾、共御外侮；和平年代，为保一方安宁、守护国家利益，无数英雄们舍小家为大家，不惜流血献身。他们大多数人的人生如同夏花一般，短暂而绚烂，却将最美的一瞬留在了世间。

不奋斗不能救中国

——唐克①的十条箴言

1926年9月1日

唐克

1926年8月，国民革命军第十军第四师第十二团政治指导员唐克，随国民革命军出师北伐。9月1日，他与李国浩等几位战友进驻广东韶州（今韶关）。当晚，为激励自己，他挥毫写下十条自勉箴言。

一、不为时代的落伍者，要为实现共产主义而奋斗终身。

二、偷闲一时，贻误一世。

三、吾当自强不息。

四、成功是恒心之结果。

五、吾人当效马革裹尸之精神，以身殉国。

---

① 唐克（1903—1930）：湖南零陵人，原名唐绍尧，化名赵逸民。1924年考入黄埔军校第二期，1925年加入中国共产党。1928年春到湘桂边组织农民武装斗争，1929年夏到南宁从事兵运工作。1930年参加龙州起义，任中国工农红军第八军顾问、政治学校大队长；同年3月，率军校学员与国民党桂军作战负伤被俘；3月19日，在龙州城北门外英勇就义。时年27岁。

六、打倒列强，打倒军阀，不奋斗不能救中国。

七、革命无成誓不还。

八、过则勿惮改。

九、光阴一刻值千金。

十、革命者的良心，无片刻之可离。[①]

【延伸阅读】

为共产主义而死，死而无憾

在长沙岳云高中读书时，唐克目睹军阀混战、民不聊生，奋笔写下"专制铲除建共和，爱国男儿热血多"的诗句，抒发为国不怕流热血的豪情。1924年春，经同乡好友、中共创始人之一的李达介绍，他投笔从戎，考入黄埔军校第二期。他身体较弱，但咬紧牙关苦练，3个月后，就把十来斤重的步枪加刺刀，舞得跟一根木棒那样灵巧自如。这种顽强精神得到全队同学赞扬。

1927年，正当北伐捷报频传之时，蒋介石发动反革命政变，到处捕杀共产党人。唐克这时刚刚调任国民革命军第三十六军第二师第三团政治指导员。他在自己编写的《政治讲义》中提出："我们为什么要革命？为什么要打倒北洋军阀？旧军阀没有打倒，新军阀又在抬头，这新军阀是谁？"于是，有人向师长唐明哲告发说唐克可能是共产党员。唐明哲立即传讯唐克，问他是否加入中国共产党，如果加入了的话，也不要紧，可以自首，既往不咎，并对他封官许愿。唐克想：我从入党那天起，就誓为共产主义奋斗终身，今天岂能自首当可耻的叛徒……他机智地应付了唐明哲。不久，党组织要他借故辞职，并把他从河南前线调到武汉，担任武昌警卫团连长。几天

---

① 郝铭鉴、胡惠强主编：《革命烈士遗文大典》，上海文化出版社2001年版，第155页。

后，他与战友陈浩照了一张合影，他在照片周围题"志向"短句："昔者汉班超投笔从戎，志欲封侯万里，今吾辈则不然，抱努力革命之牺牲精神，而求中国之自由平等，解全人类于倒悬也！"[①]

四一二反革命政变后，1927年5月21日长沙发生"马日事变"，5月26日，零陵县城发生了"宥日事变"，共产党员惨遭杀害，党组织遭到严重破坏。8月，唐克按照党的指示，随武昌国民政府警卫团乘船离开武昌东下，准备与南昌起义军协同作战。因起义部队撤离南昌，向南转移，唐克就带一部分战士回到湘南、桂东一带组织暴动。由于敌人防守甚严，暴动未遂。1928年春，因大腿生一个毒瘤，他潜回家乡就医。有的亲友劝他放弃工作，他婉言谢绝，说："蒋介石是西山落的太阳，回光返照，时间不长了。"

治病期间，唐克与地下党组织负责人胡杜虞、李义等取得联系，筹备武装起义。这个计划也得到同乡、党的创始人之一李达的支持。8月，他与李义、陈白华等人组织一批骨干，在一个细雨蒙蒙的晚上，用两支手枪、几把大马刀偷袭零陵县蔡家埠河西警察分局，缴获16支步枪。当反动当局派"清乡"队长张芝仙到楚江圩来抓人时，他对送行的妻子王秀珍说："雨后会天晴的，不久我俩再见面。"唐克星夜奔往广西全州，后又转移到桂林坚持秘密斗争。

1929年夏，唐克被党组织调回广西南宁，到省警备5大队工作。邓小平、张云逸等在右江举行百色起义后，1930年2月1日，他组织5大队开往左江举行龙州起义，宣告红八军（中国工农红军第八军）的诞生，任军部顾问兼任政治学校大队长。桂系军阀黄绍竑派4个团兵力沿左江前来。3月18日，唐克率政治学校师生在龙州与敌激战。由于伤亡过大、弹药将尽，下午5时，决定弃城向凭祥方向撤退，途中与敌在太山街遭遇。终因寡不敌众，甘湛泽政委被俘。

---

① 郝铭鉴、胡惠强主编：《革命烈士遗文大典》，上海文化出版社2001年版，第156页。

唐克受伤后化装突围，刚走到南门渡口，桂军发现他不会讲当地壮语，就将他押到连部，被黄埔军校毕业的营长梁从云认出来。梁营长念校友之情，想放唐克一马，假装训斥连长："把一个挑水救火的外地人抓来，分散注意力，乱弹琴！"连长只好放了他。

出了连部，唐克仍装作救火的模样，挑着水往救火老百姓最多的太山街挤去。他拿起湿衣服边扑火边冲进屋里，又从后门溜出去，穿过一条小巷来到双凤街头。没承想冤家路窄，迎面碰上当年黄埔军校教官、时任桂军团长的屠福生。唐克再陷敌手。

桂军师长梁朝玑得知唐克是红八军顾问、政治学校大队长后，亲自给他松绑，要求他登报声明脱离共产党就行了。唐克挥笔疾书，很快就写了5页纸。梁朝玑展纸一看，这哪是什么"声明"，而是给父母妻子等写了5封家书，通篇内容都是"为共产主义而死，我死而无憾"方面的内容。梁朝玑拍桌子大骂："真是顽固不化！押下去……"[1]

第二天，唐克在龙州城北门外英勇就义。

【品读】

唐克的十条自勉箴言，既有为实现共产主义而奋斗终身的远大理想，也有马革裹尸、以身殉国的牺牲精神，还有革命无成誓不还的坚定决心，是一份共产党人的修养守则。他出生入死，不是"万里觅封侯"，而是坚信"不奋斗不能救中国"。

习近平总书记在2018年春节团拜会上的讲话指出："幸福都是奋斗出来的。""奋斗本身就是一种幸福。只有奋斗的人生才称得

---

[1] 杨邦国：《碧血丹心写春秋——记唐克》，《湖南党史》，1999年第6期。

上幸福的人生。奋斗是艰辛的，艰难困苦、玉汝于成，没有艰辛就不是真正的奋斗，我们要勇于在艰苦奋斗中净化灵魂、磨砺意志、坚定信念。奋斗是长期的，前人栽树、后人乘凉，伟大事业需要几代人、十几代人、几十代人持续奋斗。奋斗是曲折的，'为有牺牲多壮志，敢教日月换新天'，要奋斗就会有牺牲，我们要始终发扬大无畏精神和无私奉献精神。"①

---

① 习近平：《在2018年春节团拜会上的讲话》（2018年2月14日），《人民日报》，2018年2月15日第2版。

矢志努力于民族解放之事业

——李大钊①的《狱中自述》（摘录）

1927年4月

1927年4月6日，奉系军阀张作霖在驻华公使团的默许和支持下，派军警、便衣侦探200多人，把东交民巷东、西、北三面包围起来，搜查苏联大使馆西院、远东银行、中东铁路办事处和庚子赔款委员会等地，逮捕李大钊等共产党人和国民党左派人士共80余人。在20多天的监狱生活中，李大钊写下《狱中自述》，回顾自己光辉坦荡的一生，但没有泄露党的机密。他置个人安危于度外，要求当局对爱国青年"宽大处理"。

李大钊

李大钊，字守常，直隶乐亭人，现年三十九岁。在襁褓中即失怙恃，既无兄弟，又鲜姊妹，为一垂老之祖父教养成人。幼时在乡村私校，曾读四书

---

① 李大钊（1889—1927）：字守常，河北乐亭人。1920年10月，发起创建北京共产党早期组织，中国共产主义运动的先驱，中国共产党的主要创始人之一，伟大的马克思主义者。1927年4月28日，被奉系军阀杀害，时年38岁。

李大钊的《狱中自述》

经史，年十六，应科举试，试未竟，而停办科举令下，遂入永平府中学校肄业，在永读书二载。其时祖父年逾八旬，只赖内人李赵氏在家服侍。不久，祖父弃世。

……

钊自束发受书，即矢志努力于民族解放之事业，实践其所信，励行其所知，为功为罪所不暇计。今既被逮，惟有直言。倘因此而重获罪戾，则钊实当负其全责。惟望当局对于此等爱国青年宽大处理，不事株连，则钊感且不尽矣！[①]

———————————

① 李大钊：《狱中自述》，《李大钊文集》（第五册），人民出版社1999年版，第235页、239页。

从容就义

1927年4月28日，奉系军阀不顾社会各界舆论的谴责，由安国军总司令部、京畿卫戍总司令部、京师高等审判庭和京师警察厅组成的军事法庭，判处李大钊等人绞刑。李大钊"着灰布棉袍，青布马褂，俨然一共产党领袖之气概"，从容镇定第一个登上绞刑台，慷慨赴义。这种从容无畏，来自李大钊对共产主义的坚定信仰，也源于"高尚的生活，常在壮烈的牺牲中"的生死认识。

就义时的李大钊

牺　牲[①]

（一九一九年十一月九日）

人生的目的，在发展自己的生命，可是也有为发展生命必须牺牲生命的时候，因为平凡的发展，有时不如壮烈的牺牲足以延长生命的音响和光华。绝美的风景，多在奇险的山川。绝壮的音乐，多是悲凉的韵调。高尚的生活，常在壮烈的牺牲中。

---

① 孤松：《牺牲》，《新生活》，1919年第12期（1919年11月9日）。引自中国李大钊研究会编注：《李大钊文集》（第三册），人民出版社1999年版，第84页。

矢志努力于民族解放之事业

【品读】

　　李大钊是中国共产主义运动的先驱、伟大的马克思主义者、杰出的无产阶级革命家、中国共产党的主要创始人之一，他的《狱中自述》是一首无产阶级的正气歌！"矢志努力于民族解放之事业，实践其所信，励行其所知，为功为罪所不暇计。"对一同被捕的"爱国青年"，他要求"不事株连"，表现了李大钊的崇高革命气节和宽广胸怀！先驱已去，但精神永存。

　　2009年10月28日，习近平同志在纪念李大钊同志诞辰120周年座谈会上的讲话中指出：李大钊同志对信仰和真理矢志不移，为传播和实践马克思主义而英勇献身，真正做到了自己所说的"勇往奋进以赴之""殚精瘁力以成之""断头流血以从之"。"铁肩担道义，妙手著文章"。面对生与死考验的时候，他从容地选择了为他认定的主义和事业献出生命。李大钊同志是一位真正的革命者，他的伟大人格和崇高风范，将永载中国共产党和中国人民革命斗争的史册。①

①　习近平：《在纪念李大钊同志诞辰120周年座谈会上的讲话》，《人民日报》，2009年10月29日第2版。

把一切旧势力铲除，建设我们新的社会

——陈毅安^①给未婚妻李志强的信（节录）

1927年5月10日

陈毅安与李志强有着近十年的恋爱关系，鸿雁传书不断。1927年5月10日，担任国民革命军教导师第三团第三营第七连党代表的陈毅安，随部队到达湖南衡州。面对蒋介石叛变革命后的复杂形势，他在一个拆开的西式信封上，用钢笔写下了这封信。

陈毅安

我最亲爱的承赤妹^②：

我们是有阶级觉悟性的青年，担负了世界革命的重大使命，我们难道恋恋于儿女的深情吗？没有一点牺牲的精神吗？我

---

① 陈毅安（1904—1930）：湖南湘阴人，别名陈斌。1924年加入中国共产党，1925年考入黄埔军校第四期炮科学习，先后参加秋收起义、创建井冈山革命根据地的斗争，先后任工农革命军第一军第一师第一团连长、营长，红四军第三十一团副团长，红五军副参谋长、红四师师长、红三军团第八军第1纵队司令员、长沙战役前敌总指挥等职。1930年8月7日，在长沙战斗中壮烈牺牲，时年26岁。

② 承赤妹：即李志强（1900—1983），湖南长沙人，别名佩勋、承勋。1929年与陈毅安结婚。

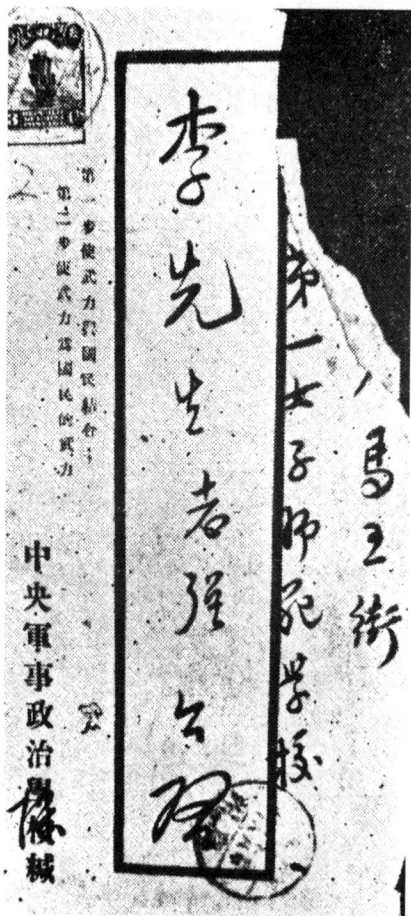

陈毅安给李志强的书信

们绝对不是这样！我们都是受了马克思主义深刻的训练的，他早已告诉了我们："资产阶级已将家庭的面帕扯碎了，家族关系变成了单纯的金钱关系。"① "儿女的深情早已在利害计较的冰水中淹死了。"② 在私有制未打破以前，一切关系都是经济的关系。我们虽有许多恋爱的关系，但是离不掉这个刻薄寡情的现金主义社会的影响……思前想后，除了我们努力革命，再找不出别的出路。把一切旧势力铲除，建设我们新的社会，这个时候，才能实现我们真正的恋爱，才不是经济的关系了。最亲爱的妹妹，你不要畏难吧！十八层地狱底下的中国，今日也得见青天白日了。眼见得帝国主义、军阀及一切反动势力快要到坟墓里面去，一钱不值的我们也要做起天下的主人了。努力！努力！前进！前进！我们的目的地终会到达啊……

　　顺祝

　　革命敬礼！

毅启

一九二七年五月十日于衢州舟次，定明日出发③

---

① 引自《共产党宣言》旧译本，今译为"资产阶级撕下了罩在家庭关系上的温情脉脉的面纱，把这种关系变成了纯粹的金钱关系"。

② 引自《共产党宣言》旧译本，今译为"它把宗教的虔诚、骑士的热忱、小市民的伤感这些情感的神圣激发，淹没在利己主义打算的冰水之中"。

③ 陈晃明编：《陈毅安烈士书信集》，湖南人民出版社1985年版，第80—82页。

无字信

　　陈毅安给李志强的第一封信，是1922年4月26日寄自湖南省立甲种工业学校的。到1931年3月，也就是陈毅安牺牲后的第二年，李志强又收到寄自上海的最后一封信。信封内只有两页素白信纸，没有任何文字。这是他们俩事先约定的：一旦阵亡，他会想尽一切办法通知家里。信封是陈毅安事先写好的，两张白纸就是他阵亡的无字告白。此后，李志强再也没有收到丈夫的只言片语。

　　国民党反动派白色恐怖之下，这些书信成了危险品。李志强把书信藏在湘阴故居楼上的樟木箱子里。不久，带着儿子陈晃明背井离乡，到长沙谋生。

　　1937年卢沟桥事变爆发后，国共第二次合作。李志强给延安八路军总指挥部写信，询问丈夫的情况，不久收到陈毅安的老首长、老战友彭德怀的回信。

志强先生台鉴：

　　来函敬悉：毅安同志为革命奔走，素著功绩，不幸在一九三〇年已阵亡，为民族解放中的一大损失。

　　当日寇大举进攻，民族危机日益严重的今日，只有继续毅安烈士精神，坚决奋斗，完成其未竟的遗志。尚望珍重。

　　此复康健！

彭德怀

十月一日①

陈毅安与李志强的合影

---

① 陈晃明编：《陈毅安烈士书信集》，湖南人民出版社1985年版，第122页。

把一切旧势力铲除，建设我们新的社会

1938年秋天，李志强带着7岁的儿子回到阔别多年的故乡。日本侵略者占领湘阴后，李志强又把两个人的书信连同彭德怀的信，装进一个坛子里，封上石灰，埋在山中。

1949年湖南解放后，李志强把这些书信挖了出来。1955年3月2日，国防部部长彭德怀责成中央军委秘书长黄克诚，把《陈毅安烈士书信集》打印出来，黄克诚亲笔写了书名。①

【品读】

"黄洋界上炮声隆"。陈毅安是红军的一员战将，"把一切旧势力铲除，建设我们新的社会"是他心中的革命初心和目标。"多情未必不丈夫"。一封无字信，一生未了情，陈毅安与李志强的红色爱情让人唏嘘感叹。

1951年3月，毛泽东亲自签发全国前十名革命烈士的荣誉证书，陈毅安排名第九。1958年，彭德怀为陈毅安题词："生为人民生的伟大，死于革命死得光荣！""成千成万的先烈，为着人民的利益，在我们的前头英勇地牺牲了，让我们高举起他们的旗帜，踏着他们的血迹前进吧！"②

① 陈晃明：《怀念敬爱的爸爸和妈妈——五十四封书信的保存经过及其它》，《陈毅安烈士书信集》，湖南人民出版社1985年版，第140—147页。

② 毛泽东：《论联合政府》（一九四五年四月二十四日），《毛泽东选集》（第三卷），人民出版社1991年版，第1098页。

愿拼热血头颅，战死沙场以搏一快

——袁国平^①致母亲刘秀英的信

1927年5月25日

1927年5月17日，在蒋介石策动下，国民革命军独立第十四师师长夏斗寅在宜昌发动兵变，叛变革命，攻打武汉。时任国民革命军第十一军政治部宣传科长的袁国平随军参加平叛。整装待发之际，他给母亲刘秀英寄去一张照片，并在背面附言。

袁国平

亲爱的母亲：

一九二七年五月顷，反革命谋袭武汉，形势岌岌，革命志士，莫不愤恨填膺，舍身赴敌。

斯时，余在第十一军政治部服务，也奉命出发鄂西，抗御强寇，此行也愿拼热血头颅，战死沙场以搏一快，他日儿若成仁取义，以此照为死别之

① 袁国平（1906—1941）：字醉涵，湖南邵东人。1926年加入中国共产党。先后任抗日军政大学政治部主任、新四军政治部主任等职。1941年1月，在皖南事变中牺牲，时年35岁。

纪念。

万一凯旋生还，异日与阿母重逢再睹此像，再谈此语，其快乐更当何如耶！

儿 醉涵

于武昌整装待发之际

1927年5月25日①

【延伸阅读】

最后一发子弹留给自己

1941年1月13日皖南事变发生，新四军军部和部队9000多人遭到国民党军队重兵包围。突围动员时，政治部主任袁国平发出"如果我们有100发子弹，要用99发射向敌人，最后一发留给自己，决不当俘虏！"的誓言。军长叶挺谈判时被国民党军队扣押，副军长项英和副参谋长周子昆被叛徒暗害。万分危急时刻，袁国平指挥一部分新四军继续突围北撤。激战中，他身中四弹，倒在沟底的草丛中。晚上八九点钟，军部卫士连副连长李甫突围到这儿，发现了血肉模糊的袁国平。战士们围上去，连声喊着："袁主任！袁主任！"

袁国平慢慢地睁开了眼睛，有气无力地说："你们走你们的，赶快突围出去，不要管我了。"李甫找来几位身强力壮的战士，轮流背着他继续突围。1月15日凌晨，大家赶到章家渡，几个战士把袁国平抬在肩上涉水过河。敌人发现了过河的新四军，密集的子弹扫过来，两三百米宽的章家渡用了40多分钟才渡过。100余名战士只剩下三四十人。

过了河，大家在一座庙门口休息。战士们围着袁国平，一声声地呼唤着："袁主任……袁主任……"过了好一阵子，袁国平挣扎着用微弱的声音

---

① 《红色家书》编写组编：《红色家书》，党建读物出版社2016年版，第26页。

讲了最后几句话："……不要管我了，向组织上汇报……"

战士们怎么忍心抛下首长而去。就在大家不注意的时候，袁国平从口袋里摸出手枪，向自己的头部扣动了扳机……

【品读】

"愿拼热血头颅，战死沙场以搏一快。"新四军政治部主任袁国平子弹的"最后一发留给自己"，为国为民为理想，战死沙场，用生命热血树立起一座共产党人的丰碑。

"铁一般的信仰、铁一般的信念、铁一般的纪律、铁一般的担当"，是共产党人的精神气质、精神坐标。中国共产党人作为社会成员中的先进分子，党员领导干部作为具有重要作用和特殊影响的"关键少数"，必须具有"四铁"精神，这是共产党人血脉的优良传统、使命对共产党人的要求、时代对共产党人的召唤、人民群众对共产党人的期盼。

死是一快乐事，尤其是为革命

——黄竞西①致妻子吕楚云的遗书（节录）

1927年6月29日

黄竞西

知道敌人对自己"欲处死刑"后，1927年6月29日夜，黄竞西在昏暗、阴冷的牢房里，席地而坐，分别给娇妻、继母、亲朋、同志写下6份遗书。给妻子吕楚云的遗书写道：

楚云②爱妻：

……去年③孙传芳④时在法界⑤被捕，我已料不能再生，那（哪）知还可使我多

---

① 黄竞西（1896—1927）：曾化名丽华、吴福民。第一次国共合作时期，1924年加入中国国民党。1925年加入中国共产党，曾任中共丹阳支部书记。同年8月，当选国民党江苏省党部执行委员兼农工部副部长、总务主任干事。1927年四一二反革命政变后，他找到中共上海区委，挑起重组国民党江苏省党部（左派）的重任。在上海从事秘密工作，6月26日被捕，7月4日在上海龙华镇枫林桥畔惨遭杀害。时年31岁。

② 楚云：即黄竞西的妻子吕楚云。

③ 去年：指1926年。

④ 孙传芳（1885—1935）：山东历城人，北洋直系军阀。1926年两次派兵镇压上海工人起义。

⑤ 法界：指上海法租界。

活一年。在党方面说，多做一年工作；在我们夫妻方面说，多一年的爱情！想到这里，你也可自慰一下。惟今昔情形不同，我终觉得死于今比死于昔使人们可觉悟中国时需要继续革命的，我之死也无余恨。惟我们不能偕老，夫妻能偕老的能有几呢？一年、一月、数日的都有，我们已有了十年，也不算少了，宝儿也四岁了，你万勿以我而悲伤。你的体弱，千万要保重，扶（抚）养小儿长大读书，能继我志而努力才好。……楚妹！我心爱的情人，不能再和（会）你一面了，会时难过又不如不会了。死是一快乐事，尤其是为革命的。我在未死前，毫不畏惧，你们不要痛心。死者已矣，惟望生者努力，束之仇将来欲报。……你不要穿白衣，带（戴）这样重孝，只要臂章黑纱志哀可也，尤不要迷信，请和尚，买纸箔，空费金钱于无益。我不能再几天一信一片的常通音信了。我虽死，我精神终萦绕于你的左右，只当未死好了。千万不要哭，你弄坏身体小儿无人照应，我反不放心。我相信你一定可以依照我的遗言，一若我活在家中一样，那末我在地下也可瞑目了。最后祝你健康。

你的爱弟　竞西在上海

六·二九①

【延伸阅读】

连遗骸都未留下

1927年3月，上海工人第三次武装起义前，黄竞西扮成大商人，带着"阔太太"吕楚云，坐着小汽车或黄包车，往返市区各地运送"礼物包"，

---

① 郝铭鉴、胡惠强主编：《革命烈士遗文大典》，上海文化出版社2001年版，第30页。

死是一快乐事，尤其是为革命

中国国民党江苏省党部成立大会（柳亚子题字，左一为黄竞西）

实际是武器弹药。

四一二反革命政变后，黄竞西冒着生命危险从事地下秘密工作。6月，叛徒束某从武汉窜到上海，把中共江浙区委设在四马路荣阳里、望志路永吉里的两处秘密机关密告上海国民党当局。6月25日晚，国民党军警破获这两处中共秘密机关。紧接着，法租界辣斐德路（今复兴中路）陆逊记成衣铺秘密机关也遭破坏。

6月26日上午，施高塔路（今山阴路）恒丰里104号，王若飞代表中共中央宣布江苏省委成立，任命陈延年为省委书记。话音刚落，交通员跑进来报告：秘密机关被破坏，交通员被捕。王若飞当机立断，宣布散会。下午3点左右，黄竞西和陈延年、组织部长郭伯和、秘书长韩步先等一起回恒丰里探视，见机关保持原样，没有出事的迹象，又上楼研究工作。结果遭国民党埋伏的军警、特务逮捕。

被捕后，黄竞西被关押在上海警备司令部牢房，受到严刑拷打，甚至被割掉了舌头。7月4日，他被装进麻袋，扔入上海龙华镇枫林桥下，连遗骸都未留下。

1929年，中共上海地下党秘密刊物《牺牲》杂志第一辑，介绍了他的英勇事迹和遗书。

青史有光

黄竞西生前好友、诗人柳亚子曾留下这样的诗句，悼念先后牺牲的国民党江苏省党部同人。

> 白首同归侣，
> 侯张[①]并激昂。
> 洞胸悲宛李[②]，
> 割舌惨刘黄[③]。
> 硕果今余几，
> 丰功忍淡忘！
> 表扬吾辈责，
> 青史有光芒。[④]

---

① 侯张："侯"指侯绍裘。"张"指张应春（1901—1927），女，江苏吴江人。1925年当选国民党江苏省党部执行委员兼妇女部长；同年秋，加入中国共产党，任中共江浙区委妇委会委员等职。1927年4月10日在南京被捕，被国民党南京市公安局杀害，把遗体装入麻袋，抛入秦淮河中。时年26岁。

② 宛李："宛"指宛希俨（1903—1928），湖北黄梅人。1923年转为中国共产党党员，1924年加入中国国民党，后任国民党江苏省党部执行委员兼青年部长。1928年1月，兼任中共赣南特委书记，领导农民武装起义；3月，特委机关遭破坏被捕；4月，在赣州英勇就义，时年25岁。"李"指李一谔（1898—1929），江苏金山（今属上海市）人。原名雪元，字荫鹤，化名工庆生。1923年加入中国国民党。1925年加入中国共产党。同年8月，当选为国民党江苏省党部候补监察委员。1929年1月，领导金山县新街暴动，遭国民党当局镇压被捕，3月10日就义。时年31岁。

③ 刘黄："黄"指黄竞西。"刘"指刘重民（1902—1927），江苏江都人。原名刘盛宝。1924年加入中国共产党，1925年当选为国民党江苏省党部执行委员、调查部长兼工人部长；同年10月，任中共上海区委军委书记。1927年4月10日在南京被捕，国民党南京市公安局侦缉队员将刘重民等人杀害，把遗体装入麻袋，抛入秦淮河中。时年25岁。

④ 姚江婴：《志坚情重 光照人寰——记中共江苏省委委员黄竞西烈士》，《档案与建设》，2007年第5期。

死是一快乐事，尤其是为革命

【品读】

"为党牺牲，本我素志！"正因如此，黄竞西才会觉得"死是一快乐事，尤其是为革命"。他英雄肝胆又儿女心肠，把理想和情感都坚守到生命的尽头，并希望同志们"继续前进，万勿灰心"，嘱咐儿子"能继我志而努力才好"。

黄竞西走了，留下了娇妻弱子，他的生命，就像"一颗明星，绝灭于黑云之中"。但是，他的大无畏的精神，始终萦绕在真实革命者的左右，成为中国共产党人红色基因的一个因子。

"各取所需"终有日，革命事业代代传

——夏明翰①给妻子郑家钧的遗书

1928年3月

1928年3月18日，夏明翰因叛徒宋若林出卖，在汉口东方旅社被捕。在狱里，他用敌人给的写自首书的半截铅笔，给妻子郑家钧写了这封催人泪下的遗书。写完后，他抑制不住对妻子、女儿的强烈爱恋，用嘴唇和着鲜血，在遗书上亲吻下一个深深的吻印。

夏明翰与妻子郑家钧在武昌
（1927年春）

亲爱的夫人钧②：

同志们常说世上惟有家钧好③，今日里才觉你是巾帼贤。我一生无愁无泪无私念，你切莫悲悲戚戚泪涟涟。张眼望，这

---

① 夏明翰（1900—1928）：湖南衡阳人。1921年冬，经毛泽东、何叔衡介绍加入中国共产党。1928年初，任中共湖北省委常委；3月18日被捕，3月20日在汉口余记里刑场牺牲，时年28岁。

② 钧：即夏明翰的妻子郑家钧。

③ 1926年10月10日（农历九月初四），经毛泽东做媒，夏明翰与郑家钧在长沙清水塘举行婚礼。中共湖南省委的李维汉、何叔衡、谢觉哉送上对联："世上惟有家钧好，天下只有明翰强。"

人世，几家夫妻偕老有百年。抛头颅、洒热血，明翰早已视等闲。"各取所需"终有日，革命事业代代传。红珠[1]留着相思念，赤云[2]孤苦望成全。坚持革命继吾志，誓将真理传人寰！[3]

【延伸阅读】

夏家一门五烈士

夏家是衡阳的名门望族。夏明翰的祖父夏时济进士出身，任过清廷户部主事；父亲夏绍范以优贡入仕，清廷诰授资政大夫，钦加三品衔，曾署理归州知州，赴日本考察过政务。外祖父陈嘉言是清末翰林、国史馆秘书、"铁面御史"。就是这样一个家庭，却出了五位革命烈士。

1920年秋，经过五四运动洗礼的夏明翰来到长沙，在何叔衡的帮助下，结识了毛泽东，成为毛泽东创办的湖南自修大学的第一批学员，开始大量阅读进步书刊，逐步接受了马克思主义，毛泽东戏称他"比《红楼梦》中的贾宝玉强多了"。

1921年冬，经毛泽东、何叔衡介绍，夏明翰加入中国共产党。1927年2月，毛泽东在武汉举办中央农民运动讲习所，夏明翰担任全国农民协会秘书长，兼任毛泽东和中央农民运动讲习所的秘书。在夏明翰的影响下，他的兄弟姐妹多人参加了革命，四位亲人成为烈士。

1928年春，夏明翰的七弟夏明霹为准备衡阳年关暴动，带着一些人在金甲岭秘密制造武器，不幸被捕。敌人对他施以酷刑，割掉脚后跟、铁丝穿手心，但他视死如归，毫不屈服。2月28日，在武演坪刑场英勇就义，时年不足20岁。

五弟夏明震，与朱德等组织了著名的湘南起义，组建了中国工农革命军独立第七师，任中共郴州特委书记、中共郴县中心县委书记、中国工农革命

---

① 夏明翰曾送郑家钧一颗玉石红珠，寓意"我赠红珠如赠心，但愿君心似我心"。

② 赤云：即夏明翰的女儿夏云，原名夏赤云。

③ 《红色家书》编写组编：《红色家书》，党建读物出版社2016年版，第28页。

军独立第七师党代表等职。1928年3月21日，在郴城城隍庙集会时，被反革命分子当场杀害（又称"反白事件"），年仅21岁。[1]

四妹夏明衡作为湘南妇女运动领袖，在反革命武装搜捕时，她化名隐蔽在长沙东乡打卦岭一所小学当老师。1928年6月，国民党湖南省党部清乡委员会发现她的行踪，派一个加强排的敌人前来捕捉。在后有追兵、前有水塘的情况下，她纵身跳下水塘，光荣牺牲，年仅26岁。

外甥邬依庄1930年参加红军，任指导员。在活捉了伪湖南省反省院院长袁筑东，押回红军总部途中，与国民党军队遭遇，激战中中弹牺牲，年仅19岁。

夏家一门五烈士，用生命谱写了一首壮丽的共产党人信念之歌。

【品读】

"砍头不要紧，只要主义真。杀了夏明翰，还有后来人。"夏明翰视死如归、大义凛然的誓言，生动表达了共产党人对远大理想的坚贞。

2016年7月1日，习近平总书记在庆祝中国共产党成立95周年大会上指出："95年来，共产主义远大理想激励了一代又一代共产党人英勇奋斗，成千上万的烈士为了这个理想献出了宝贵生命。'砍头不要紧，只要主义真'，'敌人只能砍下我们的头颅，决不能动摇我们的信仰'，这些视死如归、大义凛然的誓言生动表达了共产党人对远大理想的坚贞。理想之光不灭，信念之光不灭。我们一定要铭记烈士们的遗愿，永志不忘他们为之流血牺牲的伟大理想。"[2]

① 曾志：《百战归来认此身》，人民文学出版社2011年版，第45页。

② 习近平：《不忘初心，继续前进》（2016年7月1日），《习近平谈治国理政》（第二卷），外文出版社2017年版，第34—35页。

「各取所需」终有日，革命事业代代传

望善抚吾儿，以继余志

——郭亮①给妻子李灿英的遗书

1928年3月29日

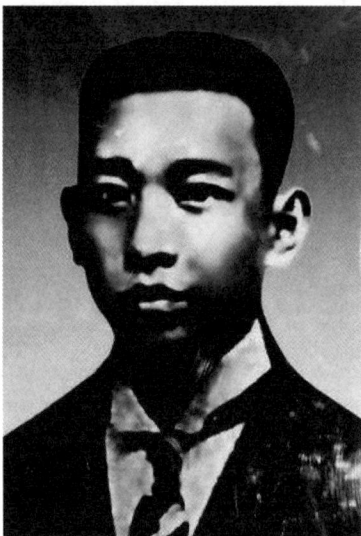

郭亮

中央档案馆有一封1928年柳直荀写给李维汉的信："靖笳兄临刑时有遗嘱一道，现经长沙商人传出，特抄上或可转灿姊一阅也。"

灿英②吾爱：

　　亮东奔西走，无家无国。我事毕矣。

望善抚吾儿，以继余志！此嘱！

临死日　郭亮③

---

① 郭亮（1901—1928）：湖南长沙望城人，字靖笳，因仰慕诸葛亮改名"郭亮"。1920年考入湖南省立第一师范，参加新民学会。1921年冬经毛泽东介绍加入中国共产党。1922年领导粤汉铁路工人罢工，任总工会主席。1927年中共五大上当选中央候补委员，后任中共湖北省委书记、湘鄂赣边特委书记。1928年3月27日在岳阳被捕，3月29日在长沙英勇就义。时年27岁。

② 灿英：即郭亮的妻子李灿英。

③ 郝铭鉴、胡惠强主编：《革命烈士遗文大典》，上海文化出版社2001年版，第83页。

提着脑袋干革命

经毛泽东介绍，1921年冬的一天，郭亮加入了中国共产党，成为湖南最早的一批党员之一。宣誓后，他向组织表示："有的人入党，只是献出一张空嘴皮，我郭亮甘愿为党献头颅。"他是这样说的，也是这样做的。正如毛泽东在延安时所说的，郭亮是"提着脑袋干革命"的。

1927年南昌起义前夕，中共中央长江局派郭亮到贺龙部队做政治工作。起义后任农工委员会委员，随军南征。部队在广东潮汕地区失利后，他经香港到上海找到党组织，被党中央任命为中共湖北省委书记。1928年1月，又被任命为新组建的湘西北特委书记。由于工作需要，尚未启程，郭亮又改任湘鄂赣边特委书记。

郭亮化名李材，在岳州翰林街开了家"李记煤栈"，作为特委秘密机关；还开了家饭铺，作为地下秘密交通站。正当他着手恢复党组织、发动工农开展武装斗争时，3月27日，特委军事部长苏先骏被捕叛变，带着侦缉队手枪连，包围煤栈，郭亮不幸被捕。

第二天，敌人用火车将郭亮押往长沙。深夜，开始对郭亮进行秘密审讯。

"你是郭亮吗？"

"我承认是总工会的委员长郭亮，你们就可以杀了，不必多问！"

"说说你们组织的情况？"

"开眼尽是共产党人，闭眼没有一个。"

"你不说，我会严刑拷问的！"

"家常便饭。"

"我要砍你的头！"

"告老还乡。"

29日午夜，郭亮被秘密杀害于长沙司门口湖南"惩共法院"前坪，头颅挂在司门口示众三天三夜，又移至他的老家——铜官东山寺戏台示众。"湘水荡荡不尽流，多少血泪多少仇？雪耻需倾洞庭水，爱国岂能怕挂头！"郭亮15岁所咏诗句，成了他革命的写照。

文家坝农民赤卫队在陶业工人配合下，轰开看守的国民党警察，从东山寺戏台抢回郭亮头颅，请来皮匠一针一线缝合在遗体上，并在颈项上裹上红绸，葬在郭亮早逝的大哥郭砚章墓穴中，并将墓地进行了伪装。

鲁迅看了《申报》"长沙看客"有关郭亮等人被害的消息后，在杂文《铲共大观》中，用讥讽笔调称《申报》记者的文章"其中有几处文笔做得极好"，并嘲弄道："你看这不过一百五六十字的文章，就多么有力。我一读，便仿佛看见司门口挂着一颗头，教育会前列着三具不连头的女尸……但是，革命被头挂退的事是很少有的。"愤怒痛斥国民党的凶残，高度赞扬郭亮等革命者的牺牲精神。

【品读】

"潇水流，湘水流，流入长江不回头。龙王送我洞庭水，何时洗尽人间愁！""有的人入党，只是献出一张空嘴皮，我郭亮甘愿为党献头颅。"入党究竟是为了什么？郭亮是为了"洗尽人间愁"，所以才会"提着脑袋干革命"。那些"献出一张空嘴皮"的投机分子，在生死考验面前退缩了，沦为叛徒；在利益面前变质了，沦为贪腐蛀虫。

"浩气壮古今，少年头掷地有声，问天下英雄有几；丹心照日月，七尺身捐躯无悔，唯男儿作事无他。"历史长河不会冲刷掉永恒的价值，郭亮的革命激情和崇高理想，永远铭刻在一代代共产党人的心中。

吾将吾身交吾党

——贺锦斋[①]给弟弟贺锦章的信

1928年9月7日

1928年8月25日，中国工农红军第四军第一师师长贺锦斋率部随贺龙挥师东下。9月初，从王家厂返回石门的第二天，部队陷入国民党军重围，伤亡巨大。9月7日，为掩护贺龙所率大部队的突围，贺锦斋抱定必死决心，给弟弟贺锦章写下了这封家书，由卫士李贵卿送至洪家关。

贺锦斋烈士画像[②]

---

① 贺锦斋（1901—1928）：湖南桑植人，原名贺文绣，贺龙堂弟。1927年参加南昌起义，同年冬加入中国共产党。1928年，随贺龙回故乡组织革命武装，任中国工农红军第四军第一师师长、中共湘西前敌委员会委员，湘鄂边革命武装创建人之一；9月9日，在石门泥沙镇战斗掩护主力突围时壮烈牺牲。时年27岁。

② 选自湖南人民出版社出版的《贺锦斋烈士传略》。

吾弟手足：

我承党殷勤的培养，常哥①多年的教育以至今日。我决心向培养者教育者贡献全部力量，虽赴汤蹈火而不辞，刀锯鼎镬②而不惧。前途怎样，不能预知，总之死不足惜也。家中之事我不能兼顾，堂上双亲希吾弟好好孝养，以一身而兼二子之职，使父母安心以增加寿考③，则兄感谢多矣。当此虎豹当途、荆棘遍地，吾弟当随时注意善加防患，苟一不慎，即遭灾难。切切，切切。言尽于此，余容后及。

兄　绣

一九二八年九月七日于泥沙④

附诗两首：

（一）

云遮雾绕路漫漫，

一别庭帏⑤欲见难。

吾将吾身交吾党，

难能菽水⑥再承欢。

（二）

忠孝本来事两行，

孝亲事望弟承担。

眼前大敌狰狞甚，

---

① 常哥：即贺龙同志。贺龙原名贺文常。

② 刀锯鼎镬：泛指古代酷刑。

③ 寿考：长寿。

④ 中国青年出版社编：《革命烈士书信》，中国青年出版社1979年版，第40页。

⑤ 庭帏：旧时指父母住的地方，后来用以称父母。杜甫诗云："我已无家寻弟妹，君今何处访庭帏。"

⑥ 菽水：豆和水，常用以称子女供养父母。张养浩诗云："捧檄聊供菽水欢。"

誓为人民灭虎狼。[①]

【延伸阅读】

马桑树儿搭灯台

1919年8月，18岁的贺锦斋与洪家关一带十里八乡的美女戴桂香喜结连理。婚后一个月，贺锦斋便追随堂兄贺龙“两把菜刀闹革命”去了。直到1928年2月南昌起义失败后，他才回到戴桂香身边。

贺锦斋又要走了，为了排解妻子的思念之情，“上马将军下马诗”，他在昏暗的油灯下，提笔展纸改写了传唱久远的桑植民歌——《马桑树儿搭灯台》歌词，对戴桂香说：“我新填了词，想我时就唱吧，可以解脱一些相思的烦恼。”

“马桑树儿搭灯台，写封书信与姐带，郎去当兵姐在家，我三五两年不得来，你个儿移花别处栽。

马桑树儿搭灯台，写封书信与郎带，你一年不来我一年等，你两年不来我两年挨，钥匙不到锁不开。”

“不走行不行？”戴桂香问道。“不行！让我去吧，我的命大，这10年打了300多场仗，没伤我一根毫毛。革命胜利后，我会好好报答你的。”贺锦斋还是走了。

戴桂香望啊望啊，秋水望穿。丈夫走了，她唯一的爱好就是面朝送夫出山打仗的小路，一遍一遍地唱《马桑树儿搭灯台》。

1931年6月的一天，戴桂香正在房前的河边洗衣裳。忽然看见几位红军战士抬着一口棺材走过来，她心里“咯噔”一下。红军战士走到她身边问：“大嫂，贺星楼家在哪儿？”贺星楼正是贺锦斋的父亲。戴桂香一下子跌倒

① 中国青年出版社编：《革命烈士书信》，中国青年出版社1979年版，第40页。

在河边。

"钥匙不到锁不开。" 戴桂香不相信丈夫不回来了，她常摘些马桑树叶，压放在箱子里或枕头下，不断吟唱《马桑树儿搭灯台》，这一唱就是70多年。

【品读】

翻开英烈名录，贺龙宗亲有名有姓的烈士就有2050人，这其中就有"吾将吾身交吾党"的贺龙堂弟贺锦斋。吟唱"马桑树儿搭灯台，钥匙不到锁不开"70多年的戴桂香，同样付出了巨大的牺牲。为了理想，为了信仰，他们毁家纾难。

历史告诉我们，一个国家，一个民族，缺什么也不能缺信仰。2012年11月17日，习近平总书记在十八届中共中央政治局第一次集体学习时指出："坚定理想信念，坚守共产党人精神追求，始终是共产党人安身立命的根本。对马克思主义的信仰，对社会主义和共产主义的信念，是共产党人的政治灵魂，是共产党人经受住任何考验的精神支柱。形象地说，理想信念就是共产党人精神上的'钙'，没有理想信念，理想信念不坚定，精神上就会'缺钙'，就会得'软骨病'。"①

---

① 习近平：《紧紧围绕坚持和发展中国特色社会主义　学习宣传贯彻党的十八大精神》（2012年11月17日），《习近平谈治国理政》（第一卷），外文出版社2014年版，第15页。

为了救助全中国人民的父母和妻儿

——陈觉①给妻子赵云霄的诀别书

1928年10月10日

"惩共法院"以"策划暴动，图谋不轨"的罪名，判处陈觉、赵云霄死刑。临刑前4天，陈觉给狱中的妻子（因身怀有孕推迟执行死刑）留下了这封诀别书。

陈觉

云霄我的爱妻：

这是我给你的最后的信了，我即日便要处死了，你已有身，不可因我死而过于悲伤。他日无论生男或生女，我的父母会来抚养他的。我的作品以及我的衣物，你可以选择一些给他留作纪念。

你也迟早不免于死，我已请求父亲把我俩合葬。以前我们都不相信有鬼，现在则惟愿有鬼。"在天愿为比翼鸟，在地愿为并蒂莲，夫妻恩爱永，世世缔良缘。"回忆我俩在苏联求学时，互相切磋，互相勉励，课余时闲谈

---

① 陈觉（1907—1928）：湖南醴陵人，原名陈炳祥。1922年在醴陵县立中学上学时，改名陈觉，号秉强，表明自己是觉醒的青年，立志于中华民族的富强。1923年加入中国共产党，1925年被派往苏联学习，回国后先在东北，后到湖南工作。1928年10月因叛徒告密被捕入狱；同年10月14日在长沙英勇就义，时年21岁。

琐事，共话桑麻，假期中或滑冰或避暑，或旅行或游历，形影相随。及去年返国后，你路过家门而不入，与我一路南下，共同工作。你在事业上学业上所给我的帮助，是比任何教师任何同志都要大的，尤其是前年我病本已病入膏肓，自度必为异国之鬼，而幸得你的殷勤看护，日夜不离，始得转危为安。那时若死，可说是轻于鸿毛，如今之死，则重于泰山了。

前日父亲来看我时还在设法营救我们，其诚是可感的，但我们宁愿玉碎却不愿瓦全。父母为我费了多少苦心才使我们成人，尤其我那慈爱的母亲，我当年是瞒了她出国的。我的妹妹时常写信告诉我，母亲天天为了惦念她的远在异国的爱儿而流泪，我现在也懊悔此次在家乡工作时竟不曾去见她老人家一面，到如今已是死生永别了。前日父亲来时我还活着，而他日来时只能看到他的爱儿的尸体了。我想起了我死后父母的悲伤，我也不觉流泪了。云！谁无父母，谁无儿女，谁无情人，我们正是为了救助全中国人民的父母和妻儿，所以牺牲了自己的一切。我们虽然是死了，但我们的遗志自有未死的同志来完成。"大丈夫不成功便成仁"，死又何憾！此祝

健康！并问

王同志[1]好

觉　手书

一九二八·一〇·一〇[2]

【延伸阅读】

愿流尽最后一滴血

一辆囚车停在长沙福星街陆军监狱署门前，铁门打开，一个满身血污、

---

① 王同志：指陈觉和赵云霄的婚姻介绍人王希闵同志。

② 中国青年出版社编：《革命烈士书信》，中国青年出版社1979年版，第45—46页。

戴着脚镣手铐的青年被押下车，他就是陈觉。

1928年9月，陈觉被派到湖南常德，以开药铺为掩护，主持湘西特委工作。但他的行踪还是让叛徒嗅到了，越窗逃跑未成，陈觉被捕了。被转到长沙后，国民党湖南清乡督办署会办、军阀何键知道陈觉是个"有油水"的人物，便命令一个法官出面劝降，妄想将中共湖南地下党一网打尽。

陈觉被带到"清乡"督办署后厅，法官何彦湘迎过来打招呼："老弟，是我把你从常德要过来的。好险呀，差点儿让他们崩了。"他吩咐手下给陈觉打开镣铐，又递上一杯热茶，介绍自己与他的父亲陈景环要好，并劝道："亲不亲，故乡人。我从芸樵公（指何键）那里来，他说，只要你把共产党组织供出来，立即释放你们夫妇……"听到这里，陈觉蓦然立起，厉声地说道："住口！想拖着我与你们同流合污，办不到！"何彦湘愣了一下，又故作矜持道："我是替你着想，你还年轻，应享天伦之乐，何必白白送死呢？"陈觉"呸"了他一口，揭露国民党屠杀工农、祸国殃民之事。何彦湘凶相毕露："来人呀，拖下去打！"

男女牢房由一条走廊连着，赵云霄看到铁栅栏外被架进一个血肉模糊的人。啊！原来是自己的丈夫，她的眼泪唰地落下来，高声叫着陈觉的名字。听到妻子的哭唤，陈觉甩开狱警扑上前去，隔着铁栏杆拉住妻子的手。

不久，"惩共法院"的判决书下来了，以"策划暴动，图谋不轨"的罪名，判处陈觉、赵云霄死刑。[①]

10月14日，陈觉、王希闵等共产党人被押上囚车。面对死亡，他们集体高唱《囚歌》：

> 我们的革命有钢骨的意志，
>
> 英雄的气魄。

① 曹长秋、杨树荣、李行淮：《陈觉和赵云霄》，《中共党史人物传》（第二十九卷），陕西人民出版社1986年版，第86—102页。

我们要斩断道路上的荆棘，

冲破黎明前的黑暗。

革命的暴风雨海啸般的狂吼，

烈火般的燃烧。

叫一切不合理的制度毁灭，

叫一切反革命势力死亡。

为了后一代的幸福自由，

我们愿——愿把牢底坐穿；

为了庄严的共产主义事业，

我们愿——愿流尽最后一滴血。[①]

【品读】

　　"在天愿为比翼鸟，在地愿为并蒂莲，夫妻恩爱永，世世缔良缘。"一幅多么美好的爱情图画啊。但是，"为了救助全中国人民的父母和妻儿"，陈觉、赵云霄牺牲了自己的一切。这既是陈觉、赵云霄的初心和担当，也是共产党人的初心和担当。

　　在严峻的革命考验面前，陈觉、赵云霄表现出最忠贞的气节、最丰富的感情、最高尚的情操。他们夫妻俩的生命火花，凝铸在铁窗下，迸发在血泊前，永留在人世间。

---

① 曹长秋、杨树荣、李行淮:《陈觉和赵云霄》,《中共党史人物传》(第二十九卷),陕西人民出版社1986年版,第99页。

望你不负父母的期望

——赵云霄①给女儿的遗书

1929年3月24日

从"清乡"督办署过堂回来，赵云霄接到"惩共法院"的死刑判决书。她搂着女儿亲了又亲，吻了又吻，泪水一串串滚落。晚上，她伏在床板上，给一个半月的女儿留下了这封遗书。

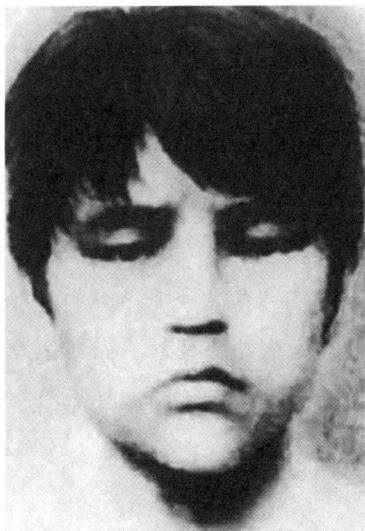

启明②我的小宝贝：

启明是我们在牢中生了你的时候，为你起的名字，这个名字是很有意义的。因为有了你才四个月的时候，你的母亲便被湖南清乡督办署捕于陆军监狱署来了。当

赵云霄

时你的母亲本来立时死的罪，可是因为有了你的关系，被督办署检查了四五次，方检查出来是有了你！所以为你起了个名字叫启明（与你同样同生一个

---

① 赵云霄（1906—1929）：河北阜平人，原名赵凤培。1925年加入中国共产党，同年被党派往莫斯科中山大学学习，其间与陈觉结婚。1927年9月回国，在湖南从事党的地下工作。1928年9月被捕，1929年3月在长沙英勇就义，时年23岁。

② 启明：即陈觉和赵云霄的女儿，陈启明。

叫启蒙）。小宝宝：你是民国十八年正月初二日生的，但你的母亲在你才有一月有十几天的时候，便与你永别了。小宝宝，你是个不幸者，生来不知生父是什么样，更不知生母是如何人？小宝宝，你的母亲不能扶（抚）养你了，不能不把你交与你的祖父母来养你。你不必恨我！而〔应〕[1]恨当时的环境！

小宝宝，我很明白的（地）告诉你，你的父母是个共产党员，且到俄国读过书。（所以才处我们的死刑。）你的父亲是死于民国十七年阳历十月十四日，即古历九月初四日。你的母亲是死于民国十八年阳历三月二十六日，即古历二月十六日。小宝贝，你的父母，你是再不能看到，而也没有像（相）片给你，你的母亲所给你的记（纪）念衣物及一金戒指，你可作一生的唯一的记（纪）念品。

小宝宝，我不能抚育你长大，希望你长大时好好的（地）读书，且要知道你的父母是怎样死的。我的启明，我的宝宝！当我死的时候，你还在牢中。你是个不幸者，你是个世界上的不幸〔者〕，更是无父母的可怜者！小明明，有你父亲在牢中给我的信及作品，你要好好的（地）保存！小宝宝，你的母亲不能多说了，血泪而成。你的外祖母家在北方，河北省阜平县。你的母亲姓赵。你可记着，你的母亲是二十三岁上死的。小宝宝，望你好好长大成人，且好好读书，才不负你父母的期望。可怜的小宝贝，我的小宝宝！

你的母亲于长沙陆军监狱署泪涕

三月廿四号[2]

---

① 编者加，〔 〕目的是补全句子、方便理解，本书后同。

② 曹长秋、杨树荣、李行淮：《陈觉和赵云霄》，《中共党史人物传》（第二十九卷），陕西人民出版社1986年版，第100—101页。

喂女儿最后一次奶

湖南清乡督办署，一个审判官举起一个卷宗得意地说："你不是一个寻常的共产党员，在莫斯科喝过洋墨水，你和陈觉的情况，早已由我们立案了，你还是老实说了吧！"

赵云霄瞟了他一眼回答道："既然知道了，你就判吧！要杀要剐，都随你便！"说完，她坐在板凳上，闭上眼睛，任凭审判官发问，一言不答。审判官无奈，只得下令将她送往陆军监狱署。

"惩共法院"以"策划暴动，图谋不轨"的罪名，判处陈觉、赵云霄死刑。赵云霄早将生死置之度外，只提出因身有孕，等生下小孩后再临刑。经过三四个医生的检查确定属实，"惩共法院"被迫同意延期执行。

1929年2月11日（农历正月初二），赵云霄在狱中生下一个女婴。赵云霄征求难友的意见后，给她取名"启明"，意思是黑暗中盼望破晓。

缺少乳汁，小启明饿得"哇哇"直叫。牢房的铁窗开得很高、很小，太阳照不进来，尿布无法晾干，赵云霄就把尿布缠在腰上，垫在床上，用自己的体温暖干。赵云霄日夜抱着小启明，贴在自己的胸口上。

3月26日，刽子手在牢房外高声点名。听到"赵云霄"三个字，她虽然知道会有生离死别的这一天，但还是痛断肝肠。作为妈妈，她放心不下小启明，她的宝贝女儿。诀别的时刻到了，赵云霄给小启明喂了最后一次奶，把女儿交给了难友……

陈觉就义后，父亲陈景环收殓了儿子的遗体，运回醴陵泗汾镇安葬。赵云霄就义后，无法找到遗体，陈景环仅从监狱里接回只有一个半月的小启明。由于监狱的折磨，小启明体弱多病，没有像母亲希望的那样"长大成人"，4岁时夭折了。一个革命家庭，就这样全部奉献给了中国人民的解放事业。①

【品读】

　　母爱是无私的，母爱是伟大的。面对怀抱中的女儿，赵云霄给小启明喂了最后一次奶。世上只有妈妈好。她知道，从此天人相隔，女儿就成了无父无母的可怜者！但是，为了自己坚守的那份信仰，为了天下受苦受难的孩子，即使痛断肝肠，她还是走向了刑场。大爱无疆，这就是共产党人的情怀。

---

① 曹长秋、杨树荣、李行淮：《陈觉和赵云霄》，《中共党史人物传》（第二十九卷），陕西人民出版社1986年版，第99—102页。

满腔热血，洒遍地北天南

——王孝锡^①给父母的绝命词

1928年12月29日

　　29日深夜，一个身份不明的狱吏（一说军官）悄悄告诉王孝锡，明日他将要临刑，并问有什么需要传递之物，表示愿意效劳。于是，他提笔给父母写下这首绝命词，连同4块银圆，请狱吏送给同乡王自治^②，转交自己的父母。

王孝锡

纵有垂天翼，

难脱今夜险。

问苍天！

何不行方便？

驭飞云，

---

① 王孝锡（1903—1928）：甘肃宁县人，字遂五。1925年加入中国共产党，创建甘肃第一个农村党组织——中共彬宁支部及甘肃第一个革命青年组织——青年社。先后任中共甘肃特别支部组织委员、西北特派员。1928年春，亲自指导并参加旬邑农民暴动；11月26日，被国民党陕甘青"剿匪"总司令部逮捕；12月30日，慷慨就义。时年25岁。

② 王自治：字立轩，甘肃宁县人。时任甘肃省政府科长，与王孝锡关系甚笃。

驾慧船，

搬我直到日月边。

取来烈火千万炬，

这黑暗世界，

化作尘烟。

出铁笼，

看满腔热血，

洒遍地北天南。

一夕风波路三千，

把家园骨肉齐抛闪。

自古英雄多患难，

岂徒我今然。

望爹娘[①]，

休把儿挂念，

养玉体，

度残年，

尚有一兄三弟，

足供欢颜，

儿去也，

莫牵连！[②]

---

① "爹娘"一说为"椿萱"。

② 中国青年出版社编：《革命烈士书信》（续编），中国青年出版社1983年版，第28页。

曲折传世的绝命词

1928年11月26日，王孝锡被国民党陕甘青"剿匪"总司令部逮捕。面对一次次的酷刑审讯，他严守党的机密，坚贞不屈、视死如归。"慷慨歌太平，从容作楚囚，暴刀逞一快，何惜少年头。"

12月30日，走向刑场的路上，王孝锡不断奋力高呼"共产党万岁！""共产主义精神不死！"等口号。刽子手举起马刀向他身上乱砍，鲜血飞溅，仍挡不住他的口号声。刽子手又用毛巾塞进他嘴里……

王自治得知王孝锡临刑的消息后，马上赶往刑场。由于戒严，途中受阻，到了刑场，他见到的已经是王孝锡的尸体了。于是，他以乡仁的身份为王孝锡收尸，并简单安葬在刑场附近。10年之后，日军轰炸兰州，王孝锡墓被炸毁，他的胞弟王干城专程来到兰州，准备将他（×）的遗骸迁往家乡安葬。

利用这次见面的机会，王自治告诉王干城，他的哥哥临刑前的绝命词等早已交给宁县同人贺风武。但贺风武考虑王孝锡父母年事已高，白发人送黑发人不好，再加上王孝锡长兄自幼疯癫，弟弟们尚且年幼，就没有告诉其亲属王孝锡临刑情况和绝命词等。不知什么原因，王孝锡的绝命词找不到了。所幸的是，王自治对这首词印象极深，背给了王干城。

王孝锡遗骸安葬时，亲属们请一位周姓的老贡生书写了这首词。由于白色恐怖，他们将词中颇具革命色彩的"取来烈火千万炬，这黑暗世界，化作尘烟。出铁笼，看满腔热血，洒遍地北天南"几句删掉了。又请王孝锡西北大学晚届同学石怀璞，写成朱砂横批，冠以"遂五遗书"当作题目。[①]

---

① 尹德生：《关于王孝锡绝命词及其早期重写件"遂五遗书"》，《甘肃社会科学》，2000年第3期。

【品读】

　　"取来烈火千万炬，这黑暗世界，化作尘烟。"王孝锡烈士的绝命词慷慨悲壮，气贯长虹。正如烈士所预言的那样，千万炬的烈火将黑暗的旧中国化为历史的尘烟，无数仁人志士的满腔热血，洒遍中华的地北天南，中国人民终于站起来了。

　　王孝锡烈士所期盼的中华民族美好画卷，用今天的话语讲，就是中华民族伟大复兴的中国梦。中国梦凝结着无数仁人志士的不懈努力，承载着全体中华儿女的共同向往，昭示着国家富强、民族振兴、人民幸福的美好愿景。今天，我们可以自豪地告慰先烈，"中国特色社会主义进入了新的发展阶段。中国特色社会主义不断取得的重大成就，意味着近代以来久经磨难的中华民族实现了从站起来、富起来到强起来的历史性飞跃。"①

---

①　习近平：《高举中国特色社会主义伟大旗帜，为决胜全面小康社会实现中国梦而奋斗》（2017年7月26日），《习近平谈治国理政》（第二卷），外文出版社2017年版，第62页。

余生无足恋，大敌正当前

——杨匏安^①的狱中遗诗

1931年8月

在国民党上海淞沪警备司令部军法处看守所龙华监狱，杨匏安不仅自己坚贞不屈，还教育狱中同志对党忠贞不渝。临刑前，他写下这首《示难友》，赠予同狱难友。

示难友

慷慨登车去，

临难节独全。

余生无足恋，

大敌正当前。

投止穷张俭^②，

杨匏安

---

① 杨匏安（1896—1931）：广东香山人。中国共产党早期理论家和革命活动家。1921年加入中国共产党，是广东最早的党员之一。1923年国共合作后历任国民党中央组织部秘书、中央执行委员会常委等职。1927年党的五大当选中央监察委员会副主席。1929年编译国内第一部用唯物史观叙述国际共产主义运动历史著作《西洋史要》。同年任中共中央农民部副部长。1931年7月被特务逮捕，同年8月在上海龙华监狱英勇就义。时年35岁。

② 张俭：东汉桓帝时人。因疏劾宦官侯览贪赃枉法、残害百姓，被迫逃亡。因张俭为人正直，人皆敬仰，甘愿毁家相救。作者借这个典故，表明自己也曾多次受人掩护。

迟行笑褚渊[①]。

者番成永别,

相视莫凄然[②]。

【延伸阅读】

"南杨"——匏安

在中国马克思主义传播史上,有"北李南杨"之说。"北李"自然指的是李大钊,而"南杨"说的则是杨匏安。

杨匏安潜心翻译日本早期共产主义者的著述,1919年7月12日到年底,他在当时广州一家规模较大的报社的报纸——《广东中华新报》上,以"世界学说"为总标题,发表41篇专文,系统介绍西方各派哲学和社会主义学说。其中,《马克思主义——一称科学社会主义》陆续登载了19天,是华南地区最早系统地介绍马克思主义的文章,与李大钊的《我的马克思主义观》下篇差不多同时间世,为广东共产党组织的诞生做了思想准备。

1921年春,广东成立中国共产党早期组织。不久,经谭平山介绍,杨匏安加入了中国共产党,成为中共广东早期党员之一。1922年3—4月,他在《青年周刊》第3～7期上,连续发表长文《马克思主义浅说》,用白话文体通俗、系统地介绍马克思主义三个组成部分,比1919年的那篇写得更加深入浅出,准确鲜明。

1923年党的三大后,杨匏安受中共中央委派,参与由孙中山领导的国民党改组,此后曾任国民党中央委员、中央组织部秘书(代部长)等职。当时

---

① 褚渊:南北朝时宋人。宋明帝临死封他为中书令,托他与袁粲扶助幼主,协理国事。但他见萧道成势力大,竟出卖幼主和袁粲而投靠萧。后世人以其毫无气节而鄙视之。作者借这个典故从容面对死亡,鄙视贪生怕死的叛徒。

② 中共中央宣传部宣传教育局:《重读先烈诗章》,中华书局2016年版,第82页。

他月薪有300多块大洋，足以买田、买地。但他把绝大部分钱都交给党作活动经费，只留下极少的作家用。蒋介石发动四一二反革命政变后，在党的五大上，杨匏安当选中央监察委员会委员、副主席。同年11月，他受到不公正处分，以普通党员身份在上海做地下工作，生活十分困窘。全家10多口人，他又患肺病，发给他的有限生活费难以维持日用。他白天在党报秘密机关当编辑，晚上写作译书赚稿费。还经常帮家人推磨做米糍，让母亲和孩子们清晨上街叫卖。以致7个儿女有2个因病缺医而早夭，但杨匏安仍表示"公忠不可忘"。

1931年夏，中共中央宣传部负责人罗绮园①因生活作风问题，被叛徒向南京蒋介石告密，以致连累杨匏安等16人被捕。

杨匏安先关押在汇山捕房，2天后被引渡到国民党淞沪警备司令部看守所龙华监狱，由于他当过国民党中央常委，国民党高官多人劝降，都遭他严词斥责。"我从参加革命起，早就置生死于度外，死可以，变节不行！"蒋介石甚至亲自出马劝降，他也不为所动，把电话都摔了。狱中难友无不为他的铁骨丹心深深感动，连一些狱卒也敬佩地称他"铁人"。他还设法从狱中传出纸条，叮嘱"缝纫机虽穷不可卖去"，因为这是家中唯一的谋生工具。当时妻子病重，无奈之中甚至想把小儿子卖掉，由于小儿子哭闹和婆婆的坚持，此事才作罢。

1931年8月，杨匏安在龙华监狱被秘密杀害。周恩来称赞他"为官清廉，一丝不苟，堪称楷模"②。

---

① 罗绮园（1894—1931）：广东番禺人。1922年加入中国共产党。1931年7月25日被国民党特务逮捕，叛变后仍遭处决。

② 杨匏安是华南地区最早传播马列主义的人，牺牲后四个儿子都走上革命道路。

【品读】

　　"北李南杨"中的杨匏安，在国民党里，官至中央组织部代部长，月薪300多块大洋；在共产党内，曾当选五大中央监察委员会副主席。受到不公正处分后，生活十分困窘，儿女因病早夭，但他仍旧"公忠不可忘"。被捕后面对劝降，他表示："死可以，变节不行！"

　　杨匏安确立共产主义信仰后，就再也没有动摇过。无论处在顺境还是逆境中，哪怕受到无端的打击、错误的处分，也始终与党同心同德；即使面对死亡威胁，也永不叛党，以生命殉事业。这种革命气节和精神，是中国共产党人最需要、最可贵的。

我满意我为真理而死

——裘古怀①给党和同志们的遗书

1930年8月27日

8月27日一清早儿，裘古怀就有一种异样的感觉，被判重刑的难友差不多都被杀了，自己恐怕也"在劫难逃"了。他赶紧伏在浙江陆军监狱牢房的地上，写了两封遗书，一封给党和同志们，一封给妻子。

裘古怀

伟大的中国共产党和全体亲爱的同志们：

当我在写这封信的时候，国民党匪徒正在秘密疯狂地屠杀着我们的同志，被判重刑的或无期徒刑的同志，差不多全被迫害了！几分钟以后，我也会遭到同样的被迫害的命运。

---

① 裘古怀（1905—1930）：浙江奉化人。字述卿，化名张飞瀑、周乃秋。1925年入黄埔军校第四期政治科学习，北伐后期任叶挺部团长；1926年加入中国共产党，南昌起义后随军远征到广东东江，后任共青团浙江省委书记。1929年1月在杭州被捕，1930年8月27日在浙江陆军监狱英勇就义，时年25岁。

伟大的党！亲爱的同志们！我非常感激你们。由于党给我的教育，使我认识了这社会的黑暗，使我认识了革命，使我成为一个有生命的人。现在在这最后的一刹那，我向伟大的党和你们致以最崇高的敬礼！

我满意我为真理而死！遗憾的是自己过去的工作做得太少，想补救已经来不及了。在监狱里，看到每一个同志在就义时都没有任何一点惧怕，他们差不多都是象（像）去完成工作一样跨出牢笼的，他们没有玷辱过我们伟大的、光荣的党。现在我还未死，我要说出我心中最后的几句话，这就是希望党要百倍地扩大工农红军；血的经验证明，没有强大的武装，要想革命成功，实在是不可能的。同志们，壮大我们的革命武装力量争取胜利吧！胜利的时候，请你们不要忘记我们！

裘古怀

八月二十七日①

【延伸阅读】

"牢监大学"

1929年下半年，国民党浙江陆军监狱关押了大批共产党人。经秘密串联，第二年春天，监狱成立了秘密的中共特别支部，书记是徐建三，宣传委员是裘古怀，组织委员是邹子侃。

狱中党员利用"放风"，或者狱中"医役"王屏周（被捕前任中共永嘉县委书记）看病时秘密进行联系活动。为安全起见，他们将政治词汇用生活用语替代，如称党为"爱人"、支部为"家"、支书为"哥哥"、党员为"妹妹"。就连支部成员姓名也用了假名。正因为这样，狱中特别支部始终没有暴露。

---

① 中国青年出版社编：《革命烈士书信》，中国青年出版社1979年版，第77—78页。

浙江陆军监狱中的共产党人

监狱环境特殊，开展学习不容易，弄教材就是个难题。狱中特别支部凭记忆整理了一份中共六大精神介绍材料，秘密传阅、讨论；还发动难友通过各种秘密渠道，从狱外搞些政治、文艺书籍，如《国家与革命》《共产主义运动中的"左派"幼稚病》等列宁的著作，以及《铁流》《毁灭》等一批苏联小说。裘古怀秘密编印了《火花》《洋铁碗》两个刊物，在政治犯和普通犯中传阅。他还以狱中生活和历史题材为内容，编写出三册狱中"教科书"，供那些识字不多的难友提高文化。

在狱中特别支部的领导下，狱中党员开展了"打豺狼""绝食""笼啸"等多种形式的斗争。"打豺狼"是指驱赶为暗中监视共产党员狱中活动，狱方派进监牢里的叛徒或特务；"绝食"是狱中斗争的主要形式，抗议狱方严刑拷打犯人、争取改善学习、生活条件；"笼啸"则是专门对付信佛教的监狱长的一种方法。

狱中特别支部先后更换四届，许多成员被国民党枪杀了，但狱中斗争没有停止。浙江陆军监狱的东监被称为"孤岛""死水潭"，是政治犯最集中、看管最严格的地方，也成立了中共东监特别支部。

1930年8月27日，国民党接连枪杀徐英、罗学瓒、裘古怀等19名共产党"要犯"。[①] "铮铮铁骨，赫赫英风。生为人杰，死为鬼雄。浩然正气，湖山共存。钟灵毓秀，以勖后人。"

【品读】

临刑前几分钟，裘古怀有感于"每一个同志在就义时都没有任何一点惧怕，他们差不多都是像去完成工作一样跨出牢笼的"，他满意"为真理而死"，他叮咛同志们"胜利的时候，请你们不要忘记我们"。裘古怀担心的，绝不是自己的名字淹没在历史的尘埃中，而是他用生命追求的信仰、用鲜血守望的初心，后人千万不能遗忘。

---

① 邓金松执笔：《中共党员如何在浙江陆军监狱中斗争》，http://zzg2.zjo1.com.cn/zzg2/system/2013/07/04/019446408.shtml。

无论在任何条件下，都要好好爱护母亲

——刘谦初①给妻子张文秋的遗书

1931年4月5日

根据国民党山东省政府主席、军阀韩复榘的旨意，1931年4月4日下午2时，国民党山东临时军法会审判委员会判刘谦初等22名中国共产党党员死刑。5日凌晨，刘谦初写下这封遗书，向妻子、党组织和同志们做最后的告别。

刘谦初

珍妹②：

我现在临死之时，谨向最亲爱的母亲③和亲爱的兄弟们④告别！并向你坚握告别之

---

① 刘谦初（1897—1931）：山东平度人。原名刘德元，字乾初（后改为谦初）。1927年加入中国共产党，先后任中共福建省委书记、山东省委书记兼宣传部长。1929年8月6日被捕，1931年4月5日，在济南纬八路侯家大院（今槐荫广场）英勇就义，时年34岁。1949年10月15日，其女刘思齐嫁给毛泽东主席长子毛岸英。

② 珍妹：即张文秋（1903—2002），乳名张前珍，湖北京山县人。1924年加入中国社会主义青年团，1926年转为中国共产党党员，1927年与刘谦初结婚。

③ "母亲"：借指党中央。

④ "兄弟们"：借指同志们。

手，望你不要为我悲伤，希你紧（谨）记住我的话，无论在任何条件下，都要好好爱护母亲！孝敬母亲！听母亲的话！你的快乐，也就是我的快乐；你的幸福，也就是我的幸福！①

【延伸阅读】

听母亲的话

1928年，王复元（中共山东省委组织工作负责人）因为贪污被开除出党后，和哥哥王用章（中共山东地委候补委员、省委交通处主任，叛变后改名王天生）纠集一伙叛徒投靠了国民党，成立"清共委员会"和"捕共队"，致使党的一大代表邓恩铭等大批同志被捕，白色恐怖笼罩着山东。

为了尽快恢复山东省委的工作，1929年2月，中央调刘谦初担任山东省委书记兼宣传部长。3月下旬，刘谦初抵达济南后，化名黄伯襄，以齐鲁大学代课教员身份为掩护开展工作，妻子张文秋（化名陈孟君）任省委妇女部长兼机要秘书。

7月2日这天，下着小雨。张文秋把门锁好，对房东太太说到趵突泉买点儿东西，留下钥匙就走了。实际上她是去顺贡街省委秘书机关开会。因有人告密，张文秋等人不幸被捕。7月底的一天，刘谦初从青岛返回济南。刚一进院，房东李大嫂一面机警地告诉他"陈先生（张文秋）外出多日没有回来"，一面使眼色暗示后院有情况。他赶忙托词转身出院。为了向党中央汇报这一突变，刘谦初决定离济赴沪。8月6日，他换了身白色衣裤，剃成光头，装扮成农民的样子，坐上胶济线的火车，准备由青岛转乘去上海的轮船。在明水火车站，两个侦探拿着叛徒提供的照片，逮捕了刘谦初，将他解至济南警备司令部，后关押在普利门外太平庄的山东第一模范监狱。

---

① 中国青年出版社编：《革命烈士书信》，中国青年出版社1979年版，第84页。

在狱中，敌人用坐铁笼、上压杠、灌辣椒水等种种酷刑折磨刘谦初，逼迫刘谦初承认自己是共产党员。但他咬紧牙关，坚持说自己叫黄伯襄。他还托狱卒给妻子一包糖饼，里面夹着张小纸条，写了四句诗："无事不必苦忧愁，应把真理细探求；只要武器握在手，可把细水变洪流。"[①]后来，由于汪精卫改组派一个人指认，敌人才弄清楚刘谦初的身份。

1930年2月，张文秋刑满释放，行前与刘谦初会面。他激动地对妻子说："回到母亲（指党）身边后，要好好地照顾母亲，听母亲的话，要搞好家务（指为党工作）。"当妻子含泪让他给即将出生的孩子取名时，他说："无论是男是女，就叫'思齐'吧。山东古来便是齐鲁之地，英雄辈出，礼仪最盛，让我们的孩子时时记住这块地方吧。"

同年9月，军阀韩复榘接任国民党山东省政府主席后，疯狂屠杀共产党人。11月初，刘谦初给党中央写信："事已如此，没有营救的可能，请不必进行营救工作。""我心里很平静，正在加紧读《社会进化史》，争取时日，多懂一些真理。"

1931年4月5日晨，刘谦初等22名优秀共产党员在济南纬八路刑场英勇就义。[②]

毛主席1938年在延安中央党校接见张文秋时沉痛地说："刘谦初，我是知道的，他是一个好同志，可惜牺牲得太早了。"

【品读】

在诀别信中，刘谦初向党——"最亲爱的母亲"告别，并叮嘱妻子要"爱护母亲"，"听母亲的话"。临刑之时仍以党的利益为

---

① 中共山东省委党史研究室编著：《中共山东编年史》（第一卷），山东人民出版社2015年版，第581页。

② 魏敬群：《刘谦初张文秋夫妇在济南》，http://news.163.com/11/10630/09/>>pof16ll00014AED.html。

重，这体现了他坚强的党性。

毛泽东指出："共产党员无论何时何地都不应以个人利益放在第一位，而应以个人利益服从于民族的和人民群众的利益。"①党的十八届六中全会审议通过的《关于新形势下党内政治生活的若干准则》明确指出："全体党员、干部特别是高级干部必须增强党的意识，时刻牢记自己第一身份是党员。"②全党同志要做到在党言党、在党忧党、在党为党，对党忠诚、为党奉献。

---

① 毛泽东：《中国共产党在民族战争中的地位》，《毛泽东选集》（第二卷），人民出版社1991年版，第522页。

② 毛泽东：《关于新形势下党内政治生活的若干准则》，《全面从严治党常用文件选编》，党建读物出版社2016年版，第45页。

把热情与兴趣汇入革命巨流

——聂耳①日记一则（节录）

1932年9月11日

聂耳来北平已经一个月了，这天，他去找俄国著名小提琴教授托洛夫，结果没有遇见。于是，他经东交民巷、前门来到了天桥，观看民间艺人的表演，充满了同情。晚上，他在日记中写道：

聂耳

九月十一日

……

钻入了一个低级社会。在这儿，充满了工人们、车夫、流氓无产阶级的汗臭，他们在狂呼、乱叫，好象（像）些疯人样地做出千奇百怪的玩艺，有的在卖嗓子，有的在卖武功，这些呼声，这些真刀真枪的对打声，锣鼓声……这是他们

---

① 聂耳（1912—1935）：云南玉溪人，原名聂守信，字子义（作紫艺），人民音乐家。1933年加入中国共产党，《义勇军进行曲》（后被定为中华人民共和国国歌）曲作者。1935年7月17日，在日本鹄沼海滨不幸溺水身亡，时年23岁。

把热情与兴趣汇入革命巨流

的生命的挣扎，这是他们向敌人进攻时的冲锋号……[①]

【延伸阅读】

聂耳在北平的日子

1932年8月11日中午时分，身穿西装、手提小提琴盒子的聂耳，随着摩肩接踵的人流，走出前门火车站，乘一辆洋车，来到校场头条3号（今7号）云南会馆。

到达北平的当晚，年轻好动的聂耳就和同乡游览了中山公园，晚上10点多才回到会馆。自此一发不可收拾，二十几天里，他的脚步遍及北海公园、中南海公园、万牲园（今天的动物园）、香山……

聂耳不是来北平旅游的，而是求学来了。到会馆的第三天，他就用破木板做了一个乐谱架，搁在箱子上面，放上琴谱，拉起了基础练习。小屋又黑又潮，蚊子很多，每天他的脸上、脖子上和手臂上，都有十来处蚊子叮咬的红痕。实在没有办法，他就到庭院的槐树下练琴。

9月中旬，聂耳报考北平艺术学院音乐系。在"党义"试题中，他写了《国难期中研究艺术的学生之责任》；在"国文"试题中，他写了《各自理想的精神之寄托》。充满抗日爱国思想的聂耳，他的答卷自然不合国民党考官的胃口。聂耳名落孙山。

但聂耳没有灰心，他找到在北平的俄国著名小提琴教授、曾经教过冼星海的托洛夫学习。聂耳实在付不起高昂的学费，只上了四次课，就退学了。告别的时候，托洛夫惋惜地对聂耳说："你是一个顶聪明的孩子，你将来的提琴会拉得不错的。"

---

① 《聂耳全集》编辑委员会编：《聂耳全集》（下卷），文化艺术出版社、人民音乐出版社1985年版，第461—462页。

除了学习小提琴外，聂耳还几次到天桥，去听民间艺人的演唱，看富连成班的演出。在天桥"充满了工人们、车夫、流氓无产阶级的汗臭"的环境中，聂耳聆听劳动者的心声。他从下层苦难艺人身上，吸收营养，丰富自己的艺术积累。北平普通老百姓抗日救亡的呼声，深深地感染了聂耳，让他振奋，给他激情。

在北平期间，经上海"剧联"的介绍，聂耳结识了许多左翼戏剧家和音乐家，积极参

云南会馆

与北平左翼戏剧家联盟和左翼音乐家联盟的演出活动，宣传抗日救亡，成了北平"剧联"的活跃分子。

在北平的十字街头，聂耳唱起曲调委婉的云南民歌。歌声使过往的行人停下了脚步，人越聚越多。这时，只见一个东北老大娘，衣衫褴褛，坐在地上呼天抢地地哭起来，边哭边控诉日本鬼子的罪行。哀怨凄惨的哭声，使在场的中国人怒火满腔。突然，一个身着长衫、留着小胡子的汉奸，追逐一个中国姑娘。观看的人们再也无法沉默，"打倒日本鬼子""打倒汉奸"的口号声响成一片。原来，这是聂耳和"剧联"的同志上演的街头活报剧。等到国民党警察闻讯赶来，大家一哄而散，又到下一个街头演出去了。

和北平"剧联"的同志们一起战斗，使聂耳政治上进步很快，越来越成熟了。他向"剧联"领导于伶表达了加入中国共产党的愿望。北平"剧联"党组织认为：聂耳已基本具备了入党条件。但考虑到他在北平没有固定职业，将很快离开北平回上海，就没有为他办理入党手续。

校场头条今貌

　　11月的北平，已是寒风呼啸、雪花纷飞，聂耳的"寒衣"还在上海的当铺里。11月6日，云南老乡凑齐了路费，聂耳依依不舍地告别了北平。"北平！算是告了一个段落吧！二次重来，不知又待如何？"[①]

　　聂耳离开北平时，于伶让他带给上海"剧联"党组织三份材料：一是北平"剧联"一年来的工作报告，二是聂耳的入党申请及党组织的意见，三是聂耳在北平工作情况的介绍。虽然聂耳只在北平生活了3个多月，但他的生命经受了一次洗礼，他把"泛滥洋溢的热情与兴趣，汇注入巨流的界堤"。1933年初，经田汉介绍，聂耳在上海加入中国共产党。

　　1935年，上海电通影片公司请田汉写个电影剧本——《凤凰的再生》。田汉先交了个剧本梗概，"写在旧式十行红格纸上，约十余页"。同年2月，田汉被国民党当局逮捕。为了尽快开拍，电通影片公司请人把田汉的文学剧本改写成电影文学剧本，征得田汉同意，影片改名《风云儿女》。4月，又传来国民党当局要逮捕聂耳的消息。为了保护这个年轻有为的战士，

----

① 《聂耳全集》编辑委员会编:《聂耳全集》(下卷)，文化艺术出版社、人民音乐出版社1985年版，第483页。

地下党组织安排他先到日本暂避，然后再去欧洲和苏联学习。

聂耳得知《风云儿女》有首主题歌要写，就主动要求把谱曲的任务交给他，表示到日本以后，歌稿尽快寄回，绝不会耽误影片的摄制。主题歌《义勇军进行曲》歌词"写在稿纸最后一页"，田汉原想写得较长，因为没有时间，写完两节就丢下了。聂耳很快就从日本寄回《义勇军进行曲》歌谱，贺绿汀请上海百代唱片公司乐曲指挥、苏联作曲家阿龙·阿甫夏洛莫夫配器。

不幸的是，《风云儿女》上映的前后，1935年7月17日，聂耳在日本藤泽市鹄沼海滨游泳时不幸溺水身亡。他没有看到《风云儿女》，也没有听到合成后的《义勇军进行曲》。

"起来！不愿做奴隶的人们，把我们的血肉筑成我们新的长城。中华民族到了最危险的时候，每个人被迫着发出最后的吼声。起来！起来！起来！我们万众一心，冒着敌人的炮火前进！冒着敌人的炮火前进！前进！前进！进！"随着电影公映，《义勇军进行曲》很快传遍了神州大地，成为中华民族解放斗争的号角。

聂耳的生命在23岁时就画上了休止符。但是，聂耳的生命是永恒的，他的生命已经融入《义勇军进行曲》的旋律中。1949年9月27日，中国人民政治协商会议第一届全体会议通过决议案：中华人民共和国的国歌未正式制定前，以《义勇军进行曲》为代国歌。1978年，中华人民共和国第五届全国人民代表大会第一次会议确定《义勇军进行曲》为中华人民共和国国歌。2004年3月，中华人民共和国第十届全国人民代表大会第二次会议通过《中华人民共和国宪法修正案》，正式赋予国歌《义勇军进行曲》以宪法地位。

【品读】

天桥艺人的吼叫，在聂耳眼里是底层人民"生命的挣扎"，是"向敌人进攻时的冲锋号"。正是基于这种人民情怀，3个多月的北平生活，让他的生命经受了一次洗礼，把"泛滥洋溢的热情与兴趣，汇注入巨流的界堤"，创作了中华民族解放斗争的号角——《义勇军进行曲》。

习近平主席2018年新年贺词以人民开篇、以人民落脚，"人民"是关键词，更是主题词。民心是最大的政治，人民是最好的注脚。每一名共产党人，都要有深沉绵长的人民情怀，都要牢记"让人民生活更加幸福美满"的诺言。

洒我们的鲜血，染成红旗，万载飘扬

——林基路^①给父亲的信（节录）

1933年2月17日

1932年秋，林基路在上海被捕，经过中共地下党组织和他父亲的多方营救，被保释出狱。出狱不久，他收到了一封父亲的来信——"吾心已碎，吾胆已寒"，劝他放弃革命工作。于是，他给父亲复信如下。

林基路

父亲大人膝下，敬禀者：

从阴棠兄处诸多恳求，始得见手谕，三读之下，痛楚万分。

青年人谁无感情，庸碌者用于私，而优卓者用于公平。儿虽不敏，目击社会现实情形，能无动于中（衷）乎？年来读社会科学书，对社会病源及改造之方，颇多理解，证以事实，益增信心。且儿生性刚强，意志坚决，素不喜因

---

① 林基路（1916—1943）：广东台山人，原名林为梁。1933年加入共青团和中国左翼作家联盟，1935年加入中国共产党。1938年由党中央派往新疆工作，先后任新疆学院教务长、阿克苏专区教育局局长、库车县县长、乌什县县长等职。1942年9月17日，被军阀盛世才逮捕；1943年9月27日，被秘密杀害。时年27岁。

人成事，勇往直前，尽己所能尽，乃我职志。儿意以为此身能公诸社会，个人痛苦，非所敢计。

英雄常见于乱世，而人间一切悲剧亦未有不于此时上演殆遍者。儿志愿忠于人群，岂不愿孝于父母？而事实证明：忠于社会者必逆于父母，忠孝难全，奈何？奈何？以儿意志之坚决，勤力于社会工作，不患壮志不酬，而高年父母，即以"吾心已碎，吾胆已寒"诉，人非木石，孰不伤怀？天乎，何不生我为蠢笨之豕儿，而偏生我为万物之灵之人类？何不生我为俗世蠢子，而偏赋我满腔热血，一场壮志？幸乎？不幸乎？社会事情不可袖手，而父母恩情岂可抛置？

谨候　健康

儿

为梁谨禀

二月十七日[①]

【延伸阅读】

龟兹古渡　团结新桥

1938年2月，赴新疆的干部从延安分批出发，前往新疆的迪化（今乌鲁木齐）。林基路开始被分配到新疆学院担任教务长。第二年6月，24岁的林基路又被派到南疆的库车县当县长。

要建设库车就得先了解库车。林基路带着翻译，骑马踏遍了库车，并亲自绘制了全县地图。库车县城东边有一条赤哈河，每到汛期洪水泛滥。赤哈河上有座清朝光绪年间修建的六孔简易大桥，年久失修、摇摇欲坠，林基路决定重建这座桥。他亲自参与大桥图纸设计，聘请百余工匠参与施工。1941

---

① 中国青年出版社编：《革命烈士书信》（续编），中国青年出版社1983年版，第138—139页。

年4月，30米长、一孔、5米宽行车道、两侧各2米宽人行道的大桥终于竣工了。有人提议以林县长的名字作为桥名，但他却说："这座桥的建成，是汉维各族人民共同努力的结果。旧桥横匾不是题有'龟兹古都''龙口之流'吗？我看新桥就叫作'龟兹古渡''团结新桥'吧。"于是，他亲笔书写了这八个字，镂刻成木雕字，悬挂在大桥两侧护栏上。[①]

囚徒歌

1942年夏，新疆军阀盛世才以"另有任用"为名，陆续将包括在新疆工作的100多名共产党人调回省城迪化。9月17日，又派军警包围八户梁，将集中居住在这里的陈潭秋、毛泽民、林基路等共产党人软禁。

2月7日晚上，林基路及妻子陈文英和孩子，被押到迪化第四监狱，林基路被关在10号牢房。在阴暗的监牢里，他用供囚犯吸烟当火种的燃香香头，伏在牢房的木板上，在书本的空隙里，用香灰开始了《囚徒歌》的创作。同牢的陈谷音，又为这首诗谱了曲。

......

> 囚徒，新的囚徒，坚定信念，贞守立场！
>
> 砍头枪毙，告老还乡；
>
> 严刑拷打，便饭家常。
>
> 囚徒，新的囚徒，坚定信念，贞守立场！
>
> 掷我们的头颅，奠筑自由的金字塔，
>
> 洒我们的鲜血，染成红旗，万载飘扬！[②]

① 黄仁夫、黄仲楷：《丹心耀天山——林基路传略》，《不屈的共产党人》（第三册），人民出版社1982年版，第373页。

② 中共中央宣传部宣传教育局：《重读先烈诗章》，中华书局2016年版，第152—153页。

洒我们的鲜血，染成红旗，万载飘扬

▼

一个月后，林基路被转到了第二监狱。1943年9月27日深夜，军阀盛世才的警务处长李英奇、审判委员会主任富宝廉和几名刽子手，奉盛世才的密令，同监狱长张思信等一道，把陈潭秋、毛泽民、林基路等人带进刑讯室，先用大头棒将他们击倒，再用绳索勒死，装入麻袋，乘夜埋在迪化北郊六道湾山坡上。

天地英雄气，千秋尚凛然。林基路烈士的英雄事迹和不朽诗篇《囚徒歌》，永远为人民所传颂。①

【品读】

老父亲疼爱儿子，"吾心已碎，吾胆已寒"，这是人之常情，是小爱；"社会事情不可袖手，而父母恩情岂可抛置？"自古道忠孝不能两全，儿子林基路愿将"此身能公诸社会"，"洒我们的鲜血，染成红旗，万载飘扬"，这是大爱，更是初心与使命。

2017年10月31日，党的十九大闭幕仅一周，中共中央总书记、国家主席、中央军委主席习近平带领中共中央政治局常委同志，瞻仰上海中共一大会址和浙江嘉兴南湖红船，回顾建党历史，重温入党誓词。习近平强调，"其作始也简，其将毕也必巨"。事业发展永无止境，共产党人的初心永远不能改变。唯有不忘初心，方可告慰历史、告慰先辈，方可赢得民心、赢得时代，方可善作善成、一往无前。②

---

① 黄仁夫、黄仲楫：《丹心耀天山——林基路传略》，《不屈的共产党人》（第三册），人民出版社1982年版，第389页。

② 《习近平谈初心》，《人民日报海外版》，2018年7月4日第1版。

生得有意义，死得有价值

——邓中夏①狱中遗言

1933年9月

邓中夏被"引渡"南京首都宪兵司令部看守所后，他身份已经完全暴露。为了表达自己为共产主义信仰慷慨赴死的决心，他在狱中留下了这样的遗言。

邓中夏

一个人不怕短命而死，只怕死得不是时候，不是地方。中国人很重视死，有重于泰山，有轻于鸿毛。为了个人升官发财而活，那是苟且偷生的活，也可以叫做虽生犹死，真比鸿毛还轻。一个人能为了最多数中国民众的利益，为了勤劳大众的利益而死，这是虽死犹生，比泰山还重。人

---

① 邓中夏（1894—1933）：湖南宜章人。字仲澥，又叫邓康、邓安石。1917年入北京大学国文门学习，1920年10月参加北京共产党早期组织。先后组织领导了长辛店、开滦煤矿、京汉铁路、省港等工人大罢工。先后任中共中央政治局候补委员、江苏省委书记、广东省委书记、中华全国总工会驻赤色职工国际代表、湘鄂西特委书记、红二军团政委、中央革命军事委员会委员等职。1933年被捕，1933年9月21日在雨花台英勇就义。时年39岁。

只有一生一死，要生得有意义，死得有价值。[①]

【延伸阅读】

胜　利

哪有斩不除的荆棘？

哪有打不死的豺虎？

哪有推不翻的山岳？

你只须奋斗着，

猛勇地奋斗着，

持续着，

永远地持续着。

胜利就是你的了！

胜利就是你的了！[②]

为信仰慷慨赴死雨花台

1917年邓中夏从湖南高师毕业，考入北京大学国文门。北京大学学习期间，在李大钊领导下，他参与发起组织北京大学马克思学说研究会，并加入了北京共产党小组。1921年秋，他以优异成绩毕业，谢绝了胡适保送他出国留学的厚爱，决定留在国内搞社会改造。邓中夏的父亲当时在北京政府任职，为他在农商部谋了一个待遇优厚的差事，并替他接受了委任状。邓中夏得知后坚决要父亲把委任状退回，说："现在政治腐败，当官的对老百姓敲

---

①　中国青年出版社编：《革命烈士书信》（续编），中国青年出版社1983年版，第78页。

②　中共中央宣传部宣传教育局：《重读先烈诗章》，中华书局2016年版，第92页。

南京雨花台

骨吸髓，你叫我去当这样的官有什么意思？……我要为广大民众谋利益，绝不为个人自私自利，单独发财。"

1931年，邓中夏被王明调回上海做"检查"，没有分配任何工作，也不给任何经济援助，连吃饭都成问题。在上海做情报工作的妻子李英回到邓中夏身边，陪伴他一起度过这段艰苦的日子。两人靠李英在工厂里当学徒工的微薄工资维持生活，每月只有4元生活费。他并不因此丧失信念、情绪消沉，而是利用空余时间刻苦钻研马列主义。1932年初，党组织分配他在沪东区委宣传部刻钢板、印传单、编小报。三八妇女节前夕，上海地下工会为发动工人游行起草了一份宣言稿，派沪西区委做妇女工作的帅孟奇到沪东区委宣传部找一位"很会写文章"的同志帮助修改。帅孟奇见到他时，不敢相信她找到的竟是著名工人运动领袖邓中夏。

1932年11月，为恢复遭到破坏的互济会①组织，邓中夏担任全国赤色互济总会主任、党团书记。很快，上海及各地的互济会组织恢复起来了，会员人数也超过了以往。

---

① 互济会：全称"中国革命人道互济总会"，是国际革命人道互济会的分支机构，也是中国共产党一个重要的外围组织。

共青团沪西区委书记刘宏在敌人的劝降下，向国民党淞沪警备司令部自首，并加入国民党。为了放长线钓大鱼，敌人将他立即释放，成了打入中共组织内的"细胞"。1933年5月11日上午8点，他在法租界路骏德里37号发现了互济总会援救部长林素琴（即杜林英，又名傅继英），立即报告国民党上海市公安局。5月15日晚，恰好邓中夏到这儿找林素琴研究和布置工作，被巡捕房逮捕。

第二天，邓中夏、林素琴被解送江苏高等法院第三分院（以下简称"高三分院"）审判。当时敌人不知道邓中夏的真实身份，他也一口咬定叫"施义"，在湖南当教员，是来上海访友的。为了担保出狱，他托人带信给互济会律师史良："我因冤枉被捕，请史良律师速来巡捕房和我见面。"接信后，史良立即去嵩山路巡捕房与邓中夏会面。他告诉史良："我担任重要工作，请设法营救。没有证据落在他们手里，只是走错了房屋。"史良一口答应："这个案子我接了，你在法庭传讯时务必什么都不要承认。"互济会还请唐豪等名律师为他辩护，并请中国民权保障同盟主席宋庆龄设法营救。

在高三分院审讯庭上，史良、唐豪等律师坚决反对上海市公安局"引渡""施义"。法庭做出"不准移提""施义"、将林素琴移交上海市公安局的裁定。让人想不到的是，一到上海市公安局，林素琴不仅承认了自己的身份，还供出"施义"就是邓中夏。国民党中央党部、首都宪兵司令部立即派员会同上海市公安局、上海警备司令部，不惜花费10多万块大洋，"引渡"邓中夏并押解南京，送进首都宪兵司令部看守所。[①]

为了软化邓中夏，看守所把他转到"优待室"。但他在墙上刻了"浩气长存"四个字，以示自己的决心。国民党又找来曾任中共驻共产国际代表的叛徒余飞来当说客，邓中夏义正词严谴责道："我邓中夏就是烧成灰，还是中国共产党党员！"敌人不甘心，又弄个所谓"理论家"来劝降，邓中夏

---

① 闻慧斌：《解密：邓中夏被捕遇难、雨花台就义始末》，http://dangshi.people.com.cn/n/2021/1123/c85037-19672837.html。

对他说："假如你们认为自己是有理的，中共与邓中夏是有罪的。那么，就请你们在南京举行一次公开的审判，谅你们的蒋委员长第一个就不敢这样做。"由于邓中夏不肯就范，被定为死刑犯，转出了"优待室"。

在即将告别人生的时刻，邓中夏给党中央留了一封信，信中深情地写道："同志们，我快要到雨花台去了，你们继续努力奋斗吧！最后胜利终究是我们的！"1933年9月21日黎明时分，雨花台刑场，一个国民党宪兵问邓中夏："你还有话吗？"邓中夏回答："对你们当兵的人，我有一句话说，请你们睡到半夜三更时好好想一想，杀死了为工农兵谋福利的人，对你们自己有什么好处？！"敌人害怕他进行革命宣传，立即开枪。"慷慨赴死易，从容就义难。热血酬壮志，三春草木寒。"①

【品读】

为了初心，诱惑前不留洋、不做官；为了初心，逆境中不动摇、不抱怨；为了初心，入狱后受酷刑、守信念。邓中夏就是共产党员的一面镜子，每名党员都要经常用这面镜子照照自己，扪心自问：你的那份初心是否坚定？

"奋斗是为了升官，升官是为了掌权，掌权是为了个人发财。"一些腐败分子的拼搏奋斗逻辑让他们倒在了反腐的路上。初心不端正或不牢靠，是这些人出问题的最根本最深层的原因。不忘初心，方得始终。初心和使命是中国共产党人的精神支柱和政治灵魂，是激励中国共产党人不断前进的根本动力。每个共产党员都要不断亮初心、正初心、固初心，释放初心在新时代的磅礴伟力。

---

① 郑绍文、郜虹：《见证邓中夏生命的最后时刻》，《红岩春秋》，2017年第11期。

生得有意义，死得有价值

为时代而牺牲

——吉鸿昌^①给妻子胡红霞的遗书

1934年11月24日

吉鸿昌

炮局胡同国民党北平陆军监狱（俗称"炮局监狱"），蒋介石"就地枪决"密电到达后，1934年11月24日上午，吉鸿昌分别给妻子、兄弟和朋友写了三封短信，作为自己最终的嘱托。他给妻子胡红霞的遗书这样写道：

红霞吾妻鉴：

夫今死矣！是为时代而牺牲。人终有死，我死您也不必过伤悲，因还有儿女得您照应。家中余产不可分给别人，留作教养子女干^②等用。我笔嘱矣，小儿还是在天津托喻先生照料上学以成有用之才也。家

---

① 吉鸿昌（1895—1934）：河南扶沟县人。18岁时投入冯玉祥领导的西北军，曾任第二十一军军长和宁夏省政府主席。1932年秘密加入中国共产党。1934年11月9日，在天津法租界被捕；11月24日，在北平英勇就义，时年39岁。

② 干：指革命工作。

中继母已托二、三、四弟照应、教（孝）敬，你不必回家可也。[①]

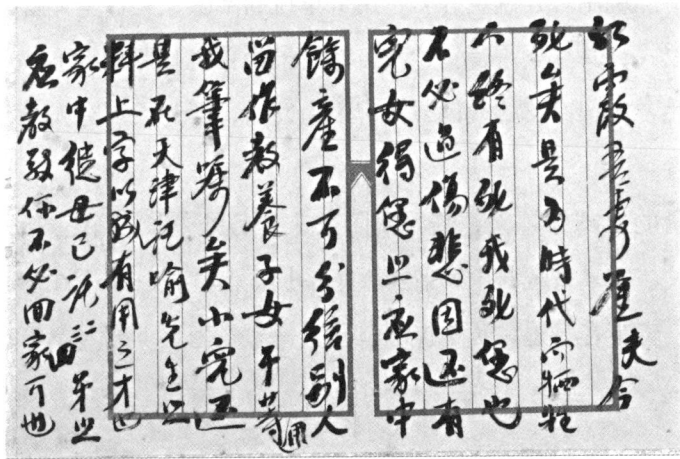

吉鸿昌烈士遗书

【延伸阅读】

做官即不许发财

1913年的秋天，不满18岁的吉鸿昌瞒着家里到河南鄅城投军。打起仗来，他经常袒胸露背、赤膊冲杀，人称"吉大胆"。冯玉祥对他很赏识，送他到模范连当学兵，之后提升他为手枪连连长、营长。

1920年5月，老父亲病危，25岁的吉鸿昌回家探望。看到老父亲依依不舍的眼神，他知道老人家有话要讲："爹，您有啥话尽管说，孩儿一定铭记照办。"老父亲用尽力气嘱咐他："吾儿正直勇敢，为父放心，不过我有一句话要向你说明，当官要清白廉政，多为天下穷人着想，做官即不许发财。你只要做到这一点，为父才死而瞑目。不然，我在九泉之下也难安眠啊！"吉鸿昌强忍悲痛，含着热泪答道："孩儿记下了，请父亲放心！"

---

① 中国青年出版社编：《革命烈士书信》，中国青年出版社1979年版，第95—96页。

父亲病逝后，吉鸿昌把"做官即不许发财"七个字写在细瓷茶碗上，交给陶瓷厂仿照烧制。瓷碗烧好后，用卡车拉到部队，集合全体官兵，举行严肃的发碗仪式，并立下誓言："我吉鸿昌虽为长官，但我绝不欺压民众，掠取民财，我要牢记家父的教诲，做官不为发财，要为天下穷人办好事，请诸位兄弟监督。"

吉鸿昌的官越做越大，骑兵团团长兼警务处处长、第三十六旅旅长、十九师师长、宁夏省政府主席兼第十军军长，但"做官即不许发财"的细瓷茶碗，他一直带在身边，时刻提醒自己——"多为天下穷人着想，做官即不许发财"。

救国不怕丢官

1930年5月，中原大战爆发，结果冯玉祥的西北军战败。为了保存实力，西北军接受蒋介石改编，吉鸿昌就任第二十二路军总指挥兼第三十师师长。不久被派往光山、商城一带进攻鄂豫皖苏区。

在"围剿"红军的过程中，吉鸿昌的部队被红军歼灭了1000余人。红军为什么打胜仗？红军战士英勇的"秘密"在哪儿？吉鸿昌百思不得其解，对苏区充满了好奇。于是，他暗中与共产党人联系，以治病为由，前往上海与中共负责人会面。

耳听为虚，眼见为实。吉鸿昌乔装成修锅补壶的炉匠，潜入鄂豫皖苏区。在苏区，他亲眼看到苏区的祥和景象，老百姓拥护红军，军民亲如一家，触动很大，不禁感慨地说："我出身行伍，戎马半生，身上受伤20余处，但这些血都不是为工农大众流的，而是为军阀流的。前半生已矣，后半生当直追。"从苏区回来后，吉鸿昌下令停止进攻红军，甚至想把队伍拉到苏区。为此，蒋介石强迫他"出国考察"。

1932年淞沪抗战爆发后，吉鸿昌回到上海参加抗日救国后援会工作，认为"跟着共产党，中国才有救"。1932年4月，吉鸿昌在北平由中共北方政

吉鸿昌用过的烧有"作官即不许发财"字样的瓷碗

治保卫局（北京特科）接收入党，成为中国共产党的秘密党员。

1933年5月26日，察哈尔民众抗日同盟军建立，冯玉祥就任同盟军总司令，吉鸿昌任前敌总指挥。同盟军成立后，在张北、沽源等地与日军进行了激烈的战斗，连克康保、宝昌、沽源等城市，声威大振。7月，吉鸿昌率领同盟军与日军血战五个昼夜，光复多伦，并乘胜将日伪军逐出察哈尔省。但是，在日、蒋勾结夹击下，轰轰烈烈、战斗半年多的抗日同盟军失败了。

我何惜此头

吉鸿昌脱险逃到天津后，组织成立了"中国人民反法西斯大同盟"，继续进行抗日民族统一战线工作，他家成了党组织的地下联络站，被同志们称为"红楼"。

1934年11月9日，吉鸿昌在天津国民饭店（今天津和平区花园路4号）145号房间开会时，国民党女特务杨玉珊先从房门气窗扔进去一个皮球，然后以找球为借口敲开房门，看到坐在对面左首的人就是吉鸿昌。

打探清楚后，杨玉珊赶紧下楼报信。行动特务得到情报后，踹开了房门，对着左首位置举枪便射，一连三枪。国民党特务们万万没有想到，他们

为时代而牺牲

炮局监狱遗迹

击中的不是吉鸿昌，而是"中国国民党中央执行委员会西南执行部"代表刘绍勷。原来，当特务行刺时，麻将牌正好打满四圈，四个人换位置，刘绍勷换到了吉鸿昌的位置，当即中弹死亡。子弹打在暖气上又弹回来，伤及吉鸿昌的胳膊。

法租界工部局巡捕听到枪声，冲上楼来，将吉鸿昌等人拘押。14日，吉鸿昌被引渡至国民党天津公安局。22日，国民党北平分会头子何应钦唯恐夜长梦多，将吉鸿昌等3人秘密押往北平炮局监狱。

国民党特务拿出一份名单，让吉鸿昌指认哪些是共产党员："共产党员就是我一个人，要杀要剐都是我！"妻子前来探监，他劝慰道："别难过，人总有一死，这有什么！"蒋介石得知吉鸿昌"冥顽不化"后，密电"就地枪决"。

1934年11月24日，天上忽然飘起了雪花，吉鸿昌从容不迫地走向刑场，面对黑洞洞的枪口，在生命的最后时刻，捡起一根树枝，在雪地上挥手写下了荡气回肠的就义诗：

> 恨不抗日死，
>
> 留作今日羞。
>
> 国破尚如此，
>
> 我何惜此头？

写完之后，吉鸿昌对特务说："我为抗日而死，光明正大，不能跪下从背后挨枪，我死了也不能倒下！"喝令特务："给我把椅子搬来！"

椅子搬来了，吉鸿昌面对枪口坐下，厉声说道："我要亲眼看到反动派怎样枪杀爱国者！"枪声响了，吉鸿昌仰在座椅上。39岁的生命之花，融入漫天雪花之中。

1945年，在党的七大上，吉鸿昌被定为全党褒扬的革命烈士。

【品读】

在有些人的眼里，"升官"与"发财"似乎是"孪生姊妹"，故而有"三年清知府，十万雪花银"之说。细细想来，"做官"与"发财"历来是水火不相容的。"无病不怕瘦，当官莫嫌贫。"清人张聪贤《官箴》曰："吏不畏吾严而畏吾廉，民不服吾能而服吾公；公则民不敢慢，廉则吏不敢欺。公生明，廉生威。"吉鸿昌"做官即不许发财"碗铭，更是直白的说明。

毛泽东同志曾经告诫全党："我们共产党人不是要做官，而是要革命。"[1]习近平总书记2015年在河南兰考考察时指出："当官发财两条道，当官就不要发财，发财就不要当官。要始终严格要求自己，把好权力关、金钱关、美色关，做到清清白白做人、干干净净做事、坦坦荡荡为官。"[2]

① 毛泽东：《关于共产国际解散问题的报告》（1943年5月26日），《毛泽东文集》（第三卷），人民出版社1996年版，第23页。

② 习近平：《做焦裕禄式的县委书记》（2015年1月12日），《习近平谈治国理政》（第二卷），外文出版社2017年版，第148页。

为时代而牺牲

99

生是为中国，死是为中国

——刘伯坚①致妻嫂梁凤笙等亲友的遗书

1935年3月16日

刘伯坚

1935年3月4日，在江西信丰县塘村山区，国民党军将中共赣南省委、省军区2000余人重重包围。赣南军区政治部主任刘伯坚率队突围时，左腿中弹被俘。他自知必死无疑，3月16日，在大庾②县狱中，给亲属留下了这封遗书。

凤笙大嫂并转五六诸兄嫂：

本月初在唐村写寄给你们的信、绝命词及给虎豹熊③诸幼儿的遗嘱，由大庾县邮局寄出，不知已否收到？

弟不意现在尚在人间，被押在大庾粤

---

① 刘伯坚（1895—1935）：四川平昌人，曾用名刘铸、毅伯等。1921年，与周恩来等发起组织旅欧中国少年共产党；1922年，转为中国共产党党员。先后任中央军委秘书长、红五军团政治部主任等职。1934年10月，中央红军长征后留在苏区坚持斗争。1935年3月4日，率部队突围时不幸负伤被捕；3月21日，在江西大余县金莲山英勇就义，时年40岁。

② 大庾县：隋开皇十年（590年）设，1957年更名为大余县。

③ 虎豹熊：指刘伯坚的儿子刘虎生、刘豹生、刘熊生。

军第一军军部，以后结果怎样，尚不可知，弟准备牺牲，生是为中国，死是为中国，一切听之而已。

现有两事须要告诉你们，请注意！

一、你们接我前信后必然要悲恸异常，必然要想方法来营救我，这对于我都不须要。你们千万不要去找于先生及邓宝珊兄来营救我，于、邓虽然同我个人的感情好，我在国外，叔振在沪时还承他们殷殷照顾并关注我不要在革命中犯危险，但我为中国民族争生存争解放与他们走的道路不同。在沪晤面时邓对我表同情，于说我做的事情太早。我为救中国而犯危险遭损害，不需要找他们来营救我帮助我使他们为难。我自己甘心忍受，尤其要把这件小事秘密起来，不要在北方张扬。这对于我丝毫没有好处，而只是对我增加无限的侮辱，丧失革命的人格，至要至嘱（知道的人多了就非常不好）。

二、熊儿生后一月即寄养福建新泉芷溪黄荫胡家，豹儿今年寄养在往来瑞金、会昌、雩都、赣州这一条河的一支（只）商船上，有一吉安人罗高，二十余岁，裁缝出身，携带豹儿。船老板是瑞金武阳围的人叫赖宏达，有五十多岁，撑了几十年的船，人很老实，赣州的商人多半认识他，他的老板娘叫郭贱姑，他的儿子叫赖连章（记不清楚了），媳妇叫做（作）梁招娣，他们一家人都很爱豹儿，故我寄交他们抚育，因我无钱只给了几个月的生活费，你们今年以内派人去找着还不至于饿死。

我为中国革命没有一文钱

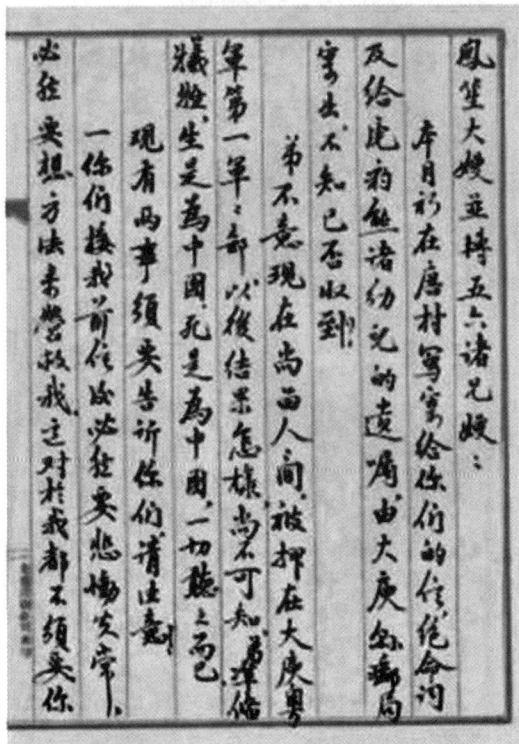

刘伯坚致妻嫂梁凤笙等亲友的遗书

刘伯坚与王叔振夫妇

的私产，三个幼儿的养育都要累着诸兄嫂，我四川的家听说久已破产又被抄没过，人口死亡殆尽，我已八年不通信了。为着中国民族就为不了家和个人，诸兄嫂明达当能了解，不致说弟这一生穷苦，是没有用处。

诸儿受高小教育至十八岁后即入工厂做工，非到有自给的能力不要结婚，到三十岁结婚亦不为迟，以免早生子女自累累人。

叔振仍在闽，已两月余不通信了，祝诸兄嫂近好。

弟　伯坚

三月十六于江西大庾[①]

【延伸阅读】

虎豹熊三兄弟　四十四年重聚首

1928年2月，大儿子虎生在上海出生，刘伯坚、王叔振[②]夫妇的心里有说不出的高兴。1930年秋，夫妇俩接到前往中央苏区工作的命令，王叔振把虎生送到南京的哥哥家。不久，王叔振的哥哥病逝了，嫂子梁凤笙带着虎生回到西

---

① 《红色家书》编写组编：《红色家书》，党建读物出版社2016年版，第37—39页。

② 王叔振（1906—1935）：陕西三原人。1927年加入中国共产党。1935年3月，当她奉上级指示准备转赴上海从事地下斗争时，在福建长汀被执行王明"左"倾错误的福建苏维埃政府保卫局秘密处死。

安老家生活。

二儿子豹生一直跟着父亲。反"围剿"斗争中，刘伯坚一担箩筐，一头是豹生，另一头是杂物玩具。中央红军长征后，赣南局势越来越险恶。1935年2月中旬，刘伯坚将小豹生送给瑞金武阳围村的郭贱姑婆婆抚养。

为了革命，王叔振又把不到四个月的小儿子熊生，寄养在福建连城县芷溪村黄家，并写下"抱约"：

刘门王氏生小儿名叫熊生，今送给黄家抚养成人，长大后在黄家承先启后。但木有本，水有源，父母深情不可忘记，仍要继承我等志愿，为革命效力，争取更大光荣。特留数语，以作纪念。

母：王叔振字

公历一九三一年四月十二日写于闽西芷溪

写完之后，王叔振又在另一张纸上写下"承先启后"四个字，一撕为二，作为日后相认的凭证。

刘伯坚、王叔振夫妇牺牲44年后，1979年5月，虎生、豹生、熊生三兄弟在北京团聚。

带镣行

1935年3月11日，国民党广东粤军士兵押着负伤的刘伯坚，从大庾监狱移往绥靖公署审讯室。刘伯坚带镣走过县城最繁华的青菜街（今称建国路）。当晚，他在绥靖公署候审室，写下气吞山河的不朽诗篇——《带镣行》。[①]

---

① 郑文、章克昌：《献身革命志如钢——刘伯坚传略》，《不屈的共产党人》（第三册），人民出版社1982年版，第282页。

生是为中国，死是为中国

带镣长街行，蹒跚复蹒跚，市人争瞩目，我心无愧怍。

带镣长街行，镣声何铿锵，市人皆惊讶，我心自安详。

带镣长街行，志气愈轩昂，拼作阶下囚，工农齐解放。

狱中月夜

（1935年3月19日夜半口占）

空负梅关团圆月，

囚门深锁窥不得。

夜半皎皎上东墙，

反影铁窗皆虚白。

【品读】

美国作家、中国问题专家罗伯特·库恩曾说，要了解中国，就必须了解中国共产党；只有了解中国共产党，才会更加尊重中国所取得的成就。沧海横流，方显勇毅。"生是为中国，死是为中国。" 正是像刘伯坚这样无数的共产党人，在壮怀激烈、风雷激荡的革命斗争中，高擎颠扑不灭的精神火炬，为国家民族牺牲与奉献，书写了"人间正道是沧桑"的辉煌诗篇。

"我们的责任，就是要团结带领全党全国各族人民，接过历史的接力棒，继续为实现中华民族伟大复兴而努力奋斗，使中华民族更加坚强有力地自立于世界民族之林，为人类做出新的更大的贡献。"①习近平总书记斩钉截铁的宣示，向世人再次展现了共产党人勇于担当的气概。中国向何处去？这个世纪之问的答案清晰写在中国共产党人的答卷上："到中国共产党成立100年时全面建成小康社会的目标一定能实现，到中华人民共和国成立100年时建成富强民主文明和谐的社会主义现代化国家的目标一定能实现，中华民族伟大复兴的梦想一定能实现。"②

① 习近平：《人民对美好生活的向往，就是我们的奋斗目标》，《习近平谈治国理政》（第一卷），外文出版社2014年版，第4页。

② 习近平：《实现中华民族伟大复兴是中华民族近代以来最伟大的梦想》，《习近平谈治国理政》（第一卷），外文出版社2014年版，第36页。

生是为中国，死是为中国

只能砍下我们的头颅，
决不能丝毫动摇我们的信仰

——方志敏①狱中自述与遗嘱（摘录）

1935年1月29日

方志敏

南昌"委员长行营驻赣绥靖公署"军法处看守所，昏暗的牢房里，方志敏挥笔疾书，先后写下《狱中自述》《狱中遗嘱》等信件。

狱中自述

方志敏，弋阳人，年36岁。知识分子。于1923年加入中国共产党，参加第一次大革命。1926—1927年，曾任江西省农民协会秘书长。大革命失败后，潜回弋阳进行土地革命，创造苏区和红军，经过八年的艰苦斗争，革命意志益加坚定。这次随红军去皖南行动，回来时被俘。我

---

① 方志敏（1899—1935）：江西弋阳人，原名远镇，号慧生。1923年加入中国共产党，中共江西党组织创始人之一，历任县委书记、特委书记、省委书记、军区司令员、红十军政委、闽浙赣省苏维埃政府主席、中共中央委员、北上抗日先遣队总司令等职。1935年1月，在江西德兴县陇首村不幸被俘；1935年8月6日，在南昌英勇就义。时年36岁。

对于政治上总的意见，也就是共产党所主张的意见。我已认定苏维埃可以救中国，革命必能得最后的胜利，我愿意牺牲一切，贡献于苏维埃和革命，我这几年所做的革命工作，都是公开的，差不多谁都知道，详述不必要，谨述如上。

1935年1月29日晚8时[①]

狱中遗嘱（摘录）

我们临死以前的话：

我们因政治领导上的错误，与军事指挥上的迟疑，致红十军团开入狭隘的敌人碉堡区域，在玉山地方，受七倍于我的敌人之包围，弹尽粮绝，人马疲苦，遭受极大的损失。我们急于转回赣东北苏区，一方面接受中央的批评和指示，检查皖南的行动，作出正确的结论。另方面整顿队伍，准备再去执行新的任务。故不避危险，不顾雨雪和饥饿（七天没有吃什么东西），不分昼夜，绕过敌人之封锁线，但因叛徒告密与自己的疏忽在陇首村封锁线上，被敌军四十三旅俘住，时在一九三五年一月二十四日上午一时。

……

我们是共产党员，为革命而死，毫无所怨，更无所惧。只有两件事，使我们不能释怀：作过某些错误，但经党指出，莫不立刻纠正，我们始终是党的正确路线的拥护者和执行者，是马克思、列宁主义竭诚的信仰者，我们相信共产国际的伟大和他领导世界革命的正确，我们相信中国布尔什维克党中央的伟大和领导中国革命的正确，我们坚决相信在国际和中央列宁主义领导之下，中国革命和世界革命必能在不远的将来得到全部成功！

苏维埃的制度将代替国民党的制度，而将中国从最后崩溃中挽救出来！

……

只能砍下我们的头颅，决不能丝毫动摇我们的信仰

---

① 郝铭鉴、胡惠强主编：《革命烈士遗文大典》，上海文化出版社2001年版，第260—261页。

107

法西斯国民党在用种种威迫利诱的可耻手段，企图劝诱我们投降？你国民党是什么东西！——一伙凶恶的强盗，一伙无耻的卖国汉奸！一伙屠杀工农的刽子手！我们与你们反革命国民党是势不两立的，你法西斯匪徒们只能砍下我们的头颅，决不能丝毫动摇我们的信仰！我们的信仰是铁一般的坚硬的。

……

方志敏

一九三五年六月二十九日

写于南昌军法处囚室[①]

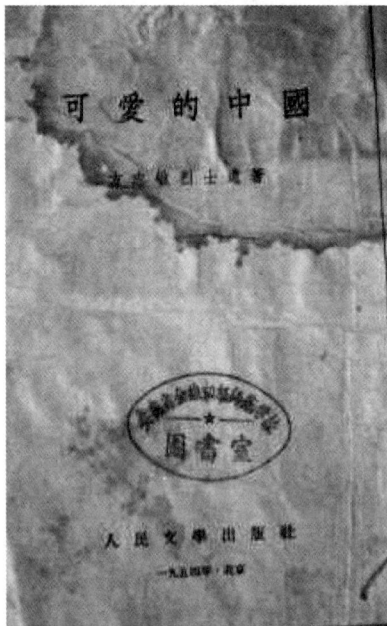

方志敏烈士的遗著
——《可爱的中国》

【延伸阅读】

真正的革命者没有投降敌人的

1935年2月2日，方志敏被囚禁在南昌"委员长行营驻赣绥靖公署"军法处看守所。蒋介石密令国民党"湘鄂赣粤闽五省剿匪"总司令部北路军总司令顾祝同，尽力劝说方志敏"归诚"。国民党独立四十三旅旅长刘振清、玉山县县长王振寰、弋阳县县长张抡元、南昌行营军法处副处长钱协民，乃至顾祝同本人，纷纷到狱中劝降，但全都铩羽而归。

一次审讯时，钱协民劝方志敏说："你们的主义，是不得成功的，就是要成功，恐怕也还得500年，顶快顶快也得要200年，何必去为几百年后的事

---

① 郝铭鉴、胡惠强主编：《革命烈士遗文大典》，上海文化出版社2001年版，第266—268页。

情拼命呢……中国有句古话，'识时务者为俊杰'，随风转舵是做事人必要的本领……"

方志敏答："朝三暮四，没有气节的人，我是不能做的。"

"枪一响，人就完了，什么也没有了。所以我警告你，这确不是好玩的！千钧一发，稍纵即逝！"钱协民威胁道。

方志敏淡定地答道："我完全知道这个危险，处在这事无两全的时候，我只会走死的一条路！"①

为了软化他的革命斗志，4月，看守所强行把他移至"优待室"。"优待室"比其他号子宽敞，玻璃窗，有桌子和竹椅等，一般关押一人至二人。不过方志敏的这间，夹在看守所所长和看守员的卧室之间，对面是看守所办公室，完全在看守的视线之内。

国民党元老、担任过江西省高等法院院长、中央军人监狱长的胡逸民，因国民党派系之争，也关在看守所"优待室"，与方志敏接触渐多，成为挚友。

一次，顾祝同面见胡逸民，并带来蒋介石口谕，要他"劝方（方志敏）自首，将功赎罪"。第二天，胡逸民把这事坦率地告诉了方志敏。方志敏嗤鼻一笑："胡先生，投降是天大的笑话。自从我们被捕入狱以后，在这里实际观察的结果，更证明以前我们所做的事是十分正确的。""我们是革命者，既遭失败自无他言，准备牺牲就是了。投降？真正的革命者，只有被敌人残杀，而没有投降敌人的。"②

蒋介石见劝降未果，方志敏"冥顽不化"，便下达了"秘密处死"的命令。

1935年8月6日凌晨，方志敏被架上一辆卡车，向南昌城北驶去。到了下

---

① 黄加佳：《揭秘：方志敏在狱中的最后时光》，http://dangshi.people.com.cn/GB/144956/14155789.html。

② 杨华履、柯爱真：《方志敏》，《中共党史人物传》（第三十九卷），陕西人民出版社1991年版，第70页。

沙窝，方志敏下车后不断高呼口号，敌人就把他的嘴堵上，还用一条白布紧紧扎住。赣江边上，随着几声枪响，方志敏英勇就义。[①]

20年后，1955年，在方志敏就义处——下沙窝，施工人员发现了一副棺木、很多骨头和一副镣铐。经当年看守所代理所长凌凤梧等人辨认，镣铐和棺木正是方志敏受到的特殊"待遇"。血样对比之后，9块遗骨被认定为方志敏的遗骸。

清贫（节录）

我从事革命斗争，已经十余年了。在这长期的奋斗中，我一向是过着朴素的生活，从没有奢侈过。经手的款项，总在数百万元；但为革命而筹集的金钱，是一点一滴的用之于革命事业。这在国方的伟人们看来，颇似奇迹，或认为夸张；而矜持不苟，舍己为公，却是每个共产党员具备的美德。

……

是不是还要问问我家里有没有一些财产？请等一下，让我想一想，啊，记起来了，有的有的，但不算多。去年暑天我穿的几套旧的汗褂裤，与几双缝上底的线袜，已交给我的妻放在深山坞里保藏着——怕国军进攻时，被人抢了去，准备今年暑天拿出来再穿；那些就算是我唯一的财产了。但我说出那几件"传世宝"来，岂不要叫那些富翁们齿冷三天？！

清贫，洁白朴素的生活，正是我们革命者能够战胜许多困难的地方！

一九三五年五月二十六日写于囚室[②]

---

① 杨华履、柯爱真：《方志敏》，《中共党史人物传》（第三十九卷），陕西人民出版社1991年版，第74页。

② 郝铭鉴、胡惠强主编：《革命烈士遗文大典》，上海文化出版社2001年版，第263—265页。

可爱的中国（节录）

……

朋友！中国是生育我们的母亲。你们觉得这位母亲可爱吗？我想你们是和我一样的见解，都觉得这位母亲是蛮可爱蛮可爱的。……咳！母亲！美丽的母亲，可爱的母亲，只因你受着人家的压榨和剥削，弄成贫穷已极。

……不错，目前的中国，固然是江山破碎，国弊民穷，但谁能断言，中国没有一个光明的前途呢？不，决不会的，我们相信，中国一定有个可赞美的光明前途。……朋友，我相信，到那时，到处都是活跃的创造，到处都是日新月异的进步，欢歌将代替了悲叹，笑脸将代替了哭脸，富裕将代替了贫穷，康健将代替了疾病，智慧将代替了愚昧，友爱将代替了仇恨，生之快乐将代替了死之忧伤，明媚的花园将代替了暗淡的荒地！这时，我们民族就可以无愧色的立在人类的面前，而生育我们的母亲，也会最美丽地装饰起来，与世界上各位母亲平等的携手了。

这么光荣的一天，决不在辽远的将来，而在很近的将来，我们可以这样相信的，朋友！

……

亲爱的朋友们，不要悲观，不要畏馁，要奋斗！要持久的艰苦的奋斗！把各人所有的智慧才能，都提供于民族的拯救吧！无论如何，我们决不能让伟大的可爱的中国，灭亡于帝国主义的肮脏的手里！

五月二日写于囚室①

只能砍下我们的头颅，决不能丝毫动摇我们的信仰

---

① 方志敏：《可爱的中国》，人民文学出版社1952年版。

【品读】

　　"敌人只能砍下我们的头颅，决不能动摇我们的信仰！因为我们信仰的主义，乃是宇宙的真理！为着共产主义牺牲，为着苏维埃流血，那是我们十分情愿的啊！"[①]方志敏用热血书写忠诚，对党、国家和人民满怀滔滔大爱，铁血肩扛使命和责任，誓死效命事业和理想。

　　2010年9月1日，习近平同志在中央党校2010年秋季学期开学典礼上指出："革命前辈们为什么能够无私无畏地英勇献身？就是为了实现崇高的革命理想，为了坚守崇高的政治信仰，为了在中国彻底推翻黑暗的旧制度，为了实现民族独立和人民解放。我多次读方志敏烈士在狱中写下的《清贫》。那里面表达了老一辈共产党人的爱和憎，回答了什么是真正的穷和富，什么是人生最大的快乐，什么是革命者的伟大信仰，人到底怎样活着才有价值，每次读都受到启示、受到教育、受到鼓舞。"[②]

---

① 方志敏：《死！——共产主义的殉道者的记述》(节录)，《重读先烈诗章》，中华书局2016年版，第111页。

② 人民日报评论部：《习近平讲故事》，人民出版社2017年版，第71页。

不要忘记你的母亲是为国而牺牲的

——赵一曼^①给儿子陈掖贤的遗书

1936年8月2日

1935年11月，日军500余人将赵一曼等50多人包围。掩护部队突围时，子弹贯穿她的大腿，她昏迷被俘。12月13日，因伤势严重，日军将她送到哈尔滨市立医院监视治疗。1936年6月28日，在警察董宪勋与女护士韩勇义的帮助下，她逃出医院。6月30日，在奔往抗日游击区的途中她不幸再次落入敌手。8月1日，日军将她押往珠河，途中她口述了这封绝笔信。

赵一曼

宁儿：

母亲对于你没有能尽到教育的责任，实在是遗憾的事情。

母亲因为坚决地做了反满抗日的斗争，今天已经到了牺牲的前夕了。

---

① 赵一曼（1905—1936）：四川宜宾白花镇人，原名李坤泰，化名李一超。1926年加入中国共产党，1927年秋受党派遣去苏联莫斯科中山大学学习。1928年冬回国，先后在上海、江西等地做地下工作。1931年九一八事变后被党派往东北工作。1935年秋任东北人民革命军第三军一师二团政委。同年11月，与日军作战受伤被捕。1936年8月2日英勇就义，时年31岁。

母亲和你在生前是永久没有再见的机会了。希望你，宁儿啊！赶快成人，来安慰你地下的母亲！我最亲爱的孩子啊！母亲不用千言万语来教育你，就用实行来教育你。

在你长大成人之后，希望不要忘记你的母亲是为国而牺牲的！

一九三六年八月二日

你的母亲赵一曼于车中[①]

【延伸阅读】

大爱无疆

长春电影制片厂摄制的电影《赵一曼》1950年在全国上映，石联星出演的抗日民族女英雄赵一曼的形象深入人心。石联星以这部影片荣获1950年第五届捷克卡罗维发利国际电影节最佳女演员奖。

观看《赵一曼》的人群中，有一位21岁名叫陈掖贤的小伙子，他被赵一曼的精神深深地感染着，他恨不得时光倒流，回到当年的那片白山黑水，和这位抗日女英雄、这位伟大的母亲一同战斗！

激荡之余，陈掖贤的心中也有一股不为人知的酸楚：我的妈妈是谁？我的妈妈在哪里？

从有记忆以来，他就由大伯带大，对妈妈一无所知。当身边的小朋友说他是野孩子的时候，陈掖贤心里非常委屈，他多想和其他小朋友一样依偎在妈妈的怀抱，向妈妈撒娇啊。

1952年秋天，最高人民检察院的几位侦讯人员来到哈尔滨档案馆，为审讯在押的日本战犯，查阅日伪时期的档案，收集罪证。在几千份尘封的日伪

① 中国青年出版社编：《革命烈士书信》，中国青年出版社1979年版，第115页。

档案中，一份编号为特密第8853号的伪滨江警务厅报告引起了他们的注意。这份档案就是抗日女英雄赵一曼被害经过的报告，里面还有一封赵一曼牺牲前留给孩子宁儿的遗书。至此，赵一曼与儿子的情况才逐渐浮出水面。

经大姐夫郑佑之介绍，1923年，赵一曼加入社会主义青年团。1926年夏，在宜宾女子中学读书时，由团员转为共产党员。同年10月，经党组织推荐，考进黄埔军校武汉分校（黄埔六期），成为第一批军校女学员。11月，入武汉中央军事政治学校女子队学习。

赵一曼与宁儿的合影

1927年9月，赵一曼前往苏联莫斯科中山大学学习（俄文名字"科斯玛秋娃"，学生证号"807"）。在去莫斯科的船上，赵一曼认识了黄埔军校第六期学友陈达邦（中华人民共和国成立后在中国人民银行总行工作，第一套到第五套人民币上"中国人民银行"题写者），也就是任弼时爱人陈琮英的哥哥。1928年4月，陈达邦、赵一曼结为革命伴侣。11月，因为怀孕和身体有病，赵一曼奉调回国。1929年，在湖北宜昌创立地下交通站时，生下儿子"宁儿"（陈掖贤）。

九一八事变后，赵一曼主动要求到东北沦陷区工作。这时候宁儿才1岁，正是需要妈妈的时候，但为了抗日，赵一曼硬是把哭喊不止的儿子送给丈夫的堂兄陈岳云做养子。

母子分手前，赵一曼万般不舍，她多么希望自己能像其他母亲一样，看着自己的孩子咿呀学语、蹒跚走路、承欢膝下啊！但此去关山万里、凶险难料，不知何时再相见？于是，赵一曼抱着宁儿，到照相馆拍了一张母子照。临行前，赵一曼将这张合影寄给了早年宜宾女子中学的好友郑双璧，请她将照片转给二姐李坤杰。

来到沈阳后，赵一曼化名"李洁"。1933年，为掩护身份，赵一曼同满洲总工会负责人老曹（黄维新）假称夫妻。1935年秋，赵一曼兼任东北人民革命军第三军一师二团政委，老乡亲切地称她"瘦李"，战士们称她为"我们的女政委"。一度抗联战士误认为她是东北抗联总司令赵尚志（黄埔五期）的妹妹。将错就错，她干脆给自己起了个新化名"赵一曼"。在哈东游击区，她和赵尚志被并称为"哈东二赵"。"哈东二赵"被敌伪视为最大威胁，伪满报纸曾刊登《女共党赵一曼红妆白马驰骋哈东攻城略地危害治安》的报道。

1935年11月，日军500余人把赵一曼等50多人包围。危急时刻，她以政委名义强令团长带队突围，她率一个班掩护，不幸大腿被子弹贯穿，昏迷后被俘，受尽酷刑。12月13日，因伤势严重，日军将她送到哈尔滨市立医院监视治疗。1936年6月28日，她在警察董宪勋与女护士韩勇义的帮助下逃出医院；6月30日，在奔往抗日游击区的途中不幸再次落入敌手。8月1日，日军将她押往珠河。赵一曼毕竟是一位母亲，孩子是她永远的心头肉。当她意识到自己的生命即将终结时，她最牵挂、最放心不下的就是宁儿，于是就有了这份遗书。

20年后的一天，郑双璧终于将赵一曼母子合影交给了李坤杰。当李坤杰接过照片一看，顿时眼泪夺眶而出："啊，这就是幺妹！瞧她怀里抱的孩子，多漂亮，眼睛多么大，多么美，多么有神！"原来，这张合影中的李坤泰，就是李坤杰的小妹妹。经过多方打听，任弼时的爱人陈琮英证实：李坤泰就是赵一曼，照片上的母子就是李坤泰和她的儿子宁儿——陈掖贤。

当陈掖贤看到照片和遗书后，百感交集：妈妈，我终于找到你了！

　　赵一曼的光彩照耀了几代中国人，成为中国人民和中国妇女的骄傲和楷模！她是伟大的民族英雄，也是一位伟大的母亲，也像全天下的母亲一样，疼爱着自己的孩子。但是，她抛下亲骨肉毅然赴死，超越了一般意义上的母爱，而是一种大爱。这种大爱，为的是民族，为的是国家，为的是初心与信仰。

　　民族危亡之际，中国共产党带领中国人民同仇敌忾、共御外侮，无数英雄舍小家为大家，不惜流血献身。"天地英雄气，千秋尚凛然。"正如习近平总书记为抗战英雄代表颁发中国人民抗日战争胜利70周年纪念章时所指出的："一个有希望的民族不能没有英雄，一个有前途的国家不能没有先锋。"①赵一曼等先烈为中华民族的解放而英勇奋斗的革命精神，永远是中华民族之魂，永远激励中华民族砥砺前行。

不要忘记你的母亲是为国而牺牲的

---

① 习近平：《在颁发"中国人民抗日战争胜利70周年"纪念章仪式上的讲话》，《人民日报》，2015年9月3日第1版。

爱自由的人，不愿作奴隶

——张露萍①给父母的信（节录）

1938年3月27日

张露萍

1937年11月下旬，在"成都各界华北抗敌后援会"负责人、"大声抗敌宣传社"社长车耀先的帮助下，成都建国中学的张露萍秘密奔向延安。到达延安后不久，她给父母写了这封信。

慈祥的妈妈伯伯②：

今天又是三月二十七号了，搬〔扳〕着指头数一数，小儿离开你们的膝前已将五〔个〕月了。在这短短的数月中，使我感到好似几年样的挂念你们。所以我每时每刻都在为你们祈上天保〔佑〕你们的健康！

---

① 张露萍（1921—1945）：四川崇庆县（今崇州市）人，原名余硕卿、余薇娜、余家英，化名黎琳、余慧琳等。1938年10月加入中国共产党。1939年11月奉中共中央南方局指示，打入国民党军统电讯处，从事情报搜集、联络工作。1940年被捕，先后囚禁在重庆白公馆监狱、贵州息烽集中营。1945年7月14日，在息烽阳朗村快活岭英勇就义。时年24岁。

② 伯伯：系四川部分地区对父亲的称谓。

......

虽然陕北现在已经是前线了，但是我们同学两千多人中没有一个怕的。因为，大家都相信百战百胜的八路军。这儿是他们训练了多年的边区，也就是他们的根据地。这儿的老百姓不能（论）男女老少都是有组织的，就是说都能打杖（仗）的。由于内战的事实告诉我们，他们都是爱自由的人，不愿作奴隶。所以这次的抗战使他〔们〕更兴奋，更努力，都愿意打日本。再加这儿地势的复杂、崎岖，使日本机械化的军队是没法的，飞机吗？更无用。我们住的都是山洞，他拿着（这）简直没法。同时为了我们的环境恶劣，所以我们的学习更加强了。希望你们不要担心罢。中国人民军队的八路军和边区亲爱的同胞们是会保护你们的孩子的！你们一定不要怕！两个月后你们依（倚）门接你们亲爱的小儿罢！

我亲爱的妈妈伯伯！时间不早了，我们还要开小组会。

还告诉你们个好消息：你们的孩子每天能背三十几斤重的包裹爬八十几里的山路了，你们高兴吗？

祝

您们的孩子　英敬禀
阳历三月二十七①

【延伸阅读】

活得亮亮　死得堂堂

1938年初到延安，张露萍就把名字改为"黎琳"。她先在陕北公学2期14队集训。三个月后，参加抗大第4期3大队12班学习。当时延安流行一首名字叫《拿起刀枪干一场》的歌曲，学员们合唱时，张露萍总是担任指挥。

爱自由的人，不愿作奴隶

---

① 郝铭鉴、胡惠强主编：《革命烈士遗文大典》，上海文化出版社2001年版，第386—387页。

曾家岩50号"周公馆"旧址

"河里水，黄又黄，东洋鬼子太猖狂……这样活着有啥用啊，拿起刀枪干一场！"一来二去，"干一场"成了她的绰号。

抗大毕业后，张露萍又来到中央军委通信学校学习无线电技术。之后，参加中央组织部政治干部训练班，学习国统区斗争策略和工作方法等。不久，调到延安文联担任秘书。在文联工作期间，她同马列学院政治经济学研究室的陈宝琦[①]结婚了。婚后没几天，中央社会部决定派张露萍回四川工作，利用大姐余家彦[②]的社会关系，做川军统战工作。1939年深秋，她告别新婚不久的丈夫，踏上返川的路程。

到重庆后，中共中央南方局军事组组长叶剑英等领导认为，国民党特务不认识张露萍，让她以军统局中共特工张蔚林[③]妹妹的身份，充当周公馆（曾家岩50号八路军办事处）与张蔚林、冯传庆[④]的秘密联络人，改名"张露萍"，任务有三：一是领导张蔚

---

① 陈宝琦（1920—2014）：河北宁河人，后改名李清。中华人民共和国成立后曾任交通部部长、党组书记等职。

② 余家彦：被四川暂编师师长余安民强娶为妾。余安民先后调任四川省第八区（酉阳）行政督察专员兼保安司令、川康绥靖公署中将高参等职。

③ 张蔚林（1916—1945）：江苏无锡人，中共秘密党员。在重庆卫戍司令部稽查处监察科工作，负责监听重庆地区无线电信号。

④ 冯传庆（1912—1945）：北平人，又名冯晓虞，中共秘密党员，军统局重庆电讯总台报务主任。

林、冯传庆，二是与南方局联系传递情报，三是在军统内部发展党员。于是，张蔚林、张露萍"兄妹"在牛角沱找了两间房子，布置成一个"家庭"联络点。不久，成立中共军统电台特别支部，张露萍任支部书记，成员除了张蔚林、冯传庆外，还有赵力耕[①]、杨洸[②]、陈国柱、王锡珍[③]、安文元等五人。

一天夜里，牛角沱一带人影寥落。忽然，"嘀嗒、嗒嘀嘀、嗒嘀嗒嘀"，传来电码似的敲门声。张露萍一听这暗号，就知道是冯传庆来了。一进门，冯传庆就掏出一份军统发给胡宗南的绝密电报，他们三人赶紧译电。对完了所有密电译本，还是译不出。张蔚林说："这是戴笠发给胡宗南的绝密电报，否则不会这样难译。" 冯传庆是译电高手，他借助美国密码专家在军统密码破译训练班的讲义，一面看一面思索，经过一遍又一遍的试验，电文终于译出来了：戴笠派遣潜伏小组一行三人，携带小型电台，要通过胡宗南的管区，混入陕甘宁边区，请胡宗南设法掩护。第二天一早儿，张露萍连早饭都没顾上吃，赶紧把情报送到了中共南方局军事组。自然，那三个特务一进入边区就落网了。这次行动太绝密了，连军统局的处长们都不知道，怎么会泄密了呢？戴笠恼羞成怒，下令严查。

1940年2月中旬，由于连续工作，收发报机上一支真空管被烧坏，监察科长萧茂如借机报复张蔚林，说他是有意破坏，关了禁闭。张蔚林没沉住气，从禁闭室跑了。这让戴笠产生了警觉，派人四处追寻，并搜查他的宿舍。结果，搜出军统局在各地电台配置和密码的记录本、张露萍笔记、几张记载着绝密情报的便条和七人小组名单。张蔚林和赵力耕、陈国柱、王锡珍、杨洸相继被捕。

在报房侦班的冯传庆知道后，翻墙逃出到周公馆报信。叶剑英脱下身上穿着的古铜色皮袍，给他200块大洋做路费，化装成商人，深夜渡过嘉陵江。经过半夜的折腾，加上又惊又累，冯传庆在江边的一个渔民草棚子里睡着了，结果被渔民送到了警察局。

---

① 赵力耕（1917—1945）：辽宁海城人，中共秘密党员、军统重庆电讯总台报务员。

② 杨　洸（1917—1945）：辽宁海城人，中共秘密党员、军统重庆电讯总台报务员。

③ 王锡珍（1917—1945）：河南汲县人，中共秘密党员、军统重庆电讯总台报务员。

爱自由的人，不愿作奴隶

叶剑英又向在成都省亲的张露萍发出通知：就地隐蔽，莫回重庆。由于安文元叛变，供出了"军统电台特支"及张露萍在成都的地址。戴笠借张蔚林名义，给她发出"兄病重望妹速返渝"的电报。结果刚返回重庆的张露萍，就被特务逮捕了。

七位虎穴英雄先被囚禁在白公馆，后转达息烽集中营。在威逼利诱面前，他们坚守信仰，没有屈服。张露萍还写过《七月里的榴花》，表达对生活的热爱和对革命胜利的信心。

> 七月里山城的榴花，
>
> 依旧灿烂地红满在枝头。
>
> 好似战士的鲜血，
>
> 好似少女的朱唇。
>
> 令我们沉醉，
>
> 也叫我们兴奋。
>
> 在榴花的季节，
>
> 先烈们曾洒出了他们满腔的热血。
>
> 无数滴的血呵！
>
> 汇成了一条巨大的河流！
>
> ……

1945年7月14日天刚亮，"义监"女看守打开牢房轻声喊："253，快收拾行李，穿上最好的衣服，今天要送你去重庆开释。"张露萍已从女看守的面色中观察出：最后时刻到了。她开始精心梳头，梳了又梳，一直梳到满意为止。张露萍低声对"小萝卜头"①的母亲徐林侠说："后边我够不到，

---

① "小萝卜头"（1941—1949）：江苏邳州人，原名"宋振中"，宋绮云、徐林侠之子，8个月随父母坐牢，长得头大身细、面黄肌瘦，难友们疼爱地叫他"小萝卜头"。遇害时年仅8岁。

你再给我梳梳。"徐林侠眼圈红了，强忍悲咽，默默地梳着。"徐大姐，我们活得亮亮；死，也要死得堂堂。你说是吗？"张露萍说给徐大姐，又似乎是说给自己。徐林侠悲痛的泪水掉在张露萍的头发上。

白公馆"小萝卜头"塑像

到行李房取出皮箱后，张露萍取出浅咖啡色薄呢连衣裙和红宝石戒指，穿戴好。接着，又拿出一支口红，请难友黄彤光为她化妆。黄彤光的手有些颤抖。张露萍安慰道："彤光姐，你不要难过。我知道我要到什么地方去，我心里很坦然。"牢房门开了，她把自己的一些小东西分送给难友们，一一握手道别，亲了亲"小萝卜头"，坚毅地跨出房门。

荷枪实弹的特务把张露萍、张蔚林、冯传庆、陈国柱、杨洸、王锡珍、赵力耕七人押上两辆军用卡车。当囚车沿着黔渝公路行驶到息烽集中营被服仓库不远的快活岭时，突然"嘎"的一声，停了下来。行动组长荣为箴跳下车，拉开车厢后门喊道："下来，下来，休息一会儿再走，我们要加油、装货。"接着几个全副武装的刽子手也下来了。当张露萍等走上仓库前的台阶时，枪声响了，七位英雄倒在了血泊中。

就在张露萍牺牲的这一晚，难友李任夫用一块小牛角片刻下"253：1945.7.14"的字样。[①]

---

① 何建明（执笔）、厉华著：《忠诚与背叛》，重庆出版集团、重庆出版社2011年版，第296—320页。

爱自由的人，不愿作奴隶

【品读】

　　昔日余小姐，到了延安，"每天能背三十几斤重的包裹爬八十几里的山路"，有了绰号"干一场"，足见转变之大。告别新婚爱人，打入国民党军统电讯处，张露萍实现了人生的嬗变。在快活岭，为了信仰，她24岁的生命之花猝然凋谢。她的身上，体现出隐蔽战线同志信仰无比坚定、对党绝对忠诚的特质。

　　"天下之德，莫大于忠"。"对党忠诚"，是党章中规定的党员八项义务之一，也是党员必须履行的义务。习近平总书记在党的十九大报告中指出："全党同志特别是高级干部要加强党性锻炼，不断提高政治觉悟和政治能力，把对党忠诚、为党分忧、为党尽职、为民造福作为根本政治担当，永葆共产党人政治本色。"①作为党员干部，必须永葆入党初心、对党忠诚如一，让"忠诚之魂"永不褪色。

---

① 习近平：《决胜全面建成小康社会　夺取新时代中国特色社会主义伟大胜利——在中国共产党第十九次全国代表大会上的报告》（2017年10月18日），人民出版社2017年版，第63页。

希望你能继承我的革命事业

——徐特立^①给儿媳徐乾的信

1941年10月31日

徐乾原名刘萃英。1931年，同徐特立的小儿子徐厚本结婚；1938年，徐厚本病故。1940年，她第二次到延安，在延安自然科学研究院给徐老做秘书工作。9月3日，徐老为其改名"徐乾"，并题词："君子终日乾乾，夕惕，若厉，无咎。乾，健也。终日乾乾即终日健进不已。惕，警觉也。终日乾乾至晚还加警惕；且若有凶厉可怕。注意如此集中，精神如此振奋，前途一定远大。右录周易语以示乾儿。乾儿原名萃英系华而不实的女性名。她却外柔内刚，颇有独立性。我以为她有其祖父的倔强性。希望她发扬这一倔强性，因而字之为乾。"不久，徐老又

在巴黎求学时的徐特立
（徐宇强提供）

①　徐特立（1877—1968）：湖南善化人。又名徐立华，原名懋恂，字师陶。1927年加入中国共产党，同年8月参加南昌起义。1931年11月当选为中华苏维埃共和国中央执行委员会委员，1934年参加长征。1940年任延安自然科学研究院院长。中华人民共和国成立后，历任中央人民政府委员，全国人大常委会第七、八届中央委员等职。1968年11月28日逝世，享年91岁。

写了一封信，鼓励她继承革命事业。

乾儿：

　　四年前你还是一个落后的家庭妇女，而今成了一个共产党员，实出我意料之外。

　　希望你真能继承我的革命事业，我从现在你的行动看有很大的可能性。

　　我爱读联共党史，曾在长沙抄读一次，你是知道的。这书包括革命理论策略、组织原则和工作方法，你当随时阅读，把它当党的经典。

　　本书大共四百三十页，日读二页，二百一十五日即读完。我今年已六十五岁，有似风中之烛，不知能否眼见你读完此书，了解此书，且能实行书中的原则。如果能看得见的话，我虽无子①也还快慰。今日费边币②六元购买此书给你，希望你暂放弃其他读物，有计划地读完此书。

一九四一年十月三十一日

徐特立于科学院③

【延伸阅读】

先救监狱的同志

　　1937年12月，长沙东长街（今蔡锷中路）徐祠巷19号徐家祠堂，挂出了八路军驻湘通讯处的牌子。长沙师范学校老校长、毛泽东的老师、被誉为"延安五老"之一的徐特立回到长沙，出任国民革命军第十八集团军总司令

---

① 徐特立有两个儿子，徐笃本1927年牺牲，徐厚本1938年病故。

② 边币：指陕甘宁边区银行发行的货币。

③ 徐特立：《徐特立给徐乾的信》，《老一代革命家书选》，中央文献出版社、生活·读书·新知三联书店1990年版，第319页。

部高级参议兼中共中央驻湘代表。

徐老这次回长沙，除了宣传中共抗战方针、开展抗日统一战线工作外，还有一个重要任务，就是营救乔信明等一批被国民党关押的抗日将士。

1934年7月，红七军团以"抗日先遣队"名义由瑞金出发东征闽浙皖。11月初，抗日先遣队转入闽浙赣革命根据地与红十军会合，编为红十军团，并成立了以方志敏为主席的军政委员会，徐老的学生刘畴西出任军团长，继续北上。在安徽太平县谭家桥，红十军团被国民党优势兵力包围，红军将士连续冲杀七昼夜，未能冲出包围圈。1935年1月，方志敏把剩下的部队组成一个团，由红十军团第二师参谋长乔信明任团长，带领部队转战至江西玉山县怀玉山。临危受命的乔信明率领数百红军将士殊死搏斗，苦战数日，最后弹尽粮绝，不幸被俘。

乔信明等被俘红军将士先被关押在国民党杭州警备司令部看守所，后转押南昌国民党驻赣绥靖公署军法处看守所、南昌陆军监狱。他们在监狱里建立秘密党支部，牢记方志敏的教诲，背负着他的遗志，坚持狱中斗争。

第二次国共合作后，国民党方面承诺释放乔信明等人，但却耍花招赖着不放，甚至设圈套引诱将士们暴动越狱，企图制造借口加以杀害，但被乔信明等将士识破。

1938年1月，乔信明等人转押到长沙陆军监狱。他们通过关系与八路军驻湘通讯处取得联系，通讯处主任王凌波当天就来探监，但狱方只是把牢房的木门拉下一点儿，只让他看了一眼。

听了王凌波的汇报，徐老很气愤，当即步行去找国民党湖南省主席张治中。第二天，身着黑棉布大衣的徐老亲自来到监狱交涉。慑于徐老的威望，狱方把七八重大门通通打开，迎接他的到来。

徐老站在院子里高喊："政治犯到这里来集合！"难友们兴高采烈地走出牢房，乔信明来到政治犯的前面，洪亮地发出"立正"的口令，然后转身向徐老敬礼，大声喊道："报告徐老，政治犯集合完毕，请您指示。"

徐老握了握乔信明的手，然后对大家说："同志们，我来迟了，让你们

徐乾（前左一）、徐特立（后中）、曾三（后左一）、曾三夫
人沈毅（前右一）和龙潜（后右一）合影（1945年）

等久了。天快亮了，你们就要见到天日了。现在国共合作，全面抗日，你们马上就可以上前线了，好好保重身体。"可是，国民党不甘心释放这批将士，在徐老接见的当天夜里，狱方借口防空，把他们赶上船，秘密转押至桃源县乡下的一个中学。

就在徐老派人分几路到洞庭湖上寻找乔信明等将士时，儿媳刘萃英（后改名徐乾）急匆匆地跑到办公室，焦急地说："爸爸，厚本在医院快不行了！您快去看看吧！"徐老一听，又急又为难地说："不行啊！我得去找张治中主席，先救监狱的同志，抽不出身呀！你先去照顾厚本，我办完这件事儿再去。"

正在办公室的新四军李副官见状赶忙说："徐老，要不您先去看儿子，我去找他们。"徐老摆手制止道："不行！你也去找。我还是先救同志，然后去医院。"

经过八路军驻湘通讯处与徐老的交涉，在湖南省主席张治中的干预下，1938年2月，乔信明等26名将士终于走出监狱，参加了新四军，驰骋在大江南北的抗日战场上。

话分两头。当徐老赶到长沙湘雅医院时，一幕意想不到的情景呈现在他的眼前。他最小的儿子、也是当时唯一的儿子徐厚本已经闭上了双眼。儿媳妇刘萃英因伤心过度，从二楼楼梯一头栽下去，滚到一楼，不省人事。面对这种"一个死了、一个半死"的惨状，徐老顾不上看小儿子遗体一眼，急忙组织抢救小儿媳。

老年丧子，人生三大不幸之一，这一年徐老62岁。大儿子徐笃本中学读书时秘密加入中国共产党，1927年马日事变中病逝于长沙，还没来得及成家。小儿子徐厚本因为家庭困难，15岁辍学到长沙汽车修理厂当了一名学徒。徐老回到长沙后，考虑到延安正需要汽车修理工，就让徐厚本和媳妇刘萃英一起去了延安。徐厚本夫妇在陕北公学学习一段时间后，又被组织派回长沙。返湘途中，徐厚本不幸染上伤寒，回到长沙便病倒了，病逝时不到21岁。

未能见到儿子最后一面，徐老一直感到非常内疚。晚年，他对孙女徐禹强说："你父亲积劳成疾，我正与国民党交涉释放政治犯，无暇顾及。待乔信明等同志获释，我赶到医院，未能见上最后一面。他才21岁，我悲痛不已。但三十名同志是我党多大的财富呀。在三十比一面前，我只能把国家的前途、民族的解放摆在第一位。"

为了让后代铭记徐老这种大公无私的品德，徐禹强将爷爷的这段话，刻在北京万佛华侨陵园父亲徐厚本的碑文上。

【品读】

1937年1月31日（农历12月19日），徐特立60大寿之日。前一天，毛泽东给老师写了一封热情洋溢的祝贺信："你是我二十年前的先生，你现在仍然是我的先生，你将来必定还是我的先生。"贺信称赞他"你是革命第一，工作第一，他人第一，而在有些人却是出风头第一，休息第一，与自己第一。你总是拣难事做，从来也不躲避责任，而在有些人则只愿意拣轻松事做，遇到担当责任的关头就躲避了。所有这些方面我都是佩服你的，愿意继续地学习你

希望你能继承我的革命事业

的，也愿意全党同志学习你。"[1]

"革命第一，工作第一，他人第一"的精神，就是共产党人担当有为的精神，也是共产党人的政治品格。每一名共产党人都要把使命放在心上、把责任扛在肩上。习近平总书记无论是回顾历史、纪念伟人，还是谈及改革、出外访问，都强调责任担当，因为只有做到担当，才能无愧于时代、无愧于人民、无愧于历史。

---

[1] 毛泽东：《为徐特立六十岁生日写的贺信》，《毛泽东文集》（第一卷），人民出版社1993年版，第477—478页。

英雄抛碧血　化为红杜鹃

——陈辉^①诗一首

1945年2月

担任平西房涞涿联合县四区区委书记兼武工队政委的青年诗人陈辉，面对艰苦的抗日斗争，用诗歌表达自己不惜为国捐躯、夺取抗战胜利的决心。

英雄非无泪，
不洒敌人前。
男儿七尺躯，
愿为祖国捐。
英雄抛碧血，
化为红杜鹃。
丈夫一死耳，
羞杀狗汉奸。^②

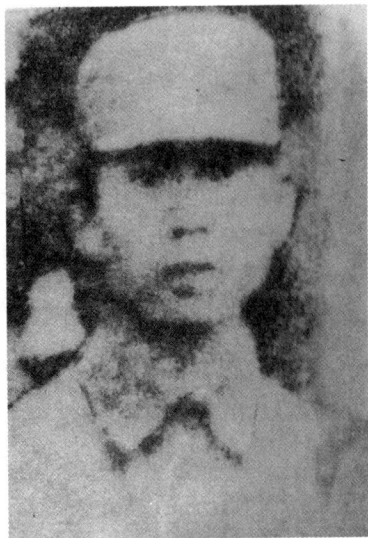

陈辉

---

① 陈辉（1920—1945）：湖南常德人，原名吴盛辉。1937年加入中国共产党。1939年到晋察冀通讯社工作，1940年5月历任平西地区涞涿县、房涞涿县青年救国会宣传委员、青年救国会主任、武工队政委、区委书记等职。他创作了一万多行诗。1945年2月8日，在拒马河畔韩村壮烈牺牲，年仅25岁。1958年，作家出版社从保存下来的陈辉原稿中，选诗40多首、17万余字，集印成诗册《十月的歌》。

② 中共中央宣传部宣传教育局：《重读先烈诗章》，中华书局2016年版，第160页。

文武双全的"神八路"

面对残酷的根据地抗日斗争，陈辉先后递上两份请战书，要求上前线。晋察冀通讯社领导考虑他是"笔杆子"，又不习惯北方环境，开始没有同意。他表示："我是劳动人民的儿子。为了人民的利益，我将时刻准备为他们战死，把自己投到战火最响亮的地方去！"

1940年5月，陈辉来到对敌斗争极其残酷的地方——平西地区涞（水）涿（县）联合县，担任县青年救国会宣传委员。他动员群众，组织青年游击队，参加反"扫荡"战斗。1943年，他被任命为房（山）涞涿联合县四区区委书记兼武工队政委。为了破除日寇"一家窝匪杀全家烧全村"的白色恐怖口号，他和区长决定召开"绅士会"，开展抗日救国统一战线工作。眼看开会日期快到了，两位住在涿县县城的头面人物还没通知到。于是，他带上通讯员，穿上缴获的日军军装，向县城奔去。

县城南门缓缓打开了，陈辉没理会站岗的伪军，只是扬起右手，伸出两个指头，晃了两晃。伪军一看是今天的手令，问都不敢问，就放行了。两位绅士见了陈辉，大吃一惊，也非常感动，表示"绝不能耽误"！望着县城内辽代所建的双塔，陈辉激情澎湃，写下《双塔诗》："双塔昂首迎我来，/浮云漫漫映日开。/千年古色凝如铁，/一身诗意铸琼台。/涿郡胜状留人叹，/张侯豪志潜胸怀。/今朝仰拜晴斓面，/明日红旗荡尘埃。"署名是"神八路"。

伪县长面对诗文，十分惊恐。手下人报告，八路军中有个"双手能打枪、能写梅花篆字"的能人。

1945年2月8日，由于身体不适上吐下泻，陈辉没和武工队员一起转移，住在韩村休息。在叛徒的指引下，日伪军100多人悄悄包围了陈辉住的小院。天刚亮，陈辉刚端起房东大娘做的热气腾腾的面条，特务就闯进了他所住的西屋，枪口对着他说："你跑不了啦！"放饭碗的一瞬，陈辉顺手拿起身边的手枪，一枪打中一个特务的手腕，两个特务吓得退出了屋子。

陈辉和通讯员守在窗户两边，英勇抵抗，日伪军不敢靠近。突然，一颗手榴弹从窗口扔进来，炸伤了陈辉的左腿。他对通讯员说："躲在屋子里挨打也不是个办法，冲出去，翻过墙头，外面就是树林、河套。"接着，他俩扔出两颗手榴弹，趁着烟雾冲出了西屋。日伪军的火力太密集了，根本翻不了墙头，他俩只好进入北屋，一个进了东耳房，一个进了西耳房。日伪军喊道："拿手枪的是陈辉！他在东耳房。"于是，敌人掀开东耳房屋顶，点着了一捆捆玉米秸往里扔。顿时房子内烈火腾腾，陈辉的衣服、头发被烧着。他拖着流血的伤腿，坦然走出东耳房，摔碎了没有子弹的手枪，冲着房顶上的敌人喝道："你们来吧！"早先已跑出院子的那两个特务，为抢头功，立刻蹿过来抱住陈辉的后腰，陈辉拉响了藏在腰间的最后一颗手榴弹。

【品读】

"英雄抛碧血，化为红杜鹃"，这是陈辉烈士留给我们的最后一首诗。诗歌是他的生命，也是他锐利的抗战武器："在极残酷的斗争里，我举起诗的枪刺，要把我的生命，我的爱情，燃烧的（得）发亮，一直变为灰烬——永远为世界、人民、党而歌。"陈辉为祖国而战、为信仰而歌、为人民壮烈赴死。

汉代文学家刘劭云："聪明秀出，谓之英；胆力过人，谓之雄。""一切民族英雄都是中华民族的脊梁。"党的十八大以来，铭记历史、缅怀英烈，一直受到党和国家的高度重视。2014年，全国人大常委会将每年的9月3日确定为中国人民抗日战争胜利纪念日，将每年的9月30日确定为烈士纪念日，将每年的12月13日

英雄抛碧血　化为红杜鹃

确定为南京大屠杀死难者国家公祭日。"英雄者，国之干。" 民族英雄是中华民族的脊梁，是中华民族最闪亮的坐标。正如习近平总书记指出的："近代以来，一切为中华民族独立和解放而牺牲的人们，一切为中华民族摆脱外来殖民统治和侵略而英勇斗争的人们，一切为中华民族掌握自己命运、开创国家发展新路的人们，都是民族英雄，都是国家荣光。中国人民将永远铭记他们建立的不朽功勋！"①

---

① 习近平:《在颁发"中国人民抗日战争胜利70周年"纪念章仪式上的讲话》,《人民日报》,2015年9月3日第1版。

为中国人民的解放贡献我的一切

——叶挺[①]将军给党中央要求入党的电报

1946年3月5日

皖南事变后，新四军军长叶挺被国民党无理扣押、拘禁，长达五年之久。1946年3月4日晚，经中共中央多次向国民党当局严正交涉及社会各界代表的强烈要求，叶挺将军获释。第二天，他致电毛泽东及中共中央，要求重新入党。

叶挺

毛泽东同志转中国共产党中央委员会：

我已于昨晚出狱。我决心实行我多年的愿望，加入伟大的中国共产党，在你们的领导之下，为中国人民的解放贡献我的一切。我请求中央审查我的历史是否合

---

① 叶挺（1896—1946）：广东惠阳人。原名叶为询，字希夷。在崇雅学堂读书时，该校陈老师给他改名叶挺，勉励他"人要上进，叶须上挺，挺身而出，拯救中华"。1924年加入中国共产党，1927年南昌起义任前敌总指挥、广州起义任工农红军总司令，1928年受王明等人无端指责退出共产党。全面抗战爆发后，1938年任新四军军长；1941年皖南事变中奉派与国民党军交涉时被扣押，先后囚禁在江西上饶、湖北恩施、广西桂林等地，最后移禁重庆"中美特种技术合作所"集中营。1946年3月4日，经中共中央与国民党严正交涉获释；4月8日，由重庆赴延安途中因飞机失事遇难。时年50岁。

格，并请答复。

叶挺

三月五日^①

两天后，经过毛泽东亲自修改定稿，中共中央复电叶挺将军。

亲爱的叶挺同志：

五日电悉。欣闻出狱，万众欢腾。你为中华民族解放与人民解放事业进行了二十余年的奋斗，经历了种种严重的考验，全中国都已熟知你对民族与人民的无限忠诚。兹决定接受你加入中国共产党为党员，并向你致热烈的慰问与欢迎之忱。

中共中央

三月七日^②

【延伸阅读】

囚　歌

叶挺将军被扣后，国民党官员在蒋介石的授意下，纷纷出动，诱劝他改变政治立场。

最先出场的是保定军校老同学、皖南事变直接制造者、第三战区司令长官顾祝同。他来到上饶李村，劝叶挺："你又不是共产党的人，何必代人受过呢？你只要声明责任在共产党不在政府，马上可以恢复自由，担任第三战

---

① 郝铭鉴、胡惠强主编：《革命烈士遗文大典》，上海文化出版社2001年版，第406页。

② 同上。

区副司令长官。"叶挺义正词严地说:"我是军长,一切由我负责。我的下级无罪,我要求把他们立即释放。"顾祝同支支吾吾,不敢正面回答。

第二个登场的是皖南事变中叛变的新四军一支队第一纵队副司令员赵凌波。这个人此时当上了国民党上饶集中营①的政治教官,特意穿上一套新四军军服来到叶挺的囚室,假惺惺地说:"军长,我住在隔壁囚室,经一再请求,今天才被批准来见你一面。"叶挺早就得知赵凌波叛变的消息,见到他还有脸来"规劝"自己,扬手给了叛徒几个耳光,拿起茶壶向他扔过去。赵凌波只好灰溜溜地退出了门。叶挺在李村集中营牢房墙壁上赋诗明志:"富贵不能淫,威武不能屈。正气压邪气,不变应万变。坐牢三个月,胜读十年书!"②

为了表示自己宁死不屈的决心,叶挺把头发和胡子都蓄了起来。别人问他为啥这样,他严肃地回答:"既然是囚犯,就得像个囚犯的样子。不恢复我的自由,我就不理发、不刮胡子。"

1942年,叶挺由桂林押至重庆。5月12日,蒋介石决定亲自出马劝降叶挺:"你这个人太老实了,上了人家当还不觉悟。"接着蒋介石突然问,"你是不是共产党?"叶挺坦然地说:"到现在为止,我没有任何党籍。"蒋介石命令式地说:"我指示你一条正路,你能绝对服从我、跟我走,你一定可以得到成功,不然你就算完了。"叶挺回答:"我早就决定,我已经完了。"

叶挺指出,对于皖南事变,蒋介石应该负全部责任,要求释放被俘的新四军将士,"愿以一死为部曲赎命"。蒋介石听不下去了,嚷道:"你的部下就是共产党,他们破坏抗日、扰乱后方。你上了当还不觉悟。"叶挺反驳说:"如果这样说,新四军就不该成立了?"蒋介石不耐烦了:"算了!算了!你回去再好好想想,同郭司令商量好后答复我。"第六战区副司令长官郭忏把叶挺送回住地后,两人又谈了一小时,但叶挺给蒋介石的最后回答仍

---

① 位于江西上饶,包括周田、茅家岭、李村、七峰岩等处集中营组成。

② 郝铭鉴、胡惠强主编:《革命烈士遗文大典》,上海文化出版社2001年版,第404页。

是："我不能这样做，请枪毙我吧！"

为了表达斗争到底的决心，11月21日，叶挺在重庆红炉厂囚室写下荡气回肠的《囚歌》：

为人进出的门紧锁着，

为狗爬走的洞敞开着，

一个声音高叫着：

爬出来啊！

给尔自由！

我渴望着自由

但也深知到（道）——

人的躯体那（哪）能由狗的洞子爬出！

我只能期待着，那一天

地下的火冲腾

把这活棺材和我一齐烧掉，

我应该在烈火和热血中得到永生。[①]

六面碰壁居士

卅一[②]、十一、廿一

后来，叶挺又把这首诗，写在囚禁他的渣滓洞集中营楼下第二号牢房的墙壁上。

---

① 郝铭鉴、胡惠强主编：《革命烈士遗文大典》，上海文化出版社2001年版，第405页。

② 卅一：民国纪年，即1942年。

渣滓洞监狱旧址

【品读】

　　叶挺将军的《囚歌》，字里行间处处透露着坚忍、淡定和视死如归。他的夫人李秀文把《囚歌》带给郭沫若后，郭沫若评价道："这里燃烧着无限的愤激，但也辐射着明彻的光辉，这才是真正的诗。……他的诗是用生命和血写成的，他的诗就是他自己。"

　　周恩来评价叶挺将军："你是人民队伍的创造者。北伐抗战，你为新旧四军立下了解放人民的汗马功劳。十年流亡，五年牢监，虽苍白了你的头发，但更坚强了你的意志。"[1]正是"为中国人民谋幸福，为中华民族谋复兴"的初心和使命，激励了像叶挺将军这样一代又一代的共产党人，汇聚于党旗下，书写出一篇篇可歌可泣的壮丽诗篇。

－－－－－－－－－

① 周恩来：《"四八"烈士永垂不朽》，《周恩来选集》（上卷），人民出版社1980年版，第233页。

我以毕生至诚敬谨请求入党

——续范亭①将军的入党申请书

1947年9月

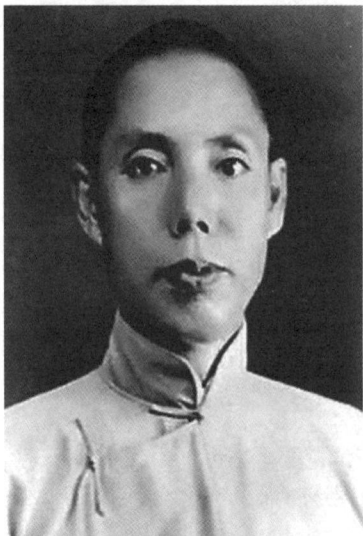

续范亭

1947年3月，国民党军胡宗南部进犯延安。续范亭随边区党政军机关分散撤离，行至山西临县都督村时病危，给党中央和毛主席写了这封遗书，提出入党申请。

敬爱的毛主席和中共中央：

范亭自辛亥以来，即摸索为民族和人民解放的真理，奋勇前行，在几经波折之后，终于认清了只有中国共产党领导的革命道路，才是中华民族和中国人民彻底解放的道路。七七抗战之后，即欣然接受领导，参加晋西北抗日民主根据地的抗战建

---

① 续范亭（1893—1947）：山西崞县人。1909年考入太原陆军小学堂，辛亥革命时任革命军山西远征队队长。1932年后历任西安绥靖公署驻甘肃行署参谋长、陆军新编第一军参谋长、中将总参议等职。1936年西安事变后，与共产党人合作创建山西新军。1940年后任晋西北行政公署行署主任、晋西北军区副司令员等职，积劳成疾，赴延安疗养。1947年，国民党军胡宗南部进攻延安，随机关撤退途中，于9月12日病逝于山西临县都督村，时年54岁。次日，中共中央追认他为中国共产党党员。

设工作，想从此更好为人民服务，以偿平生夙愿。孰料范亭方备力以赴之时，竟以身染重病，去延休养。在延数年，蒙党百般爱护，尤觉欣幸者，得以时常聆听毛主席和中共中央的教导。范亭奋斗一生，始于今日目睹解放区广大人民的真正翻身，真正看见了新中国的光明前途，每自不禁感奋，热泪夺眶而出。屡欲请求入党，作（做）一名革命军的马前卒，以终余年，但以久病床褥，迄未提出。现范亭已病入膏肓，恨不能亲睹卖国贼蒋介石集团之行将受审，美帝国主义之滚蛋，与全中国人民之彻底解放，是为憾耳。范亭数年来愧无贡献，然追求真理之志未尝一日或懈也。在此弥留之际，我以毕生至诚敬谨请求入党，请中共中央严格审查我的一生历史，是否合格，如承追认入党，实平生之大愿也。专此谨致布尔塞维克的敬礼！

续范亭[1]

【延伸阅读】

剖腹唤醒国人

1935年12月26日，一名国民党军官拜谒孙中山先生陵寝后，突然掏出一把短剑，剖腹自尽。这名将军就是续范亭。他为什么有如此举动呢？

原来，日本帝国主义不断制造事端，企图在华北建立第二个"满洲国"。1935年11月，国民党第五次全国代表大会在南京召开，续范亭以老国民党员和西北地区代表身份出席。和全国民众一样，他希望这次会议形成抗日救亡主张。但蒋介石讲话中说什么"和平未到完全绝望时刻，决不放弃和平；牺牲未到最后关头，决不轻言牺牲"。对抗日救亡毫不提及。12月9日，北平爆发轰轰烈烈的"一二·九"抗日救亡爱国学生运动，全国民众抗日救亡情

① 中国青年出版社编：《革命烈士书信》，中国青年出版社1979年版，第189—190页。

绪十分高涨。可是，南京当局屈辱退让，镇压学生运动。续范亭同于右任一起，向国民党中央陈述抗日救国大计，仍"毫无补益"，这让续范亭痛心不已。

12月26日，在同乡好友刘奠基的陪伴下，衣着整齐的续范亭神色凝重地来到中山陵，面对孙中山遗像，诵读《总理遗嘱》后，徘徊在陵前。突然，续范亭转身退出，从怀中拔出一柄短剑，双手紧握刺向腹部，血如泉涌。刘奠基极为震惊，急忙抱住续范亭，为他捂伤口止血，大声呼救。在守陵卫士和几位中外游客的救助下，续范亭被急送到中央陆军医院抢救，在他衣袋里发现了血迹斑斑的绝命诗——"赤膊条条任去留，丈夫于世何所求。窃恐民意摧残尽，愿把身躯易自由。"续范亭深信"我这一刀，是能够影响到希特勒和日本帝国主义的，并且连中国汉奸之类也给他点疼痛"。

国民党政府严厉禁止报道这事，但不久，一家上海私人报馆突破禁令，刊登了续范亭躺卧病床的照片和剖腹前五首绝命诗手迹，立即引起举国震惊。国民党中央社才被迫登出"中将续范亭因忧国忧民，在中山陵前剖腹自杀"的消息，却绝口不提要求抗日一事。续范亭的壮举，有力地揭露和抗议了蒋介石不抵抗政策，而且极大地激励了中国人民的抗日热情，一时在国内外引起巨大反响。3个月后，续范亭出院赴杭州疗养。

云水襟怀，松柏气节

续范亭在延安治病期间，看到大生产运动如火如荼，深有感慨地说："我今年50岁了，才第一次看到这样的事情。有人说共产党有'三头六臂'，是的。三头就是：枪头、锄头、笔头；六臂就是：两只手能打仗，两只手能生产，另外两只手能写文字、能学习、能抓特务分子。"①延安整风运动期间，续范亭向党组织表达了入党的愿望。但中共中央认为，他作为老同盟会员、国民党元老、党外进步人士，在国民党及全国人民中影响很大，

---

① 何吉元：《续范亭精解"共产党有'三头六臂'"》，《北京日报》，2017年6月12日第13版。

以党外民主人士身份参与斗争，作用更大。1944年秋，续范亭听说中共中央追认邹韬奋为中共正式党员时，写下"我志如韬奋"。

1947年3月，国民党军胡宗南部进攻延安，陕甘宁边区党政机关分散撤离，续范亭移至山西临县时，病情加重，中共中央派晋绥军区司令员贺龙前去看望。当贺龙赶到临县甘泉村时，续范亭已经与世长辞。妻子许玉侬向贺龙转交了续范亭临终前写给党中央和毛主席的遗书。

1947年9月13日，中共中央致电晋绥解放区党政军领导机关并转续范亭的家属："范亭同志在弥留之际，遗言要求加入中国共产党，革命忠诚，令人感奋。本党决定接受续范亭同志要求，追认为本党正式党员，并以此为本党的光荣。"[①]

【品读】

　　1947年9月18日，解放区干部和群众召开续范亭追悼大会，毛泽东特意派专人渡过黄河，送去花圈和挽联："为民族解放，为阶级翻身，事业垂成，公胡遽死？有云水襟怀，有松柏气节，典型顿失，人尽含悲！"

　　"得道多助，失道寡助。"谁掌握了真理，谁就能发挥巨大的影响力，谁就能团结更多的精英力量。从辛亥革命元老、国民党中将到中国共产党党员，续范亭追求真理、探寻救国图强、民族复兴道路的人生之路，足以证明：只有中国共产党才能救中国，只有中国共产党才能实现中华民族的伟大复兴。

---

① 　鲁秋园编注：《红色遗嘱》，江西人民出版社2006年版，第187页。

一个共产党员的"自白"

——陈然①的"自白"书

1948年4月

陈然

在白公馆监狱，国民党保密局特务用老虎凳等酷刑折磨陈然，致使他双腿粉碎性骨折，但他没有屈服。特务又想出写自白书的花招，引诱他叛变。于是，陈然挥笔而就这首荡气回肠的共产党员的"自白"书。

我的"自白"书

任脚下响着沉重的铁镣，

任你把皮鞭举得高高，

我不需要什么自白，

哪怕胸口对着带血的刺刀！

---

① 陈然（1923—1949）：河北香河人，原名陈崇德。1939年加入中国共产党，曾任中共《挺进报》特别支部书记并负责秘密印刷工作。1948年4月22日被捕，1949年10月28日英勇就义，年仅26岁。

人，不能低下高贵的头，

只有怕死鬼才乞求"自由"；

毒刑拷打算得了什么？

死亡也无法叫我开口！

对着死亡我放声大笑，

魔鬼的宫殿在笑声中动摇；

这就是我——一个共产党员的自白，

高唱凯歌埋葬蒋家王朝。[①]

【延伸阅读】

对着死亡放声大笑

陈然出生后不久，全家就搬到了北京。后来，父亲调到上海海关工作，全家又搬到上海。全国抗战爆发后，他随家人流亡到湖北宜昌等地。15岁的陈然在鄂西参加了中国共产党领导的"抗战剧团"，16岁时加入中

陈然（后排左一）组织读书会时与同志们合影（1946年）

---

① 中共中央宣传部宣传教育局：《重读先烈诗章》，中华书局2016年版，第191—192页。

国共产党。1940年，由于身染疟疾，没能前往延安，辗转到达重庆与家人会合。

抗战胜利后，陈然谋得中粮公司在重庆南岸野猫溪一所修理加工厂管理员的工作。这里也是他的家，一楼一底的房子，楼下是车间，楼上住着他们一大家人。当时他与党组织失去了联系，但仍积极从事团结群众、教育群众等革命工作。全面内战爆发后，重庆陷入"白色恐怖"之中，陈然联合几个进步青年，创办《彷徨》杂志，团结了许多热血青年。1947年夏，他终于找到了中共重庆地下党，恢复了与组织的联系。之后担任《挺进报》特别支部书记，并担任印刷工作。

陈然白天干厂里的事，夜晚印刷《挺进报》。7月的山城，炽热如火。陈然用厚纸把板壁糊住，窗后挂上毯子，用黑纸做个灯罩，住房旁边一间储藏室就成了陈然的"印刷车间"。他把刻好的蜡纸，一头用图钉固定在桌子上，削一根竹片代替油印滚筒，蘸上油墨刮印，一张蜡纸只能印三五十份。

重庆白公馆陈然烈士塑像

后来他学会了刻钢板，地下党市委就决定刻板、印刷由他一人负责。这样不仅缩短周转时间，还减少暴露的危险。

《挺进报》引起了国民党重庆当局的恐慌。国民党重庆行辕主任朱绍良下令西南长官公署二处处长徐远举限期破案。1948年4月20日，上级要陈然印好最后一期报纸后，22日晚7点市委派人来取，而后迅速转移。21日傍晚时分，他突然收到一封匿名短信："近日江水暴涨，闻君欲买舟东下，仅祝一帆风顺，沿途平安。"这是打入敌人内部的同志告诉他马上撤离。但他没有走，而是坚持到22日下午5时，印完了最后一期《挺进报》。他刚把蜡纸烧掉，几个便衣特务破门而入，陈然不幸落入敌手。

当晚，陈然被特务押到老街32号，连夜审讯。结果他只承认《挺进报》是他一个人办的，其他什么都不说。第二天，徐远举亲自出马，几个回合下来，同样是黔驴技穷。"你在强辩！你知道这是什么地方？你今天要听我的，我看你有什么本领不交代你们的组织？"徐远举沉不住气了。陈然针锋相对："不交又怎么样？"徐远举蛮横地威胁说："不交，就强迫你交。""那你就强迫吧！"陈然不屑地答道。徐远举拍着桌子又叫又跳："好！陈然，你看着吧！是我听你的，还是你听我的！"老虎凳酷刑使陈然脸色苍白、汗珠直淌，昏了过去。醒来后，他怒视特务，没有半句话。两天以后，陈然被送到了渣滓洞。又一次坐了老虎凳，特务不断地加砖头，致使他双腿粉碎性骨折。没过多久，陈然就被押到"重犯"禁地"白公馆"。

陈然那间牢房，早就被难友们打穿了一个秘密孔道。狱中党组织传给陈然半截铅笔、一些香烟盒纸，要他把外面的消息写在纸上传递出来。"嘿！白公馆也有了我们的《挺进报》！"这让狱中的同志深受鼓舞。隔壁的黄显声①将军利用放风的机会，把报纸沿门缝塞给陈然，使他不断获得新消息。从此，解放军节节胜利的消息，就时常出现在白公馆《挺进报》上。

1949年10月28日，早饭还没开始，监狱来了一群全副武装的特务。"陈然，出来！"特务叫道。看来，最后的时刻到

渣滓洞监狱的老虎凳

① 黄显声（1896—1949）：辽宁岫岩人。东北义勇军的缔造者之一。1936年8月秘密加入中国共产党。西安事变后被国民政府扣押，1949年11月27日被杀害于重庆白公馆监狱。

了。囚车飞快驶入警备司令部大门，陈然、成善谋、王朴等10名"政治犯"被押下囚车。警备司令部门口摆着一排长桌，放着10碗酒和10块肥肉。滑稽的"公审"结束后，陈然等"犯人"被押到大坪刑场，在罪恶的机枪声中，陈然等人倒下了。

【品读】

国民党保密局西南特区区长兼西南长官公署二处处长、战犯徐远举，在其回忆录《血手染红岩——徐远举罪行实录》中说，陈然表面上有些腼腆，觉得容易被突破，没想到他很坚强，"对着死亡我放声大笑"，很有气节。

其实，在被捕前，面对危险的斗争环境，陈然就曾在《彷徨》杂志新五期发表过短文——《论气节》："气节，是中国知识分子优良的传统精神"，"是个人修养的最高一级，也是最后的考验。""人总不免有个人的生活欲望、生存欲望。情感是倾向欲望的，当财色炫耀在你的面前，刑刀架在你颈上，这时你的情感会变得脆弱无比，这时只有高度的理性，才能承担得起考验的重担。""那就是对世界、对人生的一种正确、坚定而深彻的认识。不让自己的行为违背自己这种认识，而且能坚持到最后，就是值得崇尚的、一种真正伟大的气节。"因此，"在灾难降临的时候"，要"不妥协、不退缩、不苟免、不更其守！固执着真理去接受历史的考验"[①]！

---

① 孙丹年：《陈然烈士的气节》，《红岩春秋》，1997年第1期。

"理想"是人生最有价值、最富于吸引力的东西

——张学云①给妻子余显容的信（节录）

1948年7月31日

1948年6月18日，在川军罗广文部任连长的张学云跟随部队离开成都，途经宜宾到达泸州。7月30日，他收到妻子的信，得知妻子已走上革命道路，十分兴奋，第二天就写了这封含义丰富的回信。

力生②亲爱的：

前后一共收到您四封信。它们给与我太多的安慰，和无尽的快感的回味，尤其是昨天到的这第四号（挂号的）信，更使我联想着我们过去的一切蜜蜜的生活……

我觉得"理想"是人生最有价值、最

张学云

---

① 张学云（1922—1949）：回族，四川越西人。又名张竹行、张帆。1939年在成都考入中央陆军军官学校第十七期工兵科学习，1942年毕业留校任教官。1945年10月与余显容步入婚姻殿堂，1947年加入中国共产党。1948年受党组织派遣，打入川军罗广文部任三三二团三营七连连长，开展策反工作。1949年1月，因叛徒告密，在泸县行军途中被捕，后转押于渣滓洞监狱。在狱中参加"铁窗社"坚持斗争，同年11月27日壮烈牺牲。时年27岁。

② 力生：即张学云的妻子余显容。

富于吸引力的东西，"理想"是我们生活的原动力，什么东西能使我们作苦斗的挣扎？什么东西能使我们极富于韧性的（地）拼命？什么东西能使我们快乐地、毫不灰心地生活在不能算是人的生活的深渊中？我说就是"理想"！亲爱的，您以为是不是？

……

快乐呀，奋斗呀，我俩在胜利的地方相会吧！果然是胜利地相会了，我紧紧地抱住您，您贴贴地偎住我，我们呼唤千声万声的亲爱，我们急切不停地接吻，我将尽我所有尽我所能地慰劳您，同时也尽我所想的得到安慰！像片永远地在我身边，请放心，这是我离开您的第一封长信，也是您所渴望的东西吧！最后要叮嘱您，不要在思念中损毁健康，没有健康就没有力量渡到目的地。

即祝

您的健康和愉快

竹行 七·卅一上[①]

【延伸阅读】

夫妻情　两"地"书

1949年"11·27"渣滓洞大屠杀，当特务把冲锋枪伸入牢门风洞口扫射时，张学云一把抓住枪筒，夺枪未成即挺身堵住枪口，想掩护难友。密集的子弹穿过他的胸膛，而他抓住铁窗的双手没有松开。最终他壮烈牺牲。

成都解放的时候，余显容整天伫立街头，希望看到张学云随解放军凯旋归来。直到有一天，韩伯诚从街上买回一份报纸，彻底浇灭了她的希望。报纸登着"11·27"殉难烈士名单，她一个名字一个名字地看——"张帆"二字猛然映入眼帘，她顿时昏了过去。当她和二哥赶往重庆时，烈士追悼大会已

[①]　吴青岩主编：《品读红色家书》，中央文献出版社2006年版，第103—105页。

经开过了。

张学云就这样走了。余显容将丈夫写给她的28封信，装进丈夫送给她的礼品木盒。木盒上面刻着"凯歌起，战云谢；恋容转，春闺热"字样。这些信，就是她生命的寄托。1950年8月，她又给已经牺牲10个月、天人两隔的丈夫写了一封信，她坚信学云的在天之灵一定会读到。

渣滓洞集中营旧址

　　亲爱的，你生是为了给人类创造美景，死是解放人民为革命牺牲，你有这种远大理想和行动，你就是我心中最伟大的人。①

……

　　1980年，张学云牺牲31年后的春节除夕，余显容又给丈夫写信。

　　亲爱的学云，我写血书，我为忠实于你，我忍受一切痛苦，留下生命为革命。在这春节除夕的日子里，每户人都吃着团圆过年饭，独我坐在屋里恋着你。云啊，你等着吧，待我为"四化"作（做）出我最后口气的努力后，我们再团聚吧！但我活着一天也永远地记着你的话，"今后生活一定严肃、学习仍需要努力"。这是你对我的忠言，我一定照着去做！②

「理想」是人生最有价值、最富于吸引力的东西

2002年11月27日，张学云殉难53周年纪念日，年近八旬的余显容老人将这些信捐赠给了重庆歌乐山革命纪念馆。她说："我也老了，也不晓得还能活多少年。重庆是张学云最后生存的地方，也该让那些信回到那里，一起陪伴学云。"

【品读】

有人认为革命者是神不是人，他们不懂情感，其实他们也有浪漫炽热的情怀。"我紧紧地抱住您，您贴贴地偎住我，我们呼唤千声万声的亲爱，我们急切不停地接吻"。"爱情王子"张学云的这些书信很大胆，很热烈，充满激情，就是现在也会让女孩子脸红心跳。革命者崇尚爱情，却为革命献出了生命，让爱情得到了升华。因为他们笃定——"理想"是人生最有价值、最富于吸引力的东西，"理想"是生活的原动力。

正如习近平总书记所指出的："不忘初心，方得始终。对马克思主义的信仰，对社会主义和共产主义的信念，是共产党人的政治灵魂，是共产党人经受住各种考验的精神支柱。只有理想信念坚定的人，才能始终不渝、百折不挠，不论风吹雨打，不怕千难万险，坚定不移为实现既定目标而奋斗。"[①] "理想信念动摇是最危险的动摇，理想信念滑坡是最危险的滑坡。一个政党的衰落，往往从理想信念的丧失或缺失开始。我们党是否坚强有力，既要看全党在理想信念上是否坚定不移，更要看每一位党员在理想信念上是否坚定不移。"[②]

[①] 习近平：《在纪念朱德同志诞辰130周年座谈会上的讲话》，《人民日报》，2016年11月30日第1版。

[②] 习近平：《不忘初心，继续前进》（2016年7月1日），《习近平谈治国理政》（第二卷），外文出版社2017年版，第34—35页。

为正义而死亡

——王孝和①给妻子忻玉英的遗书

1948年9月27日

南京中央特刑庭驳回王孝和的上诉，复判死刑。1948年9月27日，他给父母、怀孕的妻子及狱中难友写了三封遗书。其中，在给妻子的遗书中这样写道：

王孝和在国民党特刑庭

瑛妻②：

我很感激你，很可怜你，你的确为我费尽心血，今天这心血虽不能获得全美，但总算是有收获的。我的冤还未白，而不讲理的特刑庭就决定了我的命运，但愿你勿过悲痛。在这个世界上，不是有成千成万的人在为正义而死亡？为正义而子离妻

---

① 王孝和(1924—1948)：浙江鄞县人，生于上海。16岁考入上海励志社英文专科学校。1941年5月4日，加入中国共产党；1943年，进入美商上海电力公司发电厂；1948年，当选上海电力公司工会常务理事；1948年4月21日，国民党特务以"妨碍戡乱治安"为名将其抓捕，同年9月30日，在提篮桥监狱英勇就义。时年24岁。

② 忻玉英：王孝和的妻子。2015年逝世，享年87岁。

散吗？不要伤心！应好好的（地）保重身体！好好的（地）抚养二个孩子！告诉他们，他们的父亲是被谁所杀害的！嘱他们刻在心头，切不可忘！对我的双亲，你得视如自己亲父母亲一般。如有自己看得中的好人，可作为你的伴侣，我决不会怪你，而这样我才放心！

但愿你分娩顺利！未来的孩子就唤他叫佩民！身体切保重！不久还可为我伸冤、报仇！

各亲友请代候，并祈多多照应为感。

特刑庭不讲理！乱杀人，秘密开庭，看他横行到几时？冤枉！冤枉！冤枉！冤枉！冤枉！

你的夫　王孝和血书

三七·九·二七[①]

【延伸阅读】

屹立不倒的是灵魂

1948年3月30日，国民党造谣共产党地下组织要破坏上海电力公司发电厂的发电机，并以此为借口抓捕了十多名地下党员。三个星期后的一天晚上，一个特务突然来到王孝和家，暗示他去自首。王孝和镇定地说："我是上电2800名职工选出来的工会常务理事，为职工说话办事是我的职责，没什么可自首的。"

特务走后，王孝和一面整理文件一面对妻子忻玉英说："如果我被捕，千万记住，所有我认识的人、到我们家里来过的人，你都不能说认识；生活困难可以将结婚戒指、衣橱、五斗橱等卖掉，不要不舍得；如果我不能出

---

① 中国青年出版社编：《革命烈士书信》（续编），中国青年出版社1983年版，第219—220页。

来，或有不测，你要坚强些，你年纪还轻，要另组家庭，我不会怪你的，只有这样我才放心。"

妻子流着眼泪，求他赶紧躲出去。王孝和沉思一下，果断地说："我不能走，我走了别人怎么办？我走后工作怎么办？谁去做？"

4月21日，王孝和与往常一样，与妻子道别，在女儿的小脸上亲吻了一下，骑着自行车上班了。经过中纺十二厂工房时，早已埋伏在里面的特务冲出来，把他架上小汽车，抓进国民党警备司令部威海卫路稽查大队。特务们惨无人道地用粗木棍，在王孝和胸前肋骨处用力地来回摩擦，磨得皮开肉绽、鲜血淋漓，但还是没从王孝和嘴里得到任何有用的东西。之后，王孝和先后被关押在北四川路淞沪警备司令部军法处看守所、隆昌路特刑庭看守所。

被捕19天后，看守所允许家属探监，忻玉英终于见到了丈夫。只见王孝和脚上戴着脚镣，白衬衣上有许多黯淡的血迹。忻玉英只喊了一声"孝和"，泪水就夺眶而出了。王孝和强压住激动，平静地对妻子说："我蛮好的。"得知妻子又怀孕了，他兴奋地说："我要做第二个孩子的父亲了，你要做第二个孩子的妈妈了，应该高兴呀……"①

上海高等法院特别刑事审判庭（简称"特刑庭"）5月1日、6月28日先后两次秘密审判王孝和，6月29日判处其死刑。随后，他又向南京中央特刑庭上诉。9月24日，上诉被驳回。9月27日上午，特刑庭准备对王孝和行刑。但发现特刑庭、提篮桥监狱刑场周围有许多抗议的电厂工人，只好改期执行。

9月30日上午，特刑庭派警长王君武到隆昌路看守所12号牢房押解王孝和，骗他说家属来探望了。来到长阳路147号特刑庭，当特刑庭检察官朱诚宣布今天对王孝和执行死刑时，他大声说："我今天虽然见不到家人，但很幸运，在法庭上看到许多记者，我要对记者说几句话。我是电力工会的常务

① 《半个世纪的思念——访王孝和烈士的遗孀忻玉英》，《上海党史研究》，1998年第5期。

为正义而死亡

理事，是从2800多名工人中选出来的，但是'工福委'把持了工会，勾结社会局和警备司令部诬害我，我是无辜的。我请各位记者主持公道，在报上披露真相。特刑庭不讲理，乱杀无辜！"当一名外国记者用英语提问时，王孝和流利地用英语回答。检察官见状，赶紧让法警将王孝和押往刑场。

从特刑庭，经警察医院到提篮桥监狱刑场不足一百米，王孝和边走边喊："特刑庭不讲理！""特刑庭乱杀人！"这时，《大公报》摄影记者冯文冈（一说马庚伯）举起一架135相机，拍下王孝和慷慨赴死的十几张照片。

王孝和被绑在一张行刑的高背木椅上，当检察官朱诚发出行刑的命令后，法警的子弹没有击中要害，王孝和浑身颤动不已。第二枪从右耳擦过，第三枪又从左耳掠过，法警小头目恼羞成怒，一脚踢倒行刑椅，残忍地用皮鞋猛踩王孝和的腹部，鲜血从他的口中涌出。[①]

王孝和的青春永远定格在了24岁。

在被押往刑场的路上王孝和依然呐喊

① 徐家俊:《王孝和就义提篮桥监狱实录》,《上海党史与党建》,1998年第5期。

1988年9月29日，上海各界隆重集会纪念王孝和烈士就义40周年，江泽民同志题词："40年前，王孝和同志怀着对共产主义的理想，为中国人民的解放事业，英勇地献出了自己宝贵的生命。他不愧是优秀的共产党员，工人阶级的杰出代表。我们要学习他坚定的革命信念、无私无畏的革命精神、高度自觉的组织纪律性，为建设伟大的社会主义祖国而奋斗。王孝和永垂不朽！"

"不学问，无正义，以富利为隆，是俗人者也。"王孝和在给妻子遗书中说，"在这个世界上，不是有成千成万的人在为正义而死亡？为正义而子离妻散吗？"这种正义就是中国人民的解放事业，这种"为正义而死亡"就是为民族独立、人民解放而牺牲。"我们的事业是正义的。正义的事业是任何敌人都攻不破的。"①

为正义而死亡

---

① 毛泽东：《为建设一个伟大的社会主义国家而奋斗》，《毛泽东文集》（第六卷），人民出版社1999年版，第350页。

多少头颅多少血，续成民主自由诗

——谢士炎^①的绝命诗

1948年10月19日

谢士炎被捕后，面对严刑拷打和威逼利诱，他都不肯供出共产党的任何情报和其他人员。1948年10月19日，国民党国防部军法局以"泄露军机"为名，将其枪杀在南京雨花台。临刑前，他赋绝命诗一首：

谢士炎

人生自古谁无死，

况复男儿失意时。

多少头颅多少血，

续成民主自由诗。^②

---

① 谢士炎（1912—1948）：湖南衡山（生于双峰）人。黄埔军校长沙三分校第六期毕业。1937年，进入陆军大学十四期学习；1940年，任第三战区少将教官，后任国民党八十六军四十六团团长；1943年8月，任第六战区少将高参兼参谋处副处长。抗战胜利后，历任第十一战区长官部高参、军务处少将处长、保定绥靖公署第一处处长。1947年2月，加入中国共产党；同年9月，在北平不幸被捕。1948年10月19日，英勇就义。时年36岁。

② 郝铭鉴、胡惠强主编：《革命烈士遗文大典》，上海文化出版社2001年版，第464页。

北平五烈士

为帮助国民党政府"尽可能使其统治权力扩展于全中国"[①]，美国政府参与"调处"国共双方军事冲突，成立由三方代表组成的北平"军事调处执行部"（简称"军调部"）。谈判过程中，"军调部"中共代表叶剑英察觉国民党对停战毫无诚意，必须加强华北地区情报工作。他和"军调部"中共代表团秘书长李克农，先后秘密发展了国民党第十一战区长官司令

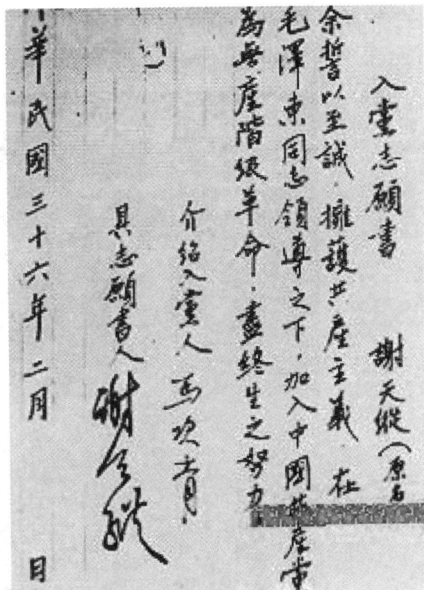

谢士炎烈士的入党志愿书

部少将作战处长谢士炎、军法处少将副处长丁行、二处少校参谋石淳（又名孔繁蕤）、代理作战科长朱建国及北平第二空军司令部参谋赵良璋等人。

谢士炎出身国民党陆军将官世家，国民党陆军大学毕业。1942年浙江衢州之战，他率一团之众，与十倍于己的日寇激战数昼夜。日本投降后，谢士炎参与接收时目睹国民党当局的腐败和反动，心生失望。在中共地下党员、第十一战区外事处副处长陈融生影响下，他阅读了《新民主主义论》等著作，钦佩赞同中国共产党的思想理论和政治主张，决心站在人民一边，为民族独立和解放做贡献。国民党军队进攻张家口之前，他向中共代表团提供了作战计划，有力地戳穿了国民党当局假谈判、真备战的阴谋，他还提供了国民党军队华北战场兵力部署、战斗序列、作战计划等情报，受到党中央

---

① 美国国务院编：《美国与中国之关系：特别着重一九四四年至一九四九年之一时期》（中译本），台湾文海出版社1982年版，第5页。

嘉奖。1947年2月，谢士炎由叶剑英介绍秘密加入中国共产党。"余誓以至诚，拥护共产主义，在毛泽东同志领导之下，加入中国共产党，为无产阶级革命，尽终生之努力。"

南京雨花台谢士炎烈士之墓

谢士炎入党半年多后，9月24日，北平交道口京兆东公街（今北京东城区东公街）24号院中共中央社会部的一部密台，被国民党保密局北平站侦破，谢士炎等5人受牵连被捕。国民党保密局北平站侦防组组长谷正文亲自审讯，第一次见面就被谢士炎"那从容凛然的仪表震慑住了"①，谷正文竟心情慌乱地找借口从讯问室后门溜走了。

第二天，谷正文为谢士炎冲了一杯咖啡后问道："你是一名国军中将（编者注：应为少将），为什么甘愿参加共产党？"谢士炎回答说："我在国民党部队很多年，经历过许多阶层，所以我有资格批评它没有前途。至于共产党，我至少欣赏它的活力、热情、组织与建设新国家的理想，因此，我

---

① 谷正文口述，许俊荣、黄志明、公小颖整理：《白色恐怖秘密档案》，台湾独家出版社1995年版，第19页。

选择我所欣赏的党。而且，我认为国民党是妨碍共产党早日建设新国家的最大阻力，所以，我用国军中将（少将）作战处长的身份，帮助共产党消灭国民党。"①

谢士炎牺牲后，在烈士遗体的后裤袋里，人们发现了这首血迹斑斑的绝命诗。

【品读】

谢士炎从一名国民党少将变为一名中国共产党地下党员，吸引他的不是地位与金钱，而是中国共产党"建设新国家的理想"，他"认为国民党是妨碍共产党早日建设新国家的最大阻力"，所以"帮助共产党消灭国民党"。这就是理想的感召。

2012年11月17日，习近平在十八届中共中央政治局第一次集体学习时的讲话强调："坚定理想信念，坚守共产党人精神追求，始终是共产党人安身立命的根本。对马克思主义的信仰，对社会主义和共产主义的信念，是共产党人的政治灵魂，是共产党人经受住任何考验的精神支柱。"②

① 谷正文口述，许俊荣、黄志明、公小颖整理：《白色恐怖秘密档案》，台湾独家出版社1995年版，第20—21页。

② 习近平：《紧紧围绕坚持和发展中国特色社会主义 学习宣传贯彻党的十八大精神》（2012年11月17日），《习近平谈治国理政》（第一卷），外文出版社2014年版，第15页。

多少头颅多少血，续成民主自由诗

我是带着勇敢与信心就义的

——赵良璋①给朱铁华等难友的遗书

1948年10月19日

赵良璋

早晨六点半，赵良璋刚洗完脸，副典狱长就来到牢房前说：今天有人要"吃馒头"②了。赵良璋不等副典狱长叫到名字，就把穿在身上的皮夹克脱下来，对同屋难友说"一定有我！谁喜欢这皮夹克，拿去当纪念……"并留下了这封遗书。

铁华、璧谱、瑞甫③：

人生无不散的筵席，我大去之后，平仲④方面最好是改嫁。在监的东西完全由你

---

① 赵良璋（1921—1948）：别号野雪，江苏六合人。1938年，考入国民党中央空军军士学校；1943年，调印度受训，后因病回国；1944年后，任成都空军第三路军司令部一科参谋。1945年抗战胜利后，调任北平国民党空军第二军区司令部总务科交接参谋。1946年10月，秘密加入中国共产党。根据党的指示，打入空军司令部战情科任参谋，收集提供重要情报。1947年10月，在南京不幸被捕。1948年10月19日，英勇就义。时年27岁。

② "吃馒头"：就是"处决"的意思。

③ 铁华、璧谱、瑞甫：即朱铁华、朱璧谱、冉瑞甫，三人为赵良璋狱中难友。

④ 平仲：即赵良璋的妻子蒋平仲。

们收下，在马法官问真（审）处有我51派克金笔一支，手表一支（块），可要回来，也可做个纪念。

我是带着勇敢与信心就义的，我虽倒了，但顽强的性格仍使我精神永不灭亡，这里请你们放心。

我已有一信给平仲，一切都拜托你们了。

拥抱你！

良璋绝笔

十、十九[1]

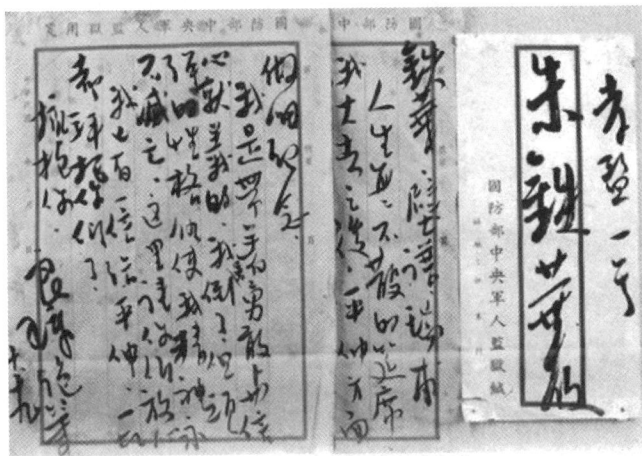

赵良璋烈士绝笔信

【延伸阅读】

为了真理而牺牲

全面抗战爆发后的第二年，救国心切的赵良璋报考了国民党空军飞行学校，并被派往美国培训。1941年毕业后，分配到国民党空军十一大队任飞行员。抗战胜利前夕，他决定离开国民党空军，北上延安参加革命。赵良璋借

---

[1]　中国青年出版社编：《革命烈士书信》（续编），中国青年出版社1983年版，第213页。

故请假，秘密从成都到重庆。在中共重庆办事处，薛子正动员他留在国民党空军从事地下工作。赵良璋通宵达旦，写成2万余字《国民党空军概况》交给党组织。

1946年8月，赵良璋随国民党空军第二军区司令部调往北平，任司令部参谋。10月，由马次青、冯银助介绍，加入中国共产党。为方便获得情报，他设法转任战情科参谋，搜集国民党空军部队番号、驻地、飞机种类及数量、航空人员素质、人数等情报。有一次，他得到国民党空军北平行辕呈空军司令部的"敌我态势图"，迅速注明各部队的番号、部署，转送给中共地下党组织。

为了搜集情报，赵良璋广为交际，应酬开支很大。中共地下党组织派人送来一笔活动经费，他对妻子蒋平仲说："我是共产党员，就要为党尽职尽力工作，虽然需要钱，自己可节俭克服，党组织经费更困难，我们对组织的关怀只能心领，钱一分不能收。"又将经费如数退还党组织。

南京雨花台赵良璋烈士之墓

1947年9月，国民党军统北平站在交道口附近发现可疑电台信号，"飞贼"特务段云鹏锁定京兆东公街24号。9月24日清晨，设在这里的中共中央社会部王石坚情报系统北平地下电台被破获。蒋平仲得知后，连拍发3封电报给正在南京办事的赵良璋。可惜，他一份也没收到。10月初，从上海办完事，由南京购买飞机票准备回北平时，赵良璋不幸被捕。

在军法处，国民党特务对赵良璋采取车轮战术，三天三夜不让他睡觉。精神恍惚时，他还是说不知道。当特务出示签有"野雪"字样的"敌我态势图"时，他知道已无法隐瞒，索性就将所有事都揽过来，掩护同时被捕的朱铁华等3名同志。

军法处看守所1号牢房关的大多是要犯、主犯，"犯人"进出量最大，也就是牺牲得最多，被难友称为"死牢"。但赵良璋依然每天早晨坚持起来读英语，还教狱友唱《囚徒之歌》——"火山终有熄灭日，黎明前的黑暗。黑暗、黑暗，囚徒要解放。时候一到起来反抗，打破了牢笼奔他方，打破了牢笼奔他方。"[①]

赵良璋与妻子蒋平仲

【品读】

"北平五烈士"之一的赵良璋，隐蔽战线的雄鹰，在国民党军队里生活过得很舒适，但他为了共产主义信仰、为了中华民族的解放，投身革命，慷慨赴死。正如他创作的歌曲："假如我为了真理而牺牲，我燃烧不灭的心，会不朽地欢欣，永远地安宁……"

"黑暗里，你坚定地守望心中的太阳；长夜里，你默默地催生黎明的曙光；虎穴中，你忍辱负重，周旋待机；搏杀中，你悄然而起，毙敌无形。"[②]心中有信仰，革命有力量。没有牢不可破的理想信念，没有崇高理想信念的有力支撑，要在隐蔽战线长期坚持斗争是不可想象的。

---

① 杨颜艳：《赵良璋烈士的皮夹克和绝笔信》，《紫金岁月》，1997年第5期。

② 北京西山无名英雄纪念广场《光影》铭文。

我是带着勇敢与信心就义的

把牢底坐穿

——何敬平①的狱中诗

1948年夏

何敬平

在渣滓洞看守所，二十多名难友们秘密组织了"铁窗诗社"，通过楼上、楼下、楼板缝隙传递诗作。1948年夏天，何敬平在一片小纸上写下题为"为了免除下一代的苦难"的自由体诗歌，其中两个难友提议更名为"把牢底坐穿"。

为了免除下一代的苦难

为了免除下一代的苦难，

我们愿，愿把这牢底坐穿。

这是混乱的日子，黑夜被人硬当作白天，

在人们的头上，狂舞的人享福了。

在深沉的夜里，他们飞旋于灯红酒绿之间。

---

① 何敬平（1918—1949）：四川巴县（今重庆市巴南区）人。1945年加入中国共产党，1946年任中共重庆电力公司党支部组织委员。1948年不幸被捕，1949年11月27日英勇就义，时年31岁。

呼天的人是有罪的，

据说，天是不应该被人呼喊，

而它的位置却是在他们脚底下面，

牢狱果真是为善良的人们而设的吗？

为什么大家的幸福被少数人强夺霸占？

我们是天生的叛逆者，

我们要把这颠倒的乾坤扭转！

我们要把这不合理的一切打翻！

今天，我们坐牢了，

坐牢又有什么稀罕？

为了免除下一代的苦难，

我们愿

愿把这牢底坐穿！

1948年夏于渣滓洞[①]

【延伸阅读】

铁窗诗人何敬平

1946年2月，中共重庆电力公司地下党支部成立，刘德惠为代理书记，何敬平当选为党支部组织委员。为筹集地下活动经费，他和刘德惠组建志诚实业公司，重庆市委工运负责人许建业以志诚公司会计一职为掩护，开展党的地下活动。

1948年4月初，由于叛徒任达哉告密，许建业不幸被捕，囚禁在国民党

[①] 何建明（执笔）、厉华著：《忠诚与背叛》，重庆出版集团、重庆出版社2011年版，第41—42页。

今日渣滓洞景区

西南行辕二处。看守陈远德佯装同情革命，骗得许建业的信任，托他送给刘德惠一封密信，让其销毁志诚公司宿舍床底下藏着的党内文件和同志们的入党申请书。结果陈远德转身就将信交给国民党西南长官公署二处处长徐远举。何敬平、刘德惠在去电力公司上班途中被捕。先后被关押在国民党重庆警备稽查处、行辕二处和渣滓洞看守所。

1949年大年初一的清晨，渣滓洞监狱一号牢室响起了嘹亮的《国际歌》，"起来，饥寒交迫的奴隶……"女一室、二室也应和着。一场特别的春节联欢会开始了。他们走出牢房，挥舞镣铐互相拥抱，互赠诗作，相互鼓励……春节联欢会上，压轴节目是公开宣告"铁窗诗社"的成立。

"铁窗诗社"的诗友们发明了狱中的"文房四宝"：纸是在监狱中大家节约下来的"如厕手纸"；笔是从厕所篾竹墙壁上扳下的一块块篾片，用嘴咬破后再磨尖，然后做成"笔"；从破棉袄里扯出一团棉花，在油灯上点燃后丢进饭碗内，燃尽变成一团黑灰，加上水，"墨水"制作成功。①

---

① 厉华、龚月华：《渣滓洞监狱里的春节联欢会》，《人民政协报》，2015年2月12日第9版。

铁窗诗社留下许多著名诗篇，尤其是何敬平的《把牢底坐穿》。这首诗传到一号牢房后，难友周宗谐谱上曲子，在渣滓洞看守所传唱开了。

1949年11月27日，年仅31岁的何敬平，倒在了国民党特务的大屠杀血泊中。

【品读】

"为了免除下一代的苦难，我们愿，愿把这牢底坐穿……"何敬平这首脍炙人口的不朽诗篇，气势磅礴、壮怀激烈，充满崇高理想和坚强革命意志。

"你说热的心会把冰雪融消，你说战士的坟墓比奴隶的天堂更明亮；你说生命是飘扬的旗帜，灵魂是嘹亮的号角；你说为了免除下一代的苦难，我愿意把牢底坐穿；你说愿心血化为光明的红灯，将黑暗的大地照得亮亮的；你说我们是天生的叛逆者，要把这不合理的一切打翻；你说你已深深体验着'真实的爱'与'伟大的感情'，你说，我们爱我们的民族，这是我们自信的泉源。……这声音响彻天际，回荡在耳边"。①

---

① 北京西山无名英雄纪念广场《追梦》铭文。

虽未战死沙场，但意义一样

——陈默①给妻子蔡洁的遗书（摘录）

1949年2月8日

陈默

1949年2月，陈默想借昔日交情策反国民党上海海巡大队长封企曾，没想到反被封企曾密告出卖，被关押在国民党上海淞沪警备司令部监狱。身陷囹圄的他自知时日不多，提笔给妻子、孩子写下这封遗书。

亲爱的洁妹和最亲爱的孩子们！

我今天已预期必死，只看哪天执行了，所以预写几句最后的话给你们。我已三十六岁，在死亡率强大的中国不算寿短。再加我这三十六年中的生命，有意义的时间多于无意义的，所以预期快死、必死的现在，内心对死没有害怕，也没有痛苦，死后更不会痛苦。我预计到的倒是你和孩子们最痛苦，以及对有感情的朋友们也是如此。

① 陈默（1913—1949）：原名陈尔晋，又名陈冰思，上海奉贤县人。中共秘密党员，先后任国民党军统上海抗日先遣总队总队长、淞沪警备司令部经济检查组组长等职。1949年2月，因策动国民党上海海巡大队长封企曾反正，反被封出卖被捕；4月27日，被秘密杀害。时年36岁。

洁妹：痛苦只会坏身体，对事实无补的。尤其今后你的责任重大，六个孩子和年老的双亲、新乃妹的幼女，均需你教养他们，如果你急坏了身体，如何办呢？不是更糟而一家散了吗？所以我以临死最诚恳的（地）请求你，你如真爱我，就得咬紧牙关，振起精神，以理知（智）来减除痛苦，好好计划今后的生活。人活着一天就得积极一天，尤其是你有这样许多的责任，对我的死当做没有这件事，当做出门未归，当做我战死沙场。我今天虽未战死沙场，但意义则一样的，反而多了一个写遗书的机会。终（总）之人活着终有一天死，不过我死得对不起你。自己估计错了人，被人作弄，把一家的责任太早的（地）交给了你，万分对你抱愧。我希望有鬼的事实，这样，我才能够随时在暗中照顾你，梦中来相会劝解你，以补我对不起之罪过。如果无鬼，不能照应你，则活着的至亲好友，全非势利小人，也会照顾你的。

……

最后，我以十万分的赤诚的心向你抱愧，没有照顾到你一生的全程。同时以一颗最真诚的心，请求你不要悲伤，顾住自己，顾住孩子。

永别了洁妹！保留此遗书吧！

你的陈冰思默绝笔

三十八年二月八日上午[①]

【延伸阅读】

黎明前倒下的秘密党员

军法处看守所1号牢房可以关15~16个人，大多是要犯、主犯，"犯人"进出量最大，也就是牺牲得最多，被难友称为"死牢"。

---

① 《陈默在狱中给妻子的遗书》，《党史文汇》，2012年第7期。

陈默与李静安（化名李白，电影《永不消逝的电波》中主人公李侠的原型）、秦鸿钧两位同志关在一起。陈默大约1米7的个子，脚上戴着一副脚镣，一看就知道不是一般的犯人。

一次放风时，中共地下党员、难友富华悄悄地来到1号牢房走廊，低声问陈默："你是什么案子？"陈默将他上下打量后，很警觉地用无所畏惧的语气答道："他们谁也不能审问我。"只此一句话，富华就明白这是一位更高层的"政治犯"，是他的同志！

1949年4月27日临刑前，陈默给妻子、孩子留下7页遗书，写明"务请转交泰新村十六号陈蔡洁收"，并在用笺四边空白处，另写下"出师未捷身先死，常使英雄恨不平"。①一个月后，5月27日，中国人民解放军攻占上海，鲜艳的红旗飘扬在上海滩，那上面也有陈默烈士的鲜血。

【品读】

"慷慨赴死易，从容就义难。"上海解放前夕，陈默被国民党特务秘密杀害，捐躯于"黎明"之前，但他觉得"我今天虽未战死沙场，但意义则一样的"。

陈默等是战斗在敌人心脏中的勇士，"像绽放的礼花，短暂、绚丽、炽烈。一个个鲜活的生命、激扬的青春，照亮前行的长路，消失在胜利的前夜。是归去的背影，挺拔、伟岸、坚毅，一腔腔喷薄的热血、果敢的勇气，冲破重重迷雾，屹立于高山之巅。"②

---

① 富华口述、山海人整理：《我们在黎明前越狱》（上），《上海滩》，2012年第11期。

② 北京西山无名英雄纪念广场《忠魂》铭文。

踏着父母之足迹，以建设新中国为志

——江竹筠[1]给亲友谭竹安的信

1949年8月27日

1948年6月14日，由于叛徒出卖，江竹筠在四川万县被捕，之后被关在国民党保密局重庆渣滓洞看守所。她在狱中受尽了敌人的毒刑折磨，但坚贞不屈。这封信是江竹筠用竹签子蘸着用棉花灰制成的墨水写在毛边纸上的，由同室难友曾紫霞被营救出狱时带出。

江竹筠

竹安[2]弟：

友人告知我你的近况，我感到非常难受。幺姐及两个孩子给你的负担的确是太重了，尤其是现在的物价情况下，以你仅有的收入，不知把你拖成甚么个样子。除了伤心而外，就只有恨了……我想你决不会抱怨孩子的爸爸和我吧？

---

[1] 江竹筠（1920—1949）：原名江竹君。四川自贡市人。1939年加入中国共产党，曾任下川东地委委员。1948年6月，由于叛徒出卖在万县被捕，囚禁于国民党保密局重庆渣滓洞看守所。1949年11月14日英勇就义，时年29岁。

[2] 竹安：江竹筠烈士的亲友谭竹安。

苦难的日子快完了，除了这希望的日子快点到来而外，我什么都不能兑现。安弟！的确太辛苦你了。

我有必胜和必活的信心，自入狱日起（去年六月被捕）我就下了两年坐牢的决心。现在时局变化的情况，年底有出牢的可能。蒋王八的来渝固然不是一件好事，但是不管他若何顽固，现在战事已近川边，这是事实，重庆在（再）强也不可能和平、京、穗相比，因此大方的（地）给它三四月的命运就会完蛋的。我们在牢里也不白坐，我们一直是不断的（地）在学习，希望我俩见面时你更有惊人的进步。这点我们当然及不上外面的朋友。

话又得说回来，我们到底还是虎口里的人，生死未定，万一他作破坏到底的孤注一掷，一个炸弹两三百人的看守所就完了。这可能我们估计的确很少，但是并不等于没有。假若不幸的话，云儿①就送你了。盼教以踏着父母之足迹，以建设新中国为志，为共产主义革命事业备〔斗〕到底。

孩子们决不要骄（娇）养，粗服淡饭足矣。幺姐是否仍在重庆？若在，云儿可以不必送托儿所，可节省一笔费用。你以为如何？就这样吧。愿我们早日见面。握别。愿你们都健康。

竹姐　八月二十七日②

【延伸阅读】

小说《红岩》、电影《烈火中永生》和歌剧《江姐》，使得"江雪琴"也就是"江姐"被广为人知，成为信仰坚定、坚贞不屈、视死如归的中国共产党人形象代表。艺术形象的"江姐"让人敬佩，而党史上真实的"江姐"同样让人敬仰。

---

① 云儿：江竹筠烈士的儿子彭云。

② 中国青年出版社编：《革命烈士书信》，中国青年出版社1979年版，第213—214页。

"江姐"的原型之一——江竹筠

"江姐"的历史原型主要是两位女烈士，一位是江竹筠，一位是李青林。

江竹筠原名江竹君，1920年出生于今天的四川自贡市大安区大山铺镇江家湾，江竹筠是她被捕后用的名字。1939年，江竹筠考入爱国科学家、教育家何鲁办的中国公学附属中学读高中。这一年的夏天，19岁的江竹筠加入了中国共产党。1940年中国公学附属中学停办，转入重庆中华职校学习会计专业，并担任该校地下党组织负责人。1941年秋，被中共川东特委指派担任中共重庆新市区区委委员，单线联系沙坪坝一些高校的党员和新市区的女党员。

假夫妻变真伴侣。1943年，23岁还没有男朋友的江竹筠接到了一个特殊任务，就是与中共重庆市委第一委员彭咏梧假扮夫妻，当时地下工作术语叫"住机关"。

事情的起因是这样的。重庆市委第一委员彭咏梧在市委负责组织、宣传工作，领导重庆学运和《挺进报》，他的掩护职业是中央信托局中级职员。当时他住单身集体宿舍，对地下工作造成不便。1943年，信托局要给已婚的中高级职员分房子，如果彭咏梧能分到一套自

江竹筠一家三口合影

己独立的住房，对保存地下党员的组织资料、开展秘密工作将十分有利。于是，市委安排他与江竹筠假扮夫妻。就这样，江竹筠摇身一变成了"彭太太"。出门在外，他们是一对恩爱的小"夫妻"。在家里，她协助彭委员整理资料，开展秘密工作。

1944年的春天，江竹筠和挚友何理立到《新华日报》营业部买苏联小说《虹》，被国民党特务跟踪，想了许多办法才甩掉了"尾巴"。为了重庆地下党市委机关的安全，江竹筠转移到成都，考入四川大学，暂时离开了"丈夫"彭咏梧。

1945年暑假，江竹筠回到重庆，假夫妻变成了真伴侣，他们结婚了，之后回到成都继续上学。1946年，他们的儿子彭云出生了。为了应对今后危险的地下斗争环境，她剖腹产子的同时也做了绝育手术。

小身躯藏着大能量。1946年7月，江竹筠带着三个月大的儿子彭云回到重庆，协助彭咏梧负责地下宣传和学运工作，成为市委一名重要的联络员。1947年秋，丈夫彭咏梧担任中共川东临委委员、下川东地工委副书记，江竹筠则担任川东临委与下川东地工委的联络员。

1948年1月16日，彭咏梧率游击队突围时壮烈捐躯。为核实丈夫牺牲的情况，江竹筠来到奉节县竹园镇，看到城门上挂着一排木笼，人头已经腐烂无法辨认，而布告上写着彭咏梧的名字。她强忍悲愤，快速离开了城门。6月14日，由于叛徒出卖，江竹筠在四川万县被捕，之后被关在重庆渣滓洞看守所。

江竹筠身材娇小，身高不到1.5米。为了让她说出中共的秘密，国民党特务施以酷刑，皮鞭抽、夹竹筷子、上老虎凳，多次昏死过去又多次被凉水浇醒，但她始终恪守党的秘密工作纪律，不承认自己是中共地下党员："我不是地下党的。死，我也不能说我是地下党的。"

作为重犯，江竹筠平时要上脚镣。但她的脚很小，可以从脚镣的铁圈中抽出来，然后用被子盖上双脚，稍微缓解一下痛楚。一旦看守来了，她再把脚钻进去。

江竹筠坚贞不屈的表现，一扫地下党遭受大破坏给监狱同志带来的沉闷气氛，极大地激励了难友，赢得了难友的敬佩，于是大家就叫她"江姐"。难友何雪松还创作了一首诗——《灵魂颂——献给小江》："你是丹娘的化身……小江啊！小江！虽然我们没有什么安慰你！你在那边呻吟，我们在这边痛心。请将息你的创伤吧！我们将沉痛地熬过黑暗，迎接那霞光满天的早晨！"

1949年11月14日，在重庆即将解放的前夕，"江姐"江竹筠被国民党军统特务杀害于歌乐山电台岚垭，年仅29岁。

"江姐"的另一个原型——李青林

李青林比江竹筠大7岁，原名李方琼，1939年入党，公开身份是泸县小市陈公祠小学教员。

地下工作期间，李青林认识了中共《新华日报》采编部的邵子南，并与其建立了深厚的感情。1947年2月28日，他们准备结婚的当天，国民党特务、军警包围了重庆《新华日报》社驻地，已经买回喜糖的李青林，只能眼看着准新郎邵子南被迫撤回延安。从此两人天人永诀。

1947年8月，李青林担任中共万县县委副书记，公开身份是清泉乡第六保校教员。1948年6月15日，被叛徒出卖被捕。李青林被捕后和江竹筠一样，严格恪守党的地

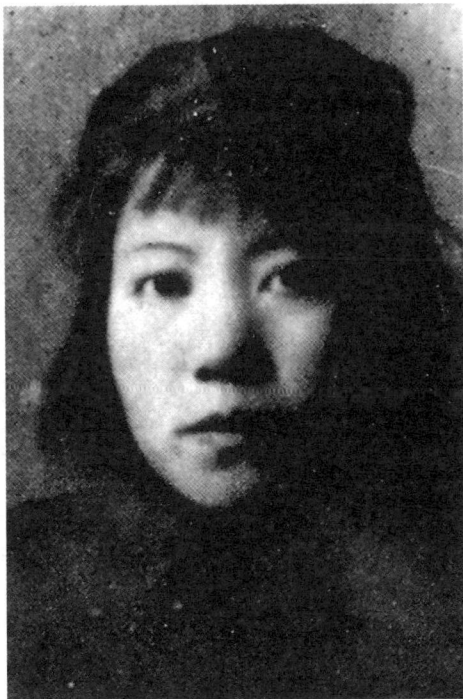

李青林

下工作纪律，不承认自己是共产党员。国民党特务给她上老虎凳，致使其膝盖骨折断。《红岩》中描写的军统特务给"江姐"手指钉竹签的酷刑，就发生在她的身上。

1949年11月14日，李青林和江竹筠同时牺牲，年仅36岁。

重庆解放后的第四天，从渣滓洞脱险的同志到电台岚垭寻找江竹筠、李青林等烈士的遗骸。在一间平房屋子中间，有一个四方形的大坑，清除上面一层薄薄的覆土，很快呈现烈士的遗骸。由于面目已经腐烂，只能从长长的黑头发上，辨别出江竹筠、李青林。有人为李青林的遗像撰写一副挽联，歌颂她壮美的一生：

求自由惨遭屠杀可歌可泣可称民族英雄

为主义壮烈牺牲不屈不挠不愧女中豪杰

女人无叛徒

在整个《红岩》故事中，由于叛徒出卖，中共重庆地下党组织遭到极大破坏，前后有133人被捕。其中被杀害的有58人，下落不明的有38人，释放和"11·27"大屠杀中脱险的有25人，自首变节后仍被敌人杀害的有4人，叛变后参加特务组织的有8人。在这133人，共有20多名女性（其中有3名幼女），连成一串闪光的名字：江竹筠、李青林、胡其芬、邓惠中、杨汉秀、左绍英、彭灿碧、曾紫霞、皮晓云、牛小吾、熊咏辉、张露萍……

请注意，自首变节者中没有一位女性。所以，整个《红岩》故事中"女人无叛徒"。因为她们信奉"一个人的死有重于泰山，有轻于鸿毛，事到临头，倘若有一天我们失去了自由，那我们就应准备为真理而死吧！这就是一个共产党员的高尚追求"。

江竹筠——一个闪亮的名字，集信仰、忠诚、纪律于一身的优秀共产党员。她和革命志士一道，用崇高思想境界、坚定理想信念、巨大人格力量和浩然革命正气，塑造出伟大的红岩精神。

红岩精神包括崇高思想境界、坚定理想信念、巨大人格力量和浩然革命正气四个方面，是革命烈士对共产主义信念执着追求的高度概括，是革命先烈坚持真理、改造社会的人生伟大实践，是革命先辈为国家为人民无私奉献的真实写照，是改革开放发展建设过程中不可缺少的一种精神支柱。

踏着父母之足迹，以建设新中国为志

共产党讲的"人情"就是对人民的热爱

——毛岸英①给表舅向三立的信

1949年10月24日

中华人民共和国的"开国大典"在北京天安门广场隆重举行。天安门城楼上的毛泽东成为世界瞩目的人物。历史惯性使毛泽东的儿子毛岸英面临一个躲不掉、绕不开的话题——如何处理亲情、友情、乡情？表舅向三立的来信中，提到舅舅杨开智希望毛家帮助"在长沙有厅长方面位置"。于是，毛岸英写了这封回信。

毛岸英

三立同志：

　　来信收到。你们已参加革命工作，非常高兴。你们离开三福旅馆的前一日，我曾打电话与你们，都不在家，次日再打电话时，旅馆职员说你们已经搬走了。后接到林亭同志一信，没有提到

---

① 毛岸英（1922—1950）：湖南湘潭人。谱名远仁，字岸英，初名永福，毛泽东与杨开慧的长子。1940年，加入苏联列宁共产主义青年团；1944年夏，转为联共（布）正式党员；1945年底回国后转为中国共产党党员。1950年夏，任北京机器总厂党总支副书记；同年10月，入朝参战并任志愿军司令部俄语翻译兼机要秘书；同年11月25日在朝鲜战场光荣牺牲，时年28岁。

你们的"下落"。本想复他并询问你们在何处，却把他的地址连同信一齐丢了（误烧了）。你们若知道他的详细地址望告。

来信中提到舅父①"希望在长沙有厅长方面位置"一事，我非常替他惭愧。新的时代，这种一步登高的"做官"思想已是极端落后的了，而尤以为通过我父亲即能"上任"，更是要不得的想法。新中国之所以不同于旧中国，共产党之所以不同于国民党，毛泽东之所以不同于蒋介石，毛泽东的子女妻舅之所以不同于蒋介石的子女妻舅，除了其他更基本的原因之外，正在于此：皇亲贵戚仗势发财，少数人统治多数人的时代已经一去不复返了。靠自己的劳动和才能吃饭的时代已经来临了。在这一点上，中国人民已经获得了根本的胜利。而对于这一层舅父恐怕还没有觉悟。望他慢慢觉悟，否则很难在新中国工作下去。翻身是广大群众的翻身，而不是几个特殊人物的翻身。生活问题要整个解决，而不可个别解决。大众的利益应该首顾及，放在第一位。个人主义是不成的。我准备写信将这些情形坦白告诉舅父他们。

反动派常骂共产党没有人情，不讲人情，如果他们所指的是这种帮助亲戚朋友、同乡同事做官发财的人情的话，那么我们共产党正是没有这种"人情"，不讲这种"人情"。共产党有的是另一种人情，那便是对人民的无限热爱，对劳动大众的无限热爱，其中也包括自己的父母子女亲戚在内。当然，对于自己的近亲，对于自己的父、母、子、女、妻、舅、兄、弟、姨、叔是有一层特别感情的，一种与血统、家族有关的人的深厚感情的。这种特别感情，共产党不仅不否认，而且加以巩固并努力于倡导它走向正确的与人民利益相符合的有利于人民的途径。但如果这种特别感情超出了私人范围并与人民利益相抵触时，共产党是坚决站在后者方面的，即"大义灭亲"亦在所不惜。

我爱我的外祖母，我对她有深厚的描写不出的感情，但她也许现在在骂我"不孝"，骂我不照顾杨家，不照顾向家，我得忍受这骂，我决不能也

共产党讲的『人情』就是对人民的热爱

---

① 舅父：杨开慧烈士的哥哥、毛岸英的舅舅杨开智。

决不愿违背原则做事，我本人是一部伟大机器的一个极普通平凡的小螺丝钉，同时也没有"权力"，没有"本钱"，更没有"志向"，来做这些扶助亲戚高升的事。至于父亲，他是这种做法最坚决的反对者，因为这种做法是与共产主义思想、毛泽东思想水火不相容的，是与人民大众的利益水火不相容的，是极不公平，极不合理的。

无产阶级的集体主义——群众观点与资产阶级的个人主义——个人观点之间的矛盾正是我们与舅父他们意见分歧的本质所在。这两种思想即在我们脑子里也还在尖锐斗争着，只不过前者占了优势罢了。而在舅父的脑子里，在许多其他类似舅父的人的脑子里，则还是后者占着绝对优势，或者全部占据，虽然他本人的本质可能不一定是坏的。

关于抚恤烈士家属问题，据悉你的信已收到了。事情已经转组织部办理。但你要有精神准备：一下子很快是办不了的。干部少事情多，湖南又才解放，恐怕会拖一下。请你记住我父亲某次对亲戚说的话："生活问题要整个解决，不可个别解决。"这里所指的生活问题，主要是指经济困难问题，而所谓整个解决，主要是指工业革命、土地改革，统一的烈士家属抚恤办法等，意思是说应与广大的贫苦大众一样地来统一解决生活困难问题，在一定时候应与千百万贫苦大众一样地来容忍一个时期，等待一个时期，不要指望一下子把生活搞好，比别人好。当然，饿死是不至于的。

你父亲写来的要求抚恤的信也收到了。因为此事经你信已处理，故不另复。请转告你父亲一下并代我问候他。

你现在可能已开始工作了罢！望从头干起，从小干起，不要一下子就想负个什么责任，先要向别人学习，不讨厌做小事，做技术性的事，我过去不懂这个道理，曾经碰过许多钉子，现在稍许懂事了——即是说不仅懂得应该为人民好好服务，而且开始稍许懂得应该怎样好好为人民服务，应该以怎样的态度为人民服务了。

为人民服务说起来很好听，很容易，做起来却实在不容易，特别对于我们这批有小资产阶级个人英雄主义的，没有受过斗争考验的知识分子是这样的。

信口开河，信已写得这么长，不再写了。有不周之处望谅。

祝你健康！

岸　英上

10月24日①

毛岸英给向三立的信

共产党讲的『人情』就是对人民的热爱

恋亲不为亲徇私

"家书一束风范在，乡情万里情意浓。"从《毛泽东年谱》上大致统计，1949年10月至1952年底，毛泽东回复亲朋故旧的信件有181封左右，其中涉及毛氏直系亲属、近亲、远亲（包括杨家、文家的）32人次左右。1950年5月7日、8日两天，毛泽东每天给各路"求助"的亲朋故旧亲属复信16封；12日，又复信11封，一个月总共58封。

面对信中五花八门的"求助"请求，毛泽东心里非常清楚，有人无非是想借他的地位、权力捞取点儿个人好处，比如进京工作、换个岗位、入党当官或者谋些福利。毛泽东秉持"恋亲不为亲徇私、念旧不为旧谋利、济亲不为亲撑腰"的原则加以处理。

比如1949年10月9日，毛泽东致电时任中共湖南省委副书记、长沙市军管会副主任的王首道："杨开智等不要来京，在湘按其能力分配适当工作，任何无理要求不应允许。其老母如有困难，可给若干帮助。"同时致电杨开智："希望你在湘听候中共湖南省委分配合乎你能力的工作，不要有任何奢望，不要来京。湖南省委派你什么工作就作什么工作，一切按正常规矩办理，不要使政府为难。"①

10月24日，毛岸英就此事又在信中进一步阐明其道理，"新中国之所以不同于旧中国，共产党之所以不同于国民党，毛泽东之所以不同于蒋介石，毛泽东的子女妻舅之所以不同于蒋介石的子女妻舅，除了其他更基本的原因之外，正在于此：皇亲贵戚仗势发财，少数人统治多数人的时代已经一去不复返了。"讲原则从最亲的人开始，这才有说服力，连杨开慧的哥哥都能拒

---

① 中共中央文献研究室编：《毛泽东年谱（1949—1976）》（第一卷），中央文献出版社2013年版，第8页。

绝，还有什么亲戚的无理要求不能拒绝呢？

【品读】

甜不甜家乡水，亲不亲故乡人。如何处理原则与亲情这个关系，是"一人得道、鸡犬升天"，还是"党义重于乡情"？毛岸英的这封信做出了共产党人的鲜明回答：恋亲不为亲徇私、念旧不为旧谋利、济亲不为亲撑腰。

讲亲情但决不能染指公权，讲原则但也讲情讲理讲艺术，这对今天的廉政建设和反腐败斗争具有极大的启迪意义。正如2015年12月，习近平总书记在中共中央政治局召开的专题民主生活会上强调的："无论公事私事，都要坚持党性原则，不能公权私用、以权谋私，用人情代替原则""对亲属子女严格教育、严格管理、严格监督，引导他们力竭特权思想和享乐思想"。①

① 习近平：《在中央政治局"三严三实"专题民主生活会上的讲话》（2015年12月28日至29日），《习近平总书记重要讲话文章选编》，中央文献出版社、党建读物出版社2016年版，第354—355页。

共产党讲的「人情」就是对人民的热爱

把祖国的荒沙，耕种成为美丽的园林

——蓝蒂裕①给儿子蓝耕荒的诀别诗

1949年10月28日

1946年在梁平县神农池小学蓝蒂
裕全家留影（左为蓝蒂裕）

一辆囚车开进了渣滓洞，几个特务冲着楼上男监嚷道："蓝蒂裕！7号房的蓝蒂裕还磨蹭啥子？快下楼！"一看院子里荷枪实弹的士兵，留着长长胡子的蓝蒂裕明白"最后的时刻"到了。他将身上的物品分给难友后，将一张皱皱巴巴的废香烟纸塞给身边的囚友，悄悄说："如果可能，把它交给我的耕儿，或念给他听……"

---

① 蓝蒂裕（1916—1949）：四川梁山（今重庆市梁平）人。1939年加入中国共产党。曾任梁（山）垫（江）特别支部书记。1948年11月被捕，先关押在梁山县监狱，后被转押渣滓洞看守所。1949年10月28日，在重庆大坪英勇就义，时年33岁。

示　儿

你——耕荒[①]，

我亲爱的孩子，

从荒沙中来，

到荒沙中去。

今夜，

我要与你永别了。

满街狼犬，

遍地荆棘，

给你什么遗嘱呢?

我的孩子!

今后——

愿你用变秋天为春天的精神，

把祖国的荒沙，

耕种成为美丽的园林![②]

【延伸阅读】

血染红旗旗更红

　　1948年11月，蓝蒂裕被捕后，特务急于想知道梁山县中共地下党组织的名单，当天就开始审讯。审讯室的门一开，他发现母亲被带了进来："娘，你怎么来啦？"看到儿子这个样子，母亲忍不住扑过去抱住儿子放声大哭。

---

① 　耕荒：蓝蒂裕长子，蓝蒂裕烈士牺牲时才5岁。

② 　郝铭鉴、胡惠强主编：《革命烈士遗文大典》，上海文化出版社2001年版，第517页。

把祖国的荒沙，耕种成为美丽的园林

渣滓洞看守所牢房

蓝蒂裕明白了特务的毒计，安慰母亲："没事。娘，您别哭，儿子没事。"

"蓝蒂裕，我看你还是说为上策。你们家就你一棵独苗，你也想想将来谁奉养老娘吧？"站在一旁的特务阴阳怪气地说。面对特务的劝降，蓝蒂裕斩钉截铁地回答："你们做梦去吧！""那就别怪我们不客气了。上刑！"当着母亲的面，特务从炭火盆里抽出烧得通红的烙铁，朝他的胸膛直推过去。"刺啦"一声，蓝蒂裕连衣带肉被烫出一个大口子。"儿——！"母亲见状，一下子晕倒在地。"好你个共党分子，连你老娘都吓倒了，你还硬挺着——"特务又举起烙铁朝他身上烙去。蓝蒂裕昏了过去。

蓝蒂裕被冷水泼醒后，看到母亲痛哭不止，就对母亲说："娘，哭有啥子用吗？我若叛变，就会有同志惨遭杀害。儿子纵然死了，却能换来革命的胜利。全国多少共产党员，都将是您的儿子。"母亲停止了抽泣。含泪点头说："娘懂！"

一计不成，特务又出毒招。他们把蓝蒂裕吊在屋梁上，让母亲站在梁下"观看"，不一会儿，蓝蒂裕疼得额头渗出豆大汗珠。儿子的汗水滴在母亲的脸上，又成了如泉的泪流。"娘，不要哭。眼泪换不来胜利……"在蓝蒂裕钢铁般的意志面前，特务无计可施，一个多月后，将他转到了渣滓洞看守所。

蓝蒂裕爱唱善诗，他带领囚室同志们唱《古怪歌》，让特务又气又恼，但又不能为所欲为，这成了囚友们对付监狱特务的好法子。"往年古怪少啊，今年古怪多啊，板凳爬上墙，灯草打破锅啊……田里种石头哟，灶里长青草哟，人向老鼠讨米吃，秀才做了强盗哟。喜鹊好讨苦哟，猫头鹰笑哈哈哟，城隍庙的小鬼哟，白天也唱起古怪歌……"①

"子弹穿身身方贵，血染红旗旗更红"。1949年10月28日，蓝蒂裕和陈然等"犯人"被押到大坪刑场，壮烈牺牲。

蓝蒂裕给儿子的诀别诗，直到1960年，蓝耕荒才第一次从报纸上看到，他忍不住泪流满面。2009年11月27日，在庆祝重庆市解放60周年暨纪念"11·27"烈士殉难60周年大会上蓝耕荒朗诵《写给我的爸爸蓝蒂裕》。

写给我的爸爸蓝蒂裕

蓝耕荒

又是一年一度桂子飘香的季节

亲爱的爸爸，我又回到您的身边

又听到您在《示儿》中的嘱托和希望

又看见您走向刑场的大义凛然

国民党反动派的子弹毁掉了您的身躯

却让您的革命精神长留人间

您离开我们已经整整六十年了

六十年的痛苦、六十年的思念

您对共产主义理想的执着追求

对祖国和人民的忠诚与信念

是我们用之不竭的精神食粮

鼓舞我们前进的壮丽的诗篇

把祖国的荒沙，耕种成为美丽的园林

---

① 何建明（执笔）、厉华著：《忠诚与背叛》，重庆出版集团、重庆出版社2011年版，第15—16页。

我常常抚摸着我的白发

回忆同共和国一起走过的欢乐与磨难

我曾经有泥泞潮湿的脚步

也曾拥有阵阵金色浪花的飞溅

我们虽然生活在草长莺飞的时代

但同样有着血与火的考验

无论山高林密还是小桥流水

我们都坚守着美丽精神家园

我们耕种着祖国荒芜的土地

在皑皑雪山，在茫茫草原

我们一步一步地实现着您的理想

在古道峡谷，在贫瘠的山峦

如今遍地的荆棘已被铲除

再也没有满街的狼犬

我们用变秋天为春天的精神

让祖国绿树成荫，鲜花灿烂

亲爱的爸爸，我们深深地懂得

革命的征途仍然漫长而遥远

即使春天也有肆虐的风暴

时时有蛀虫侵蚀着祖国的花园

面对五光十色的各种甜蜜诱惑

我们把那些风花雪月扔得远远

面对人生道路上的各种险阻艰难

我们披荆斩棘像您一样勇敢向前

我们的子孙后代，也学习您的榜样
胸怀坦荡，对党旗的忠诚永远不变
我们要让"红岩精神"代代相传
让我们生命的色彩更加绚丽斑斓

亲爱的爸爸，六十年的脚步匆匆而去
回到您的身边，我们有万语千言
您和先烈们放心吧
我们没有辜负你们的期望
今天的祖国啊地更绿，天更蓝[①]

【品读】

　　蓝蒂裕的《示儿》借儿子的名字"耕荒"，表达了共产党人对理想的追求、对艰难困苦的藐视、对美好未来的坚信、对后人的殷殷期盼。今天，在中国共产党的领导下，全国人民团结奋进，"用变秋天为春天的精神"，遍地的荆棘已被铲除，满街的狼犬已被消灭，祖国绿树成荫，鲜花灿烂。建设美丽中国，共铸中华民族伟大复兴的中国梦，就是对革命先烈最好的告慰。

把祖国的荒沙，耕种成为美丽的园林

---

① 　蓝耕荒：《写给我的爸爸蓝蒂裕》，http://news.163.com/09/1127/02/5p3H7L670001.20GR.html。

你要永远跟着学校走

——王朴①给母亲和妻子的临终遗嘱

1949年10月28日

王朴

10月28日，王朴与陈然、成善谋、雷震、华健、蓝蒂裕等"共产党要犯"被押往重庆大坪刑场。临刑前，王朴托人带给母亲和妻子遗嘱。

娘②：你要永远跟着学校③走，继续支持学校，一刻也不要离开学校，弟妹也交给学校。

小群④：莫要悲伤，有泪莫轻弹。你还

① 王朴（1921—1949）：四川江北（今重庆市渝北区）人。又名王兰骏。1946年加入中国共产党，担任中共重庆北区工委委员；1948年4月27日，因叛徒出卖被捕；1949年10月28日，在大坪刑场英勇就义。时年28岁。

② 娘：即王朴的母亲金永华（1900—1991），四川巴县（今重庆市巴南区）人。原名纫秋，又名建华。1984年加入了中国共产党。曾任重庆市政协妇女顾问、四川省人民代表大会代表。

③ 学校：表面指莲华中学，实际指党组织。新民主主义革命时期，党内秘密文件也常用"大学"代指党组织，用"中学"代指团组织。

④ 小群：即王朴的妻子褚群。

年轻，你的幸福就是我的幸福。狗狗①取名"继志"。让他长大成人，长一身硬骨头，千万莫成软骨头。②

【延伸阅读】

"三应该三不应该"的故事

根据中共中央"关于开展大后方农村工作"的指示，重庆地下党组织派遣黄颂文找到王朴，商量在他的老家江北县复兴乡大树村办一所学校——莲华小学，既可以培养学生，又可以当地下秘密活动的联络点。先是小学，后来又办了莲华中学，最后改名志达中学，先后培养了400多名学生。

办学校是要花大钱的，钱从哪来呢？王朴就向妈妈金永华要。王家的财产都是王朴的父母经商一点点积攒起来的，妈妈舍得拿出来吗？金永华

红岩魂塑像

① 狗狗：王朴儿子的乳名。

② 何建明（执笔）、厉华：《忠诚与背叛》，重庆出版集团、重庆出版社2011年版，第357页。

你要永远跟着学校走

193

王朴烈士的母亲金永华

思考了两天两夜，觉得儿子讲得有道理。于是，金妈妈毅然变卖老家的家产田地，毁家纾难。后来又在重庆开设南华企业公司做掩护，直接为川东地下党提供活动经费。她前前后后捐出的资产折合成黄金有2000两之多。

1948年4月王朴被捕后并没有暴露身份，国民党保密局也没有怎么理他。妻子褚群了解到，当时丈夫是因为一张支票受牵连入狱的，罪名是"物资助匪"。她找到婆婆金永华，想筹钱营救丈夫。可老人家把家产都捐办学校了，也没有钱了，只好把仅有的值钱物件手表和一对金戒指给了儿媳。

也就在这个时候，中共重庆市工委书记刘国定叛变，供出了王朴，进而使他成了"重犯"，监狱再也不许家属送东西、探望了。褚群最后将一对金戒指交给了党组织，作为她和王朴的党费。①

重庆解放后，中共西南局按照协议，将金永华捐赠的革命经费如数归还，但她拒绝了巨额支票，并表示："如果我要这笔钱，就是辱没了王朴的名声"，"烈属只有继承烈士遗愿的义务，并没有享受烈士荣誉的特权。"她还谢绝组织照顾残疾的女儿，偌大年纪独自担起抚养的责任。这就是享誉全国的"三应该三不应该"：

---

① 何建明（执笔）、厉华著：《忠诚与背叛》，重庆出版集团、重庆出版社2011年版，第353—356页。

我把儿子献给党是应该的，现在要求享受特殊是不应该的；我变卖财产奉献给革命是应该的，接受党组织归还的财产是不应该的；作为家属和子女，继承烈士遗志是应该的，把王朴烈士的光环罩在头上作为资本向组织伸手是不应该的。

从1950年起，金永华提出加入中国共产党的申请，直到1984年，84岁高龄时才实现入党夙愿。她兴奋地告诉儿子王容："我84岁了，现在可以放心地去见你三哥了。"

【品读】

因为皈依信仰，坦然面对生死；因为心怀大爱，无悔血沃中华。王朴为了共产主义理想，慷慨赴死，临刑前还不忘嘱咐母亲"要永远跟着学校走"；金永华老人毁家纾难，她的赤诚，比捐献的金子还金贵。儿子牺牲得光荣，母亲奉献得博大。

把祖国唤为母亲，把战友视作兄弟，为了家园不再遭受荼毒，为了亲人不再蒙受苦难，选择远行，选择战斗，追求光明，追求和平。①

---

① 北京西山无名英雄纪念广场《家国》铭文。

狱中八条

——罗广斌^①代表狱中党员向党组织表达的"狱中意见"

1949年12月

罗广斌

1949年11月27日大屠杀当晚，罗广斌通过争取过来的看守杨钦典^②，利用特务去渣滓洞大屠杀的间隙，打开牢门，组织连他在内的白公馆19名难友越狱脱险。出狱后没几天，他就把自己关在家里，整天不出门，埋头写材料。没有人知道他写的是什么，他也从没有向人提及这件事，直到1988年才被人发现。原来，他写的是约两万字的《关于重庆组织破坏经过和狱中情形的报告》（简称《报告》）。《报告》分七个部分，其中第七部分"狱中意见"，又被称为"狱中八条"。

---

① 罗广斌（1924—1967）：重庆忠县人。1948年加入中国共产党。被捕后先后囚禁在渣滓洞、白公馆看守所。越狱后历任青年团重庆市委统战部部长、重庆市民主青年联盟副主席。后在重庆文联专门从事创作，与人合作著有《在烈火中永生》《红岩》等。文化大革命中受迫害惨死，时年43岁。

② 杨钦典（1918—2007）：河南郾城人。先后在胡宗南部当骑兵、蒋介石警卫团当警卫、交警总队特务队任班长、白公馆看守班任班长。在许晓轩、陈然、王朴、罗广斌等争取下，给予关押的难友以方便。11月27日晚11时，他弃暗投明，打开牢门放走罗广斌等19人。

一、防止领导成员的腐化；

二、加强党内教育和实际斗争的锻炼；

三、不要理想主义，对上级也不要迷信；

四、注意路线问题，不要从右跳到左；

五、切勿轻视敌人；

六、注意党员，特别是领导干部的经济、恋爱和生活作风问题；

七、严格整党整风；

八、严惩叛徒、特务。[1]

【延伸阅读】

男囚室难友"绣"红旗

"线儿长，针儿密，含着热泪绣红旗，绣呀绣红旗。"小说和电影中"江姐"带着姐妹们绣红旗的场景，催人泪下，感人至深。而真实的历史则是男同志"绣"红旗。

1949年10月7日，关押在白公馆看守所的罗广斌，放风时从拥有每天读报特权的国民党将军黄显声那里得知：中华人民共和国10月1日在北京成立了，国旗是五星红旗，代国歌是《义勇军进行曲》。

夜深了，在罗广斌的提议下，男囚室的难友决定制作一面五星红旗，将来要打着这面五星红旗冲出牢门。罗广斌扯下被捕时带进来的红花被面，陈然拿出一件旧的白布衬衣做五星。当时难友们不知道五角星是黄颜色的，认为星星的光是白色的，认为五角星也是白色的。另外，难友们也不知道五星红旗上五颗星的排列法，经过议论，一致认为一颗在中间，其余四颗在

---

[1] 何建明（执笔）、厉华著：《忠诚与背叛》，重庆出版集团、重庆出版社2011年版，第134页。

四角。

囚室内不可能有剪刀，大家就用之前秘密磨好的一个小铁片，你一下我一下，完成了五颗星的"裁剪"。没有针线，就用剩米饭将五颗星星粘在红绸子被面上。激动过后，罗广斌、陈然把红旗平整地叠好，藏在牢房的楼板里面。重庆解放后的第3天，罗广斌、郭德贤等脱险同志回到白公馆，撬开楼层的木板，取出了这面五星红旗。

鲜血和生命书写的警示

由于叛徒的出卖，1948年9月10日上午，一个商人模样的人来到罗家，声称有一封署名为"马"的信件，需要亲自交给罗广斌。碰巧罗广斌与马识途约好10日左右联络，于是出门取信，却当场被捕。先被关在成都稽查处，后转押渣滓洞和白公馆看守所。他同父异母的哥哥、国民党军第十六兵团司令官罗广文，向国民党西南长官公署二处处长、大特务徐远举交代：这个"花花公子"，得给他点儿厉害看看，让他明白不干"正事"就得吃亏。徐远举念罗广文的关系和好处，也一直期待罗广斌能"收敛"一点儿。但罗广斌依然"我行我素"。

白公馆"狱中支部"认为罗广斌身份"特殊"，最有可能活着出狱，要求他了解情况，征求意见，总结经验，有朝一日向党报告。10月28日，陈然、王朴等狱中几位同志被枪杀后，"狱中支部"研究决定，最有可能脱险的罗广斌要担负起重任：要罗广斌"自新悔过"（假叛变）以获得出狱的机会，并且给他做了书面狱中表现鉴定。

1949年11月27日下午，徐远举在西南长官公署见到罗广文部二处（情报处）处长、起义将领林茂说："我现在把罗广斌提出来交给你，希望你把他亲自交给罗司令长官。"但林茂表示为难："罗广斌交给罗长官无法办到，因为我只带了两个警卫在身边，又没有找到罗司令长官，事情还多得很，实在难以完成这个任务啊！"徐远举见状只好说："你实在办不到，我就自己办了。"①

当晚，罗广斌通过争取过来的看守杨钦典，利用特务去渣滓洞大屠杀的间隙，打开牢门，组织连他在内的白公馆19名难友越狱脱险。出来之后用了28天时间，整理出同志们在狱中的讨论和总结。12月25日，他将这份名为"重庆关于组织破坏经过和狱中情形的报告"上报中共重庆市委。

这份材料，一开始在公安部门和组织部门相关领导手里。后来随着重庆行政管辖的变化，人员工作变动，它被默默地放进了档案库。

白公馆看守所大门

直到1994年，"红岩魂"全国巡展到福建，当年周恩来领导的南方局工作人员童小鹏，提出要以这份报告为突破口，从党性方面和党的经验教训方面，继续深入挖掘红岩精神。这份报告原件共15页，包括七个部分，分别是：一、案情发展；二、叛徒群像；二、狱中情形；四、脱险人物；五、六部分缺失；七、狱中意见。后来，厉华在深入挖掘过程中，从重庆市委宣传部一位周姓档案员处，得知有一份罗广斌材料，找来一看，共五本，字迹、纸张与在档案馆中看到的报告完全一样——小号钢笔字，纸张为以前包东西用的黄纸。由此，缺失的内容得以部分弥补。

---

① 何建明（执笔）、厉华著：《忠诚与背叛》，重庆出版集团、重庆出版社2011年版，第344—347页。

1996年，"红岩魂——白公馆渣滓洞革命烈士斗争史"启动全国巡展，"狱中八条"首次亮相便产生巨大轰动效应。"狱中八条"也由此成为自觉完善党性修养、坚定理想信念的重要教材。①

【品读】

2018年3月10日，习近平总书记在参加重庆代表团审议政府工作报告作重要讲话时，专门讲到"狱中八条"。"狱中八条"朴实无华，明白简洁，但内涵丰富，发人深思，促人深省。它不仅有着鲜明的历史珍贵性，还有着强烈的现实针对性。

过去，狱中共产党员面临的是拷打关、收买关、生死关，过不了这几关就堕落为叛徒；而今，考验共产党员的是权力关、金钱关、色情关，过不了这几关就蜕变为蛀虫。重温"狱中八条"，让我们深刻认识到全面从严治党的意义所在。每一名共产党员都不要忘记入党为什么、为党干什么、身后留什么的初心和使命，把对党的绝对忠诚内化于心、外化于行。

---

① 《"狱中八条"，鲜血和生命书写的警示》，http://news.cdg.cn/hotnews/2018/0316/1004759.shtml。

不立功不下战场

——志愿军特级英雄黄继光①的一封家书

1952年4月29日

　　1952年4月，担任中国人民志愿军第十五军第四十五师一三五团二营六连通讯员的黄继光，随部队到朝鲜江原道金化郡五圣山前沿阵地接防。在战斗中，他请人代笔给母亲回了这样一封家书。

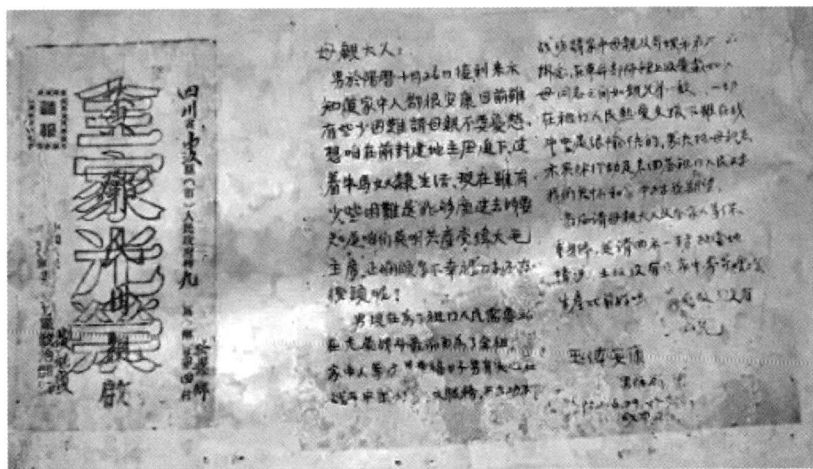

黄继光家书

---

① 黄继光（1931—1952）：四川中江人。1951年参加中国人民志愿军，1952年10月20日在朝鲜上甘岭地区597.9高地牺牲，年仅21岁。后被中国人民志愿军追记特等功，并授予"特级英雄"称号。

母亲大人：

男于阳历十月26日接到来信，知道家中人都很安康，目前虽有些少困难请母亲不要忧愁，想咱在前封建地主压迫下，过着牛马奴隶生活，现在虽有少些困难是能够度过去的。要知道咱们英明共产党　伟大领袖毛主席正确领导下，幸福日子还在后头呢！

男现在为了祖国人民需要站在光荣战斗最前面，为了全祖国家中人等幸福日子，男有决心在战斗中为人民服务，不立功不下战场。请家中母亲及和哥嫂弟弟不必挂念，在革命部队上级爱戴如父母，同志之间如亲兄弟一般。一切在祖国人民热爱支持下，虽在战斗中是很愉快的。男决把母亲来信实际行动，是来回答祖国人民对我们关怀和家中对我期望。

最后请母亲大人及全家人等保重身体，并请回信一封把当地情况土改没有，及家中哥哥嫂嫂生产比前好吗？

黄继光

玉体安康

1952年4月29日于战斗中[①]

【延伸阅读】

奋不顾身堵枪眼

1952年4月，二营六连通讯员黄继光随部队到五圣山前沿阵地接防。10月14日，所谓的"联合国军"向江原道金化郡五圣山上的上甘岭597.9高地和537.7北山高地发动疯狂进攻，志愿军与"联合国军"展开激烈的争夺战。

10月19日晚，二营向597.9高地反击，天亮前占领阵地。"联合国军"设在山顶上的集团火力点，压制得二营不能前进。二营参谋长命令六连炸

---

① 根据黄继光家书影印件整理。

《复兴之路》展览上展示的上甘岭阵地一锹土中的弹片

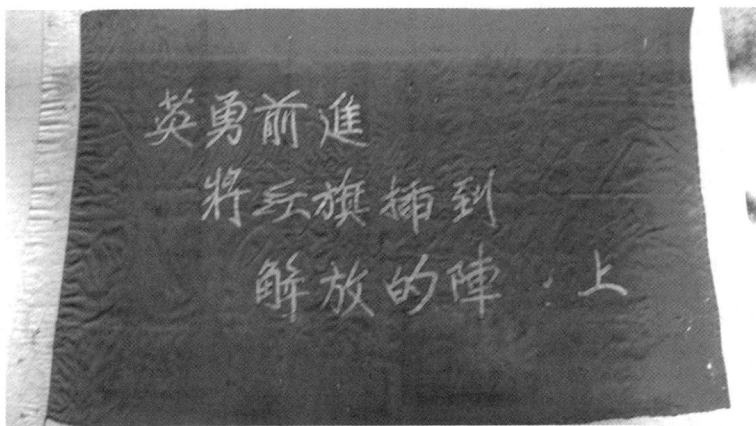

《复兴之路》展览上展示的上甘岭阵地上的红旗

掉它，但是五次爆破都没能摧毁火力点。离天亮只有40多分钟了。站在营参谋长身旁的黄继光说："把任务交给我吧，只要我有一口气，保证完成任务。"沉思片刻，营参谋长坚毅地说："黄继光，任务交给你。我任命你为六连六班代理班长，一定要完成任务。"

接受任务后，黄继光提上手雷，带领两名战士向火力点爬去。离火力点只有三四十米时，一名战士牺牲、一名战士负重伤，黄继光左臂被打穿。但他忍着伤痛，一步步向火力点前进。离火力点只有八九米了，他扬手将手雷投了出去。火力点太大了，手雷只炸毁半边，在部队趁势发起冲击时，地堡内的机枪又扫射起来，黄继光再次负伤倒下。

天就要亮了，黄继光身无弹药、多处受伤，他顽强地爬向火力点。突然，就见他挺起胸膛、张开双臂，扑向狂喷火舌的枪口。黄继光用年轻的生命，为部队辟出胜利前进的道路。

战友们冲上阵地后发现：黄继光腿已被打断，身上7处重伤，但伤口没有流血，而他的身后却有一道长长的血印。

直到今天，黄继光生前所在的连队——"模范空降兵连黄继光班"，一直保留着老班长黄继光的床铺。每天晚上，战士们把老班长的床铺铺好；第二天早晨，再将床铺叠整齐。 新来的士兵，到部队唱的第一首歌是《特级英雄黄继光》，看的第一场电影是《上甘岭》，用来继承黄继光英雄精神、传承红色基因。

邓芳芝给毛主席的信

敬爱的毛主席：

我叫邓芳芝，今年六十一岁，家住四川省中江县通山区石马乡第三村。中国人民志愿军特等功臣、二级战斗英雄黄继光就是我的三儿。

光儿光荣牺牲以后，中国人民第二届赴朝慰问团第三分团尹超凡副团长和四川省人民政府、四川省抗美援朝分会、四川省各界人民慰问团、中国人民解放军西南军区和中国新民主主义青年团西南区工作委员会都派代表从很远的地方到中江来参加光儿的追悼大会。他们还带了许多慰问品来慰问我。大家亲切地喊我"黄妈妈"。大家都说愿作（做）我的儿女，请我到他们工厂、机关、学校、乡村去耍。尹超凡也告诉我说，前方志愿军战士都愿认我做他们的妈妈。我真感到说不出的光荣。这时我就想起了您，我心里明白，今天的光荣，是您给我的。

敬爱的毛主席：我们祖祖辈辈都是受苦受难的农民。解放前，地主剥削我们，乡、保、甲长骑在我们的头上，祖传的几亩田地也被迫典当了，一家人少吃无穿，实在苦啊！一九四二年旱灾，我的几个儿子，都饿困在床上动也动不得。一九四九年二月，家里没有吃的东西，继光到河沟里捞虾子，碰着伪甲长的一条毛狗被人打死在河沟里。伪甲长不分青红皂白就一口咬定是继光打死的，叫他背死狗游街，还要我家给狗买棺材、做道场。那时，简直是没有我们穷人的活路啊！

伟大的毛主席：感谢您领导我们得到了解放、我们才翻了身，分了土地安了家，过起好日子来。

敬爱的毛主席：我们懂得怎样来保卫我们的好日子。继光在离家那天，就曾经告诉我说，他要到朝鲜去打万恶的美国鬼子，不消灭美国鬼子决不回家。他叫我在后方把生产搞好，多打粮食支援前线。听光儿说话这样有志气，我心里真是高兴。但我更明白这是您和共产党把他教育好的。

现在，继光虽然光荣牺牲了，但千千万万的青年都愿作（做）我的儿女。他们都表示要学习继光的精神，为保卫和建设我们伟大的祖国，把战斗、工作和学习搞好，这就是我最大的安慰。我一定要鼓励他们为保卫祖国和世界和平，继续英勇杀敌和努力生产，早日打垮美国鬼子，为继光报仇。同时，我还要把我的小儿继恕教育好，教他学哥哥的样子，争取当国家的英雄和模范。

敬爱的毛主席：现在我的生活很好。四川省人民政府、遂宁专署、中江县人民政府的首长对我的照顾很周到；我一定要把慰问金投入生产，把生产搞得更好，多打粮食，支援我的亲人——中国人民志愿军。这样才对得起我英雄的儿子，对得起全中国人民，对得起您——伟大的毛主席！我现在是村上的妇女代表，我要响应您的一切号召，在群众中起带头作用，争取当一个革命烈士家属模范，到北京来见您。[①]

祝您健康！

邓芳芝敬上

一月二十二日[②]

不立功不下战场

---

① 1953年4月，黄继光的母亲邓芳芝作为代表出席全国妇女大会。毛泽东邀请她到中南海自己家中做客，表达对英雄黄继光的敬意。

② 《邓芳芝给毛主席的信》，《人民日报》，1953年1月28日第1版。

邓芳芝给中国人民志愿军的信

英勇的志愿军同志们——我亲爱的儿女们：

我是黄继光的妈妈。继光是我心爱的三儿。去年十二月二十六日，我去赶集，知道光儿在朝鲜前线牺牲了，当时我身上像割了一块肉，天下母亲谁不疼她的儿女！

就在这天以后，村里、乡里的人不断来看我，查区长、张副县长、遂宁专区兰专员都从很远的地方翻山越岭来慰问我。他们都说：继光在上甘岭战斗中，用自己身体堵住敌人的机关枪眼，让战友们冲上去，消灭了一千二百多个美国鬼子，为祖国立了大功。大家都说我养育了这样一个英雄，是很光荣的，叫我不要过分伤心。

大家对我的关心，教育了我，使我记起了光儿离家时说的话："妈妈，这回我志愿到前线去，要保卫我们翻身的胜利果实，保卫祖国和世界的和平。我一定时时记着妈妈的话，多杀美国鬼子！"现在，光儿是做到了他自己说过的话了。他为了多数人过幸福日子，牺牲自己，他有志气。

现在我走到哪里，人们都称呼我"英雄的妈妈""光荣的妈妈""亲爱的妈妈"。北京、哈尔滨和辽东的海城……很多很多地方的青年学生们，都写慰问信给我，要我接受他们做我的儿女。四川省人民政府李井泉主席也亲笔写信慰问我，还派来了慰问团。还有中国人民第二届赴朝慰问团第三分团副团长尹超凡，也亲自跑来慰问我，他带来了你们的心意，他说你们都要认我做妈妈，要踏着光儿的血迹勇敢前进。我失掉了一个儿子，现在却有了千千万万个儿子。

亲爱的儿女们，我像爱光儿一样地爱着你们。我希望你们也像光儿一样，在彭司令员的教导下，英勇作战，更多地消灭美国鬼子，为光儿报仇，叫全世界的人都过和平、幸福的好日子。

亲爱的儿女们，请不要记挂我的生活，人民政府和乡亲们对我照顾得很好。人民政府给我发了抚恤金。四川省各界人民还给我送来了许多慰问金和慰问品，从穿的衣服，烧火用的火钳，到生产上用的肥料，都给我送来了。

我虽然已经六十一岁了，但我觉得我并不算老，还有很多力量要献给祖国。我现在是村上的妇女代表，我要积极响应政府的各种号召，在工作中起带头作用。我准备把慰问金用到生产上去，为国家多打些粮食来支援你们。我还要把我的小儿继恕教育好，教他学哥哥的样子，争取当英雄和模范。

望你们常常来信，免得我挂念！

我等着你们胜利的消息！

邓芳芝

一月十八日[1]

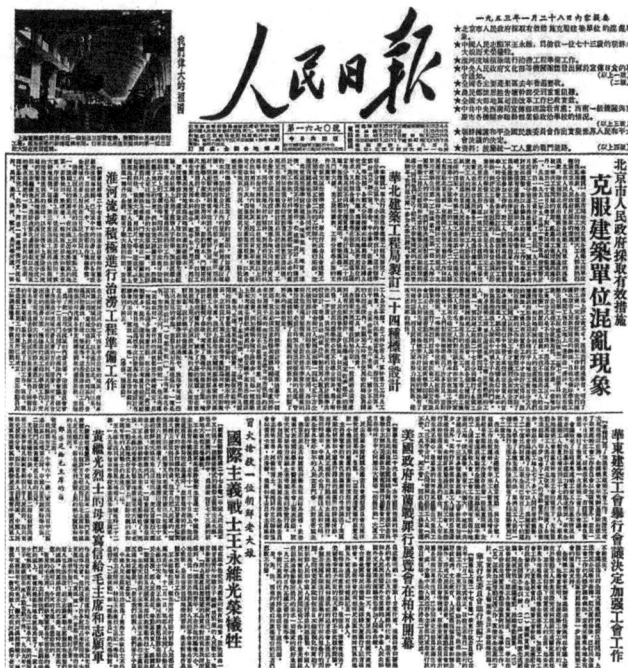

《人民日报》1953年1月28日刊发的黄继光烈士的母亲邓芳芝给毛主席和中国人民志愿军的信

---

[1] 《邓芳芝给中国人民志愿军的信》，《人民日报》，1953年1月28日第1版。

【品读】

　　一封战火中的家书，牵出多少中华好儿郎的英雄情。"不立功不下战场"。志愿军特级英雄黄继光烈士的家书中，处处洋溢着革命英雄主义情怀；他的身上闪烁着奋不顾身、奉献集体、为了革命牺牲自己的大无畏精神。

　　天地英雄气，千秋尚凛然。缅怀先烈、崇敬英雄，是习近平总书记反复强调的一种"民族气质"，"对一切为国家、为民族、为和平付出宝贵生命的人们，不管时代怎样变化，我们都要永远铭记他们的牺牲和奉献"①。让我们高擎信仰火炬，谨记英雄精神，让红色基因代代相传，血脉永续。

---

① 《国家主席习近平发表二〇一五年新年贺词》，《人民日报》，2015年1月1日第1版。

我为什么加入中国共产党

——清华大学副校长刘仙洲[①]《人民日报》刊文（节录）

1955年12月4日

1955年11月7日，中共清华大学教务处支部召开支部大会，通过年已65岁的清华大学副校长、机械工程教育家刘仙洲加入中国共产党的申请，在当时的高级知识分子中引起强烈反响。[②]12月4日，刘仙洲在《人民日报》刊发了下文。

我为什么加入中国共产党

我今年已经六十五岁了，早年曾加入过同盟会，参加过辛亥革命。自从一九一八年大学毕业以后，一直在工程教育界服务，到现在已经有三十七年的历史。这

---

① 刘仙洲（1890—1975）：河北完县（今顺平县）人，原名鹤，又名振华，字仙舟。1908年加入同盟会，参加辛亥革命运动。中国机械学家和机械工程教育家、工程专家、中国科学院院士。历任北洋大学校长，东北大学、唐山工学院（现西南交通大学）、清华大学、昆明西南联合大学教授，清华大学第一副校长等职。

② 黄延复：《常抱翻新志 不遗著述风——新中国清华大学第一副校长刘仙洲》，《党史纵横》，2003年第7期。

中间除在北洋大学担任过四年的行政工作外，其余的时间多是教书，单在清华大学就教了二十年。直到一九五二年，才又担任学校行政工作。

在二十多年以前，我也曾抱过"教育救国""工业救国"的幻想；但是，事实证明，不能实现，使我非常灰心。所以在解放以前，有相当长的一段时期，我是不问政治的，甚至连任何行政工作都不愿意参加。

……

解放后的第一年，即一九四九年，我参加了当时农业部关于水车问题的座谈会。部里提出要在一九五〇年推广十万辆水车，为华北人民解决春旱问题。这是第一次使我感到人民政府的伟大。一九五〇年初，我第一次参加河北省人民政府委员会，那次的主要议题是全省河防水利问题和生产救灾问题，所有这些为人民兴利除害的问题，都是自己过去常常梦想，但是当时反动政府绝不肯花力量去做的，这使我明确地认识到，中国共产党所领导的人民政府和过去的反动政府有本质上的不同，它是言行一致的，它的一切计划和措施都是为人民的。由于这些事实，我对中国共产党发生了很高的信仰。

……

直到最近，我已经明确地认识到中国共产党是根据科学的真理，社会发展规律，来领导人民，排除一切障碍，向着全人类永久和平幸福的目标前进的部队。任何一个决心献身于真理的人，都会毫不迟疑地争取加入这样一个队伍，尽他应尽的力量。我本着这样的认识，这样的决心，请求学校党委会对我的申请加以讨论审核。结果，在伟大的十月社会主义革命三十八周年纪念日那个伟大的日子里，党的支部大会经过讨论通过，接受我入了党。

……

我愿意利用这个机会，向我所敬爱的全国教育工作者、科学工作者和正在其他各方面的实际工作岗位上的同志们致意，因为我相信在他们中间一定有不少是经历过同我类似的历史和曾抱过同我类似的思想的人。让我们紧紧地团结在党的周围，一同进步，一同携起手来，向着共产主义的光明大道迈进吧。[1]

---

[1]　刘仙洲：《我为什么加入中国共产党》，《人民日报》，1955年12月4日第3版。

追　求

1918年，刘仙洲获香港大学工程科学学士学位后不久，回到母校保定崇实中学，担任留法勤工俭学高等工艺预备班的教员。校长王国光开诚布公地对他说："学校经费有限，月薪最多只能开80元。"刘仙洲说："我愿为母校服务，钱多少无所谓。"王校长就势又说："既然无所谓，再减一半，先开40元吧！"这件事一时传遍周围教育界。刘仙洲在预备班教过刘少奇、李富春、李维汉等人。后来刘少奇回忆起这段学生生活时，多次谈到刘仙洲"教书认真，要求严格"，还登门拜望了老师。

中华人民共和国成立后，刘仙洲对中国共产党的了解还不是很多，他继续抱定不搞政治的想法。当自然科学界代表大会提名他作为代表出席中国人民政治协商会议时，他当场两次声明不愿当选。人民政府邀他担任教育部副部长，他也婉言谢绝。1949年农业部关于水车问题座谈会、1950年河北省政府讨论全省河防水利和生产救灾问题两次会议，使他的思想产生了重大变化，改变了埋头教书、不问政治的想法。1952年起，刘仙洲担任清华大学副校

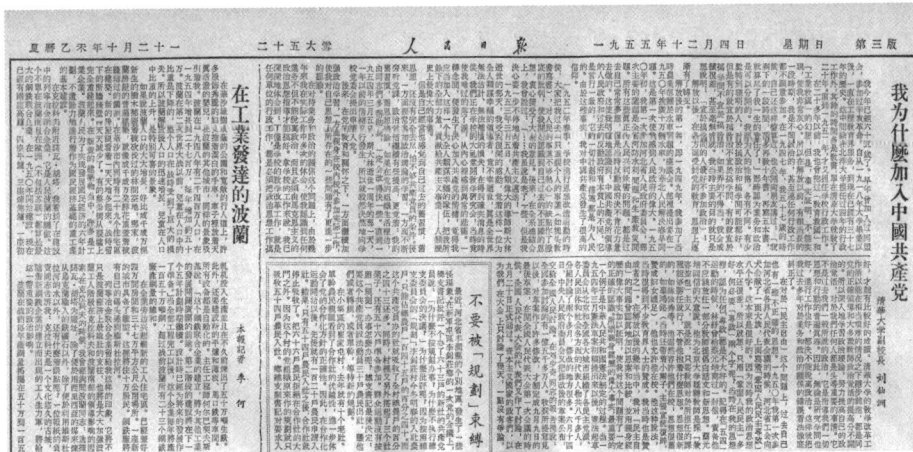

1955年12月4日，《人民日报》发表刘仙洲文章《我为什么加入中国共产党》

长。他配合校长蒋南翔，从学制长短、专业设置、教学作风、科学研究、学生工作直到校园管理，一一过问，把自己丰富的教学经验贡献于学校的建设。

1954年，刘仙洲正式向党组织提出入党请求。第二年11月7日，中共清华大学教务处支部召开支部大会，讨论他的入党申请。不但本校许多老师，就连外校不少著名学者、教授也列席。会上，蒋南翔发言：解放后刘仙洲进步迅速，不但克服了单纯业务观点，还接受了马克思主义和党的领导，毅然申请入党，把个人的希望、命运和党的事业紧紧联系在一起。这再次证明——为人民创造幸福生活、为青年开拓远大前程的中国共产党，是先进爱国的科学家政治上的最终归宿。

刘仙洲65岁加入中国共产党，在国内外引起强烈反响，带动了一大批著名的专家入党。①

【品读】

刘仙洲从不问政治到申请入党，从爱国教授到共产党员，其变化的主要原因就是：中国共产党人的言行让他认识到，这个组织是为人民服务的，任何一个决心献身于真理的人，都要毫不迟疑地加入这个队伍。

1956年1月，周恩来在关于知识分子问题会议上，代表中共中央宣布知识分子的绝大多数"已经为社会主义服务，已经是工人阶级的一部分"②。2017年3月，习近平总书记看望出席全国政协十二届五次会议的民进、农工党、九三学社委员，参加联组会并发表重

① 牛军校：《刘仙洲：新中国初期入党的知名教授》，《百年潮》，2012年第1期。
② 周恩来：《关于知识分子问题的报告》，《周恩来选集》（下卷），人民出版社1984年版，第162页。

要讲话强调，全社会都要关心知识分子、尊重知识分子，营造尊重知识、尊重知识分子的良好社会氛围。

广大知识分子是社会的精英、国家的栋梁、人民的骄傲，也是国家的宝贵财富。在中国特色社会主义新时代，更要以时不我待的紧迫感、舍我其谁的责任感，主动担当，积极作为，刻苦钻研，勤奋工作，为全面建成小康社会、建设世界科技强国做出更大贡献。

把一切献给伟大的党和可爱的祖国

——建筑学家梁思成①的入党志愿书（节录）

1956年2月6日

1956年2月6日，梁思成接到通知，当晚他将参加一个有毛主席出席的宴会，于是，他写了一封入党志愿信，托周总理转交毛主席。

最敬爱的毛主席：

......

我觉得我一步步地更接近了党，一步步地感到增加的温暖和增强着的力量。我曾在许多青年的谈话和文中听到或读到这样的话，但是我过去不能也从来未曾体会过它的真正意义，现在，我真的知道它是什么意思了。

这温度和力量给了我新的生命。我觉得自己变成了一个年富力强的青年，准备着把一切献给您，献给我们伟大的党和可爱的祖国。

......

一个多月以来，我内心不可抑制的要求就是不仅仅从外面靠拢党，而要求自己成为党的一个儿子。我深深地知道自己距离一个共产党员的标准还远得很，甚至连日常生活还很自由散漫，很不严肃。但我一定要以一个党员的

---

① 梁思成（1901—1972）：广东新会人，中国建筑历史学家、建筑教育家和建筑师。参与人民英雄纪念碑、中华人民共和国国徽等设计。1959年加入中国共产党。

标准要求自己，同时我也一口认定党是我的亲娘。

……

敬爱的毛主席，我有信心，在您的关怀和鼓舞下，只要我努力学习，不断改造自己，总有一天，党会把"中国共产党党员"光荣称号授予我。我将珍惜他胜过自己的生命，我将为这一天的早日到来而百倍努力。

……我向您保证，我一定不断严格要求自己，使自己永远不愧做一个党的好儿子、您的好学生。

梁思成

1956年2月6日①

《人民日报》1957年7月14日刊发的梁思成发言：《我为什么这样爱我们的党？》

【延伸阅读】

建筑大师的入党故事

抗日战争全面爆发后，梁思成和妻子林徽因带领全家老小，辗转来到大

---

① 根据梁思成给毛主席的信影印件整理摘录。

后方云南昆明、四川南溪等地躲避战乱，一家人的生活十分艰难。当时，美国多所大学都邀请梁思成携家人前往美国讲学和工作，并许以丰厚待遇，均被梁思成婉言谢绝："我的祖国正在灾难中，我不能离开她。假设我必须死在刺刀和炸弹下，我也要死在祖国的土地上。"他以惊人的毅力考察了西南地区50多个城镇的800多处古建筑，并在四川南溪县李庄镇完成了轰动国内外建筑学界的《中国建筑史》。

抗日战争胜利后，梁思成返回北平，创办了清华大学建筑系，并担任系主任。1946年至1947年，梁思成作为联合国总部大厦设计咨询委员会的中国代表，在美国纽约与国际知名的建筑家一起从事相关工作。其间，他还兼任耶鲁大学教授，结识了世界著名建筑学大师勒·柯布西耶等人。回国前夕，有的美国人以"共产党快要胜利"为由劝他留在美国，梁思成说："共产党也是中国人，也得要盖房子。"于是，义无反顾地回到了祖国，继续在清华大学任教。①

1948年12月15日，解放军解放包括清华大学、燕京大学在内的海淀一带，包围了北平。两天后，毛泽东亲笔起草，致林彪、罗荣桓的电报："沙河、清河、海淀、西山等重要文化古迹区，对一切原来管理人员亦是原封不动，我军只派兵保护，派人联系。尤其注意与清华、燕京等大学教职员、学生联系，和他们共同商量，如何在作战时减少损失。"②为此，中共北平市委书记彭真让当时在海淀军管会工作的荣高棠派人，请清华大学标出应当保护的文物古迹。一天晚上，清华大学政治系主任张奚若带着两个解放军代表来到梁家，给梁思成一张地图，请他标出需要加以保护的珍贵建筑和文物，画出禁止炮击的地方。这让梁思成、林徽因夫妇十分兴奋，此前他们一直担心战争可能毁灭北平的古建筑。两天后，他们就画出了图，送到平津前线司令部。8年后回忆起这个时刻，梁思成依然难以忘怀："童年读孟子，'箪

---

① 王成晴：《生命中的第二个青春——建筑学大师梁思成入党的故事》，《北京档案》，2016年第7期。

② 逄先知主编：《毛泽东年谱（1893—1949）》（下），中央文献出版社2013年版，第423页。

梁思成参与设计的人民英雄纪念碑

食壶浆，以迎王师'这两句话，那天在我的脑子里具体化了。过去我对共产党完全没有认识，从那时候起我就'一见倾心'了。"

北平和平解放后，梁思成出任北平市都市计划委员会副主任。1949年9月30日，中国人民政治协商会议第一届全体会议通过在首都建立人民英雄纪念碑的决议。当天下午6点，毛泽东和出席会议的各单位首席代表一起，到天安门广场举行纪念碑奠基典礼，梁思成也参加了。10月1日，他作为特邀代表参加开国大典，见证了中华人民共和国的成立。之后，他又参与了中华人民共和国国徽的设计工作。1952年5月10日，首都人民英雄纪念碑兴建委员会正式成立，梁思成担任副主任，带领清华大学建筑系师生设计人民英雄纪念碑。他有一股书生气，在建筑形式上敢于坚持己见。彭真称赞他是一位心直口快的人。建筑形式上的争论，可以减少实际工作中的失误。

关于中央人民政府行政中心设在哪里的问题，苏联专家建议以天安门为中心，向四周逐步扩建。梁思成、陈占祥与苏联专家意见不同，在《关于中央人民政府行政中心区位置的建议》中，他们主张完整地保存北京，全部保存城区所有的房屋，要把旧城完全按照原貌保存下来，使它成为一个历史博物馆；建议北京新的行政中心建在月坛以西、公主坟以东这一带，以五棵松为中心建设一个新北京。

市委书记彭真看到这个建议后，派张文松等人就北京城区的房屋值不值得全部保存，新的行政中心设在月坛以西、公主坟以东这一带可不可行，进行实地调查。调查显示以五棵松为中心这一带西边是石景山钢铁厂、石景山发电厂、门头沟，南边是白云观、天宁寺和一片沙滩地，北边空闲地虽多但挨着城墙。且这一带地方狭小，远不够建设新北京用。另外，当时北京房屋共有2000万平方米，80%都在内城和外城，城区共有1600万平方米，城厢和农村有400万平方米。城区房子大体分三类：第一类是必须保存的古建筑，大约500万平方米；第二类是主要大街两侧可以保留的房子，约500万平方米；第三类是内城、外城四边年久失修、破烂不堪的房屋，没有保留价值，约600万平方米。[①]

苏联专家看到梁思成的建议后，1949年12月写出《对于北京市将来发展计划的意见》，主张以天安门广场作为新的行政中心。认为在月坛以西、公主坟以东另建新的行政中心，从建楼到城市设施，所需经费太大了，人力、物力、财力不够。北京市同意苏联专家建议。1950年2月初，党中央、毛泽东批准北京市以北京旧城为中心逐步改建、扩建的方针。

看到中华人民共和国建设取得举世瞩目的辉煌成就，国家发生翻天覆地的巨大变化，梁思成的思想也发生着深刻的变化：没有共产党就没有新中国，中国共产党不仅在政治上关心知识分子，而且为知识分子施展才华提供了广阔的用武之地。1956年1月14日，周恩来代表中共中央所做的《关于知识分子问题的报告》，充分肯定了爱国知识分子的地位和作用，在知识界引起强烈反响。梁思成反复学习了周总理的报告，决心跟上时代步伐，争取早日成为一个"红色的专家"。65岁的清华大学副校长刘仙洲和清华大学知名教授张维、张子高入党后，梁思成的女儿、中共党员梁再冰专门写信，鼓励和督促父亲争取早日加入中国共产党。[②]

---

① 马句、苏峰:《回忆彭真与梁思成的交往》,《中共党史研究》,2014年第7期 。

② 王成晴:《生命中的第二个青春——建筑学大师梁思成入党的故事》,《北京档案》,2016年第7期。

1956年2月6日，周总理收到梁思成的入党申请信后批示：梁思成要求入党的信即送主席。2月24日，毛主席批示：刘[1]、彭真阅。我觉得可以吸收梁思成入党。交北京市委酌处。

清华大学一些党员认为梁思成在建筑形式上犯过"大屋顶"[2]的错误，他的入党问题一度被搁置。为此，彭真专门找清华大学校长兼党委书记蒋南翔，召集市委和清华大学校党委几位书记开会讨论梁思成的入党问题，觉得梁思成对错误已经做了诚恳检讨，他写信给毛主席请求入党，毛主席批示可以吸收他入党。[3]1958年下半年，清华大学党委书记、校长蒋南翔要求清华大学建筑系党总支开展梁思成入党问题的审查工作。于是，基层党组织负责人找梁思成谈话，要他写一份自传。不巧，梁思成患病住进医院，自传拖延了一段时间才交上来。[4]

1959年初，梁思成入党问题经党组织讨论通过。1月8日，58岁的梁思成光荣加入中国共产党。3月，他发表文章坦露心声："我生命中的第二个青春开始了。"

【品读】

梁思成被世人熟知的，是有关北京城市规划建设方面的历史。但是他积极争取入党的故事，却有些被淡忘了。实际上，他的那份执着、那份激情、那份感伤，正是源于对祖国、对人民、刘党那份

---

① 刘即刘少奇。

② 1953年北京开始大规模建设，梁思成是分工管建筑形式的北京市都市计划委员会副主任，一些建筑盖成民族形式的大屋顶，增加了成本。他为此做了检讨并见报，毛主席看后说：人家都检讨了，就不要批了。

③ 马句、苏峰：《回忆彭真与梁思成的交往》，《中共党史研究》，2014年第7期。

④ 王成晴：《生命中的第二个青春——建筑学大师梁思成入党的故事》，《北京档案》，2016年第7期。

深沉的爱——"准备着把一切献给您，献给我们伟大的党和可爱的祖国"。

中国知识分子向来就有天下为公、担当道义的家国情怀，始终胸怀大局、心有大我，以天下为己任，以祖国和人民为旨归。2016年4月，习近平总书记在安徽合肥主持召开知识分子、劳动模范、青年代表座谈会并发表重要讲话，向广大知识分子发出为实现中华民族伟大复兴中国梦而奋斗的深情号召，"广大知识分子要充分发挥自身优势，勇于担当、敢于创新，服务社会、报效人民，不断提供重要的人才支撑、智力支撑、创新支撑"①。

---

① 习近平：《紧跟时代肩负使命锐意进取　为共同理想和目标团结奋斗》，《人民日报》，2016年4月30日第1版。

永久忠诚遵守党的一切

——京剧表演艺术家程砚秋^①给周总理的复信

1957年12月3日

1957年10月11日，京剧表演艺术家、"四大名旦"之一的程砚秋光荣加入中国共产党。在他的入党志愿书入党介绍人一栏中，介绍人周恩来、贺龙分别写了对介绍他入党的意见。11月13日，周总理特意给他写信加以说明。收到信后，12月3日，程砚秋给周总理复信如下。

程砚秋

您的珍贵指示和对于我的愿望，感到兴奋极了，想了多日，不知应用何语言来回答。您再三说三十年没有介绍人入党了。请放心吧，我永久忠诚遵守党的一切，有信心为人民工作，不会使您失望的。专此敬复

① 程砚秋（1904—1958）：北京人，1957年加入中国共产党。原名承麟，满族。1932年起更名砚秋，改字御霜。著名京剧艺术家，程派艺术创始人。1927年，与梅兰芳、荀慧生、尚小云被评为"四大名旦"。其代表剧目有《锁麟囊》《窦娥冤》《荒山泪》《春闺梦》等。

周恩来总理同志台鉴

程砚秋 谨启

1957.12.3[①]

【延伸阅读】

周总理、贺龙元帅介绍程砚秋入党

1949年春天的一个下午，报子胡同18号（今为西四北三条39号），程砚秋家来了六七个人，其中一位黑发浓眉领导模样的人问道："程先生在家吗？"徒弟王吟秋顺口答道："师傅不在家，出去了。"听了这话，领导模样的人对身边一位年轻人说："给他留个条吧。"年轻人打开黑色公事包，取出一张小纸条，这位领导俯在饭桌上，写了几句，交给王吟秋。

砚秋先生：特来拜访，值公出，不便留候，驾归为歉。

周恩来[②]

不多时，程砚秋从华宾园洗澡回来，看到便条责怪徒弟："你也是，怎么连茶都没招待招待？"王吟秋吞吞吐吐地解释道："我，我还以为他们是来借房子的呢！"听罢，程砚秋哈哈大笑。

当晚6点，程砚秋先去北京饭店参加周总理举行的宴会，之后又带上徒弟王吟秋，来到中南海怀仁堂演出《锁麟囊》。后台化装期间，周恩来、邓颖超又来看望他。这一天发生的事，让程砚秋非常感动。他看到了周总理的

---

① 程砚秋著，程永江整理：《程砚秋日记》，时代文艺出版社2010年版，第521页。

② 程砚秋著，程永江整理：《程砚秋日记》，时代文艺出版社2010年版，第577页。

平易近人，也从周总理身上，看到了共产党人的伟大。[1]

1956年11月，程砚秋随全国人大代表团出访苏联及东欧国家。第二年1月17日，在莫斯科见到周总理、贺龙元帅。周总理鼓励他申请入党，并表示愿意做他的介绍人，贺龙元帅也表示愿意做第二个介绍人。[2]

回国后，程砚秋向文化部戏曲研究院党支部提出了口头入党申

北京市西城区西四北三条39号程砚秋故居

请。1957年7月，向党组织提交了入党申请书。是年秋天的一个下午，邓颖超请程砚秋夫妇到中南海吃饭。晚上，周总理、贺龙元帅就他入党问题进行谈话。周总理问道："砚秋同志，你的入党申请书交上去了吗？你觉得自己有哪些进步？""入党申请书早已交了，进步我倒觉得有一些，但总扪心自问，我够一个共产党员的资格吗？"听了他的回答，周总理风趣地说："你自己说自己进步不行，得别人说你进步才行。"

周总理端起茶壶给程砚秋、贺龙倒茶后继续说："最近中国戏曲研究院党组织要讨论你的入党问题，我和贺龙同志作为你的入党介绍人，理应对

① 程砚秋著，程永江整理：《程砚秋日记》，时代文艺出版社2010年版，第578—581页。

② 程砚秋著，程永江整理：《程砚秋日记》，时代文艺出版社2010年版，第656页。

党、对你在政治上负责，应该找你谈谈。解放后这七八年你的进步是显著的，但是思想上的进步和提高没有止境。一个人加入共产党只是初步的，今后还要不断学习，不断改造，不断进步……"①

程砚秋认真听着周总理的话，频频点头。周总理接着说："自从1927年介绍贺龙入党后，30年来没有再介绍其他人入党。今天要和贺龙元帅一道，介绍你入党，为党增添了新的血液……"

为了积极向党组织靠拢，程砚秋把自己名下所有房产全部捐给国家，决心做个无产者。周总理托人带话给他："报子胡同18号房就不要送了，否则你一家没有住的地方。"程砚秋还三次去找贺龙元帅，但都没有见到，于是留了封信，加以说明。见到信，贺龙找周总理商量后，8月31日，给文化部副部长周扬写信，希望对程砚秋入党问题"予以研究为荷"。

1957年10月11日，程砚秋光荣地加入了中国共产党。在入党志愿书入党介绍人一栏中，周总理、贺龙元帅分别写下介绍意见。周总理这样写道：

八宝山革命公墓内程砚秋同志之墓

---

① 新国：《程砚秋：周恩来贺龙当入党介绍人》，《中华儿女》，2009年第7期。

砚秋同志：我在你的入党志愿书上，写了这样一段意见：

程砚秋同志在旧社会经过个人的奋斗，在艺术上获得相当高的成就，在政治上坚持民族气节，这都是难能可贵的。解放后，他接受党的领导，努力为人民服务，政治上积极要求进步，这就具备了入党的基本条件。他的入党申请，如得到党组织批准，今后对他的要求，就应该更加严格。我曾经对他说，在他被批准为预备党员期间，他应该努力学习，积极参加集体生活，力图与劳动群众相结合，好继续克服个人主义思想作风，并且热心传授和推广自己艺术上的成就，以便提高自己的阶级觉悟，发扬为劳动人民服务的精神。

现在把它抄送给你，作为我这个介绍人对你的认识和希望的表示。

周恩来

一九五七年十一月十三日^①

贺龙元帅的介绍意见是这样的：

砚秋同志：

我在你入党志愿书上提出了以下的意见：

程砚秋同志经历了几十年旧社会的生活磨练，具有较强的民族意识和正义感。解放后，在党的影响和教育下，拥护党的主张，接受党的领导，政治上积极要求进步。在党和国家各项重大运动中，能响应党的号召，积极参加社会活动，在艺术界起了相当大的作用。最近提出了加入共产党的申请，决心献于共产主义事业，这都证明了砚秋同志已具备了入党的条件。但是，在旧社会里生活很久的人，思想作风必不可免的会受到不少的影响，加入党之后，必须不断地改造自己，而党对砚秋同志在政治上、思想上的要求会更加严格。因此，要接受党的教育，积极参加党的组织生活，勇于掌握批评和自

---

① 《周恩来书信选集》，中央文献出版社1988年版，第538页。

永久忠诚遵守党的一切

我批评的武器，努力提高自己，并要深入群众深入实际，虚心学习，树立坚强的集体主义思想和群众观念，更好地为人民服务。

现在抄送给你，作为我对你的看法和希望。

贺龙

一九五七年十一月十六日①

入党后，程砚秋努力学习，积极工作，力图在京剧改革上有所创新。不幸的是，1958年3月9日，程砚秋因病逝世，享年54岁。经党组织批准，追认他为中国共产党正式党员。

【品读】

从八路军身上、从解放军身上、从周恩来身上，程砚秋逐渐认识了共产党人，认识到共产党这个组织的先锋队性质，他从京剧表演艺术家成长为一名中国共产党党员。

程砚秋的经历让我们更加深刻地认识到：艺术家除了要有好的专业素养之外，还要有高尚的人格修为，有"铁肩担道义"的社会责任感。正如习近平总书记所指出的：文艺工作者"要处理好义利关系，认真严肃地考虑作品的社会效果，讲品位，重艺德，为历史存正气，为世人弘美德，为自身留清名，努力以高尚的职业操守、良好的社会形象、文质兼美的优秀作品赢得人民喜爱和欢迎"②。

① 程砚秋著，程永江整理：《程砚秋日记》，时代文艺出版社2010年版，第653页。
② 习近平：《在文艺工作座谈会上的讲话》(2014年10月15日)，《人民日报》，2015年10月15日第2版。

把有限的生命，投入到无限的为人民服务之中去

——雷锋^①日记五则

1959年10月25日—1961年10月20日

1963年2月，毛主席为《中国青年》杂志"雷锋专辑"题词："向雷锋同志学习"。周总理的题词是："雷锋同志是劳动人民的好儿子，毛主席的好战士。"后来，应解放军报社请求，周总理再次为雷锋题词："向雷锋同志学习！憎爱分明的阶级立场，言行一致的革命精神，公而忘私的共产主义风格，奋不顾身的无产阶级斗志。"3月5日，《人民日报》发表了毛主席、周总理及其他党和国家领导人的题词。

雷锋

雷锋从1957年秋开始学着写日记，至1962年8月10日写下最后一篇日记，共写了120多篇。他的日记，处处闪耀着伟大共产主义精神的光辉。

---

① 雷锋（1940—1962）：湖南望城人，原名雷正兴，伟大的共产主义战士。1960年11月加入中国共产党。先后在湖南望城、鞍山钢铁公司工作。1960年参军，先后荣立二等功一次、三等功三次。1962年8月15日，在指挥战友乔安山倒车时，因车轮打滑碰倒电线杆伤其左太阳穴，不幸因公殉职，时年22岁。

一九五九年十月二十五日

青春啊！永远是美丽的，可是真正的青春，只属于这些永远力争上游的人，永远忘我劳动的人，永远谦虚的人。①

一九六〇年十二月八日

一个革命者，当他一进入革命的行列的时候，首先要确定坚定不移的革命人生观。树立这样的人生观，就必须注意培养自己的思想道德品质，处处为党的利益、为人民的利益着想，具有大公无私、舍己为人的风格，能够为党的利益、为集体的利益不惜牺牲自己的利益，否则就是个人主义者……②

一九六一年十月三日

人生总有一死，有的轻如鸿毛，有的却重如泰山。我觉得一个革命者活着就应该把毕生精力和整个生命为人类解放事业——共产主义全部献出。我活着，只有一个目的，就是做一个对人民有用的人。

当祖国和人民处在最危急的关头，我就挺身而出，不怕牺牲。生为人民生，死为人民死。③

一九六一年十月十九日

有些人说工作忙、没有时间学习。我认为问题不在工作忙，而在于你愿不愿意学习，会不会挤时间。

要学习的时间是有的，问题是我们善不善于挤，愿不愿意钻。

一块好好的木板，上面一个眼也没有，但钉子为什么能钉进去呢？这就是靠压力硬挤进去的，硬钻进去的。

---

① 总政治部编：《雷锋日记选》，八一出版社1989年版，第93—94页。

② 总政治部编：《雷锋日记选》，八一出版社1989年版，第46页。

③ 总政治部编：《雷锋日记选》，八一出版社1989年版，第104页。

由此看来，钉子有两个长处：一个是挤劲，一个是钻劲。我们在学习上，也要提倡这种"钉子"精神，善于挤和善于钻。[1]

一九六一年十月二十日

人的生命是有限的，可是，为人民服务是无限的，我要把有限的生命，投入到无限的为人民服务之中去……。[2]

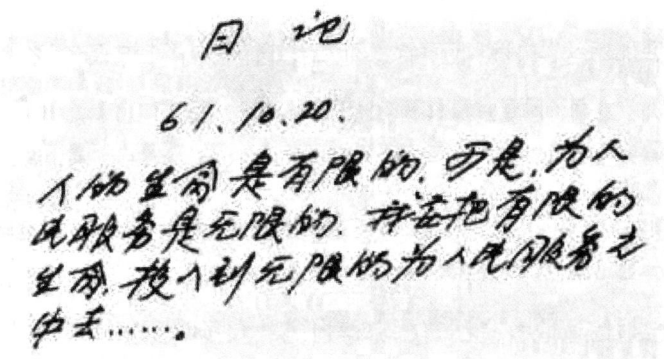

雷锋日记　手迹一则

【延伸阅读】

雷锋的手表和皮夹克

1958年11月，辽宁鞍山钢铁公司到湖南望城县招工，雷锋与长沙县来的易秀珍、杨必华、张月棋等临时组成第三小组。在互相介绍中得知，雷锋考试录取后，就请县委副书记赵阳城把自己的名字"雷正兴"改成了"雷锋"，意思是"要到鞍钢去打冲锋"。11月15日，他到鞍钢化工总厂洗煤车间当一名推土机手。

---

① 总政治部编：《雷锋日记选》，八一出版社1989年版，第55—56页。
② 总政治部编：《雷锋日记选》，八一出版社1989年版，第83页。

　　从长沙来的工友们，拉着雷锋到俱乐部跳舞，可他穿的却是褪色的蓝上衣、膝盖上打补丁的旧裤子、洗褪色的胶鞋，在舞厅里有点儿另类。一天，同乡工友实在憋不住了，劝他说："你一个人又没啥负担，一个月开30多块钱，生活费也就10到12块，还剩20多块钱，买一身像样的衣服吧，能穿的（得）时间长一点儿。"当时雷锋工资34.5元，还有保健费、加班费、带徒费等，加起来有50多元，当时算是挣得不少了。

　　1959年2月的一个星期天，雷锋和工友去鞍山市青年商店（又称寄卖商店），看见那里卖的旧货很便宜，他就给自己买了件棕褐色的"光荣"牌皮夹克、一块"小三针"手表和一个皮箱，合在一起才几十元钱。

　　后来很少见到雷锋穿皮夹克。原来他给湖南望城县委领导写信汇报思想和工作生活情况后，县委副书记赵阳城回信希望他"认真学习，努力工作，艰苦奋斗，永不忘本，把自己锻炼成一个具有共产主义觉悟的真正的工人……"这封信让他有些不安，觉得自己从农场刚到钢铁厂没几个月，还谈不上什么贡献，就讲究穿戴，有点儿忘本了。[①]

　　1960年雷锋入伍后，在排演一个叫"老刘的故事"的文艺节目时，有人提议去市文工团借衣服，他从皮箱里翻出皮夹克等交给导演。演出以后，他再也没动过这件皮夹克。

　　20世纪90年代，当雷锋的手表和皮夹克曝光后，有人不理解甚至非议。雷锋的确是艰苦朴素的模范，手表和皮夹克不仅无损他的形象，反而更让人觉得他是一个有血有肉、亲切感人的时代楷模。

---

① 吴志菲：《雷锋的红颜知己揭往事：他的皮夹克是怎么来的》，http://mil.sohu.com/20150129/n408162101.shtml。

党的十八大以来，中共中央总书记、国家主席、中央军委主席习近平就新时期如何学雷锋的问题，先后做过八次讲话。2013年3月6日，参加全国两会辽宁代表团审议时，他说雷锋、郭明义、罗阳身上所具有的"信念的能量、大爱的胸怀、忘我的精神、进取的锐气，正是我们民族精神的最好写照，他们都是我们'民族的脊梁'"。2014年3月11日，在出席十二届全国人大二次会议解放军代表团全体会议时，对某工兵团"雷锋连"指导员谢正谊说："雷锋精神是永恒的，是社会主义核心价值观的生动体现。"①

---

① 曾伟、张琪昭：《纪念"3.5"特稿：习近平总书记为何八次提出传承"雷锋精神"》，http://politics. people.com.cn/nl/2017/0305/c1001-29124568.html。

把有限的生命，投入到无限的为人民服务之中去

你从我手里继承的，只有党的事业

——兰考县委书记焦裕禄①对女儿焦守凤的临终遗嘱

1964年5月14日

焦裕禄

1964年5月，19岁的焦守凤去郑州看望病重的爸爸。焦裕禄知道自己不行了，对女儿谆谆教诲道：

梅：你从我手里继承的，只有党的事业，其它什么也没有，我留给你的，只有一套《毛泽东选集》。可是我身边的这一本，现在还不能给你，我还能活些时候，我还要看它几天。以后，你要好好学习毛主席著作，依靠它去工作、生活。要严格要求自己，以雷锋为榜样，争取入党，当一个红色的革命接班人。②

---

① 焦裕禄（1922—1964）：山东淄博人。1946年加入中国共产党。1950年，任河南尉氏县大营区委副书记兼区长；1953年，任共青团郑州地委第二书记；1956年底，任洛阳矿山机器厂车间主任、调度科长等职；1962年12月，调任兰考县县委第二书记、书记；1964年5月14日，因患肝癌病逝于郑州。时年42岁。1966年2月7日，《人民日报》发表长篇通讯《县委书记的榜样——焦裕禄》，全面介绍焦裕禄的感人事迹。

② 中国青年出版社编：《革命烈士书信》（续编），中国青年出版社1983年版，第292页。

干部十不准

焦裕禄到兰考工作后不久的一天，正上小学四年级的儿子焦国庆听见与县委一墙之隔的剧院锣鼓咚锵响，他想进去看戏又没钱买票，就在门口挤来挤去，检票员问他是谁，得知他是县委书记焦裕禄的儿子，就放他进去白看了一场戏。

焦裕禄得知儿子"看白戏"的原委后，第二天带着他去剧场认错，并补上两毛钱的戏票。这一去，焦裕禄又发现了新问题，原来剧场一直把前三排的座位空着不卖票，说是留给县里领导的，其中第三排最中间的位置就是留给他的。这让焦裕禄很吃惊，他主持召开县委扩大会议，举一反三，制定了《干部十不准》：

1.不准用国家的或集体的粮款或其它物资大吃大喝，请客送礼；

2.不准参加或带头搞封建迷信活动；

3.不准赌博；

4.不准用粮食做酒做糖，挥霍浪费；

5.不准拿生产队现有的粮款或向社员派粮派款，唱戏、演电影、办集会和其它娱乐活动，谁看戏谁拿钱，谁吃饭谁拿粮，一律不准向社会摊派；

6.业余剧团只能在本乡本队演出，不准到外地营业演出，更不准借春节演出为名大买服装道具，大肆铺张浪费；

7.各机关、学校、企事业单位的党员干部都要以身作则，勤俭过年，一律不得请客送礼，一律不准拿国家物资，到生产队提取国家统购统派物资，一律不准用公款组织晚会，一律不准送戏票，十排以前戏票不能光卖给机关或几个机关经常包完，一律不准到商业部门、合作社部门要特殊照顾；

你从我手里继承的，只有党的事业

233

河南兰考焦裕禄烈士墓

焦裕禄当年种下的梧桐树被人们
誉为"焦桐"

8.坚决反对利用职权贪污盗窃国家的或生产队的物资，坚决禁止利用封建迷信欺骗和剥削社员的破坏活动；

9.积极搞好集体的副业生产，增加收入，改善生活，反对弃农经商，反对投机倒把；

10.不准借春节之机，大办喜事（不是不准结婚），做寿吃喜，大放鞭炮，挥霍浪费。[①]

---

① 中共中央组织部编：《优秀领导干部先进事迹选编》，党建读物出版社2015年版，第25页。

《人民日报》1966年2月7日刊发的通讯：《县委书记的榜样——焦裕禄》

念奴娇·追思焦裕禄

13岁时，习近平第一次听到焦裕禄的名字和事迹，深受震撼。1990年7月15日深夜，担任福州市委书记的习近平感念焦裕禄，填《念奴娇·追思焦裕禄》：

中夜，读《人民呼唤焦裕禄》一文，是时霁月如银，文思萦系……

魂飞万里，盼归来，此水此山此地。百姓谁不爱好官？把泪焦桐成雨。生也沙丘，死也沙丘，父老生死系。暮雪朝霜，毋改英雄意气！

依然月明如昔，思君夜夜，肝胆长如洗。路漫漫其修远矣，两袖清风来去。为官一任，造福一方，遂了平生意。绿我涓滴，会它千顷澄碧。

习近平《念奴娇·追思焦裕禄》碑刻

　　县委书记的好榜样激励了一代又一代的中国共产党人，焦裕禄精神就是一盏指路明灯，习近平同志多次号召全党向焦裕禄学习。

　　2009年，时任国家副主席的习近平在兰考全县干部群众座谈会上，将焦裕禄精神概括为："亲民爱民、艰苦奋斗、科学求实、迎难而上、无私奉献。" 2014年3月，在调研指导兰考县党的群众路线教育实践活动时，习近平总书记指出：要特别学习弘扬焦裕禄同志"心中装着全体人民、唯独没有他自己"的公仆情怀，"凡事探求就里、吃别人嚼过的馍没味道"的求实作风，"敢教日月换新天""革命者要在困难面前逞英雄"的奋斗精神，"艰苦朴素、廉洁奉公""任何时候都不搞特殊化"的道德情操。像焦裕禄同志那样生命不息、奋斗不止，努力做焦裕禄式的好党员、好干部。①2015年1月，在同中央党校第一期县委书记研修班学员进行座谈时，习近平总书记强调：做县委书记就要做焦裕禄式的县委书记，始终做到心中有党、心中有民、心中有责、心中有戒。

---

① 《习近平在调研指导兰考县党的群众路线教育实践活动时强调大力学习弘扬焦裕禄精神继续推动教育实践活动取得成效》，《人民日报》，2014年3月19日第1版。

你从我手里继承的，只有党的事业

我当地委书记是为大家当的

——杨学明给杨善洲^①的挂号信

1970年8月5日

杨家老宅下雨漏得全家无处睡觉、无处烧火做饭。于是，杨学明给父亲杨善洲写了一封挂号信，和他商量修房子的事情，并恳请他回老家一趟。这封信虽然写的是琐事，但从另一个角度，映衬出杨善洲权为民所用、情为民所系、利为民所谋的共产党人情怀。

亲爱的爸爸，您好！

见字如面。

爹呀，儿是粗心大意的。现已来了两年，也没问过一下爹的，面也没有会过，爹实际做什么，在什么地方工作也不知道，这是儿不对的地方。

现在想和您谈一谈家上的生活情况。近来，全家都很好，生活也很愉快，但是还有很多的困难和您谈：家上的事多的（得）很，那间小牛圈就要□□②了，大房子〔后面〕的阴沟〔里的水〕已经刘家地面淌下来了，连那棵大李子树都汤（躺）到阴沟〔里〕来了，无论下大小雨，家里都全家〔到

---

① 杨善洲（1927—2010）：云南施甸人。1951年参加工作，1952年入党，曾任中共云南省保山地委书记。1988年退休后义务植树造林22年，建成面积5.6万亩、价值3亿元的林场，且将林场无偿上缴给国家。2010年10月10日因病逝世，享年83岁。荣膺2011年感动中国十大人物获奖者。

② □□：表示字迹不清。

处〕是水，晚上连睡都不敢睡，烧火处都没有；一下雨，两个妹妹就哭个不停。

亲爱的爸爸：儿就是要等着（您）来帮我们想办法、出主义（意），〔房子〕盖还是不盖。

本来在去年八九月间〔就〕已经砍好了，用了四十来个工，小料子□〔不够〕一点，〔但〕也〔差得〕不太多〔了〕。儿想要在今年八九〔月〕间把它我（出钱砍）够，要是今年不砍，第二年就空想了。因为在这个时候，你也想砍一间，我也想砍一

杨善洲（新华社提供）

间，所以，就把树儿砍天〔光〕了，第二年要是〔想〕再砍一间，就很不轻意（易）了。现在，家里、队里有树，出上几个工，弄上一点操心费就行了。儿这样想，主要还是靠爹的意见：爹说砍就砍，不砍就算了。

五月间，儿去摆马买了六千五百多张瓦，现在已经全部取到家了，共付了贰佰多元钱。在上月二十九□大叔家，〔我们把瓦〕已经〔从大叔家〕带（搬）出去到〔他家的〕老地基去了，两家双方同意，拿我们的自留地换下他们的地基；出了陆拾元钱买下他们的石脚，又在去年到大平地买了四丈多木板，又出了四拾多元钱。这样，一外（处）〔买〕一点，就把钱都花光了。和队里借了陆拾元，县里革委会五七干校那〔位叫〕杨国荣〔的同志〕到这里工作〔下乡〕，他来到了我家，合合（恰好）的是我的奶得病，□点到无处回来。他很关心我们，要（留）下了伍拾元钱和壹斤粮票。〔我们〕不要，他也不得（行）。七月十六日，您寄回来的陆拾元，儿也收到了。要（留）下十元，就又□出陆拾元，家里有□大困难。

爹呀：儿想，〔房子〕不盖不过（行）了，打算要盖家〔房子〕，今年

我当地委书记是为大家当的

239

冬上就要动手，但是，一来是经济困难，二来是粮食困难，三来是地基困难。盖在原来老地基，本来淌（塌）得历（厉）害；盖在别的地方，又不合实（适）。盖起来，又怕爹爹不同意。最好还是请爹爹帮想办法吧。

爹爹呀：再说，全家都〔盼〕望着您回来一次，不论大小事，都是父仔（子）清（亲）自商量好一点，我既做儿，也想和您会会面，自到您（家）根（跟）前，〔事实上〕儿不知您，您也不知儿，很难找到〔您〕，我的奶奶今年不知怎〔么了〕？常年爱〔生〕病，她几次叫我写信叫您回来一次，她眼睛（睛）瞪蓝——就是想见爸爸一小眼！

爹呀：我妈说，您已经走（出外）二十多年了，走的时后（候）小菊还没有出世，我妈东一嘴西一嘴地把她供大，现在她成人两年多了，孙女也长大了，您连上〔善〕信①都不问问。"二十来年，我领着她们，不有说过错话，也不有做过坏事，更不有给您聋子②，您为什么到姚关都不回来谈一谈？"

爹呀，儿寄信后，全家都是眼睛蓝英英（茵茵）地望着您回信和回来，请爹收信后一定〔要〕回来一次；在本月回来不成，一定给儿回信，工作在（再）繁在（再）忙，也不能商谈，一定要写〔信〕回来！祝父亲身体健康工〔作〕顺利！

此致
敬礼！

儿 杨学明③

〔19〕70年8月5日④

---

① 善信："问候家里好不好"的意思。

② 聋子："丢脸"的意思。

③ 杨学明：施甸县姚关镇雷打树村人，原姓李，1968年与杨善洲大女儿杨惠菊结婚，入赘杨家为婿，并改名为杨学明。

④ 根据影印件整理。

人民群众中的雪松

收到杨学明的信后，杨善洲回信给他出了一个"妙计"："我实在没有钱，房子漏雨，人难居住，也确实很困难，现将这30元钱寄回去，先买几个盆盆罐罐，哪里漏雨，先接一下漏下的雨水，或者是挪一下床铺，暂时躲避一下……"①

杨善洲20世纪50年代开始任施甸区委书记、施甸县委书记，1976年任地委书记，家人不知道他任过什么职务，只是常听老百姓讲"杨善洲是保山最大的官"。他的身上有许多传奇故事。

"家乡有个小石匠，参加土改入了党，头戴竹叶帽，身穿百姓装，穿着草鞋闹革命，开渠引水当龙王，一身泥一身汗，县官儿不当，当什么？当，当，庄稼汉。" 县委书记杨善洲一直保持着淳朴的农民本色，"心在人民原无论大事小事，利归天下何必争多得少得"，老百姓亲切地称他"草鞋书记"。

"家乡有个小石匠，做官儿做到太保山，不改故乡音，不改百姓装，田间地头到处忙，喜看农家谷满仓，一身汗一身脏，官儿不像，像什么？像，像，把家郎②。"保山地区土壤贫瘠、种植方式落后，农作物产量很低。杨善洲试验"三岔九垄"插秧法，亲自示范推广，不仅解决了老百姓的吃饭问题，保山还获得"滇西粮仓"美誉，人们称他为"粮书记"。

"家乡有个小石匠，清正廉洁心不贪，吃粗茶淡饭，住旧屋一间，不给家人占便宜，盖了新房住不起，偏说破窝能避寒，还说心甘，甘什么？甘，甘，作孺子牛。" 1988年，杨善洲在施甸县老马水库边盖了新房，结果欠

---

① 姜洁:《善载绿洲——追记云南省原保山地委书记、共产党员杨善洲》, http://politics.people.cn/GB/1026/13856825.html。

② 保山方言,指精打细算、会过日子的人。

下5万元钱外债。他东拼西凑，只凑到9600元钱。最后又把房子给卖了。杨善洲的钱哪去了？原来他的钱都给了困难户、生产队……老百姓肚皮饱了，钱袋子鼓了，可杨善洲却是保山有名的"穷书记"。①

"家乡有个小石匠，当官退休福不享，钻进山沟沟，窝棚避暑寒，荒山变绿洲，忠魂松作伴，不图名和利，两袖清风尘不染，图什么？图，图，造福一方。""共产党员不要躲在机关里做盆景，要到人民群众中去当雪松。"这是杨善洲在职时的一句口头禅，1988年退休后，他回到家乡施甸县城东南50多公里的不毛之地大亮山种树，把这句话变成了真实的风景，人们叫他"种树书记"。

"杨善洲，杨善洲，老牛拉车不回头，当官一场手空空，退休又钻山沟沟，二十多年住深山，呕心沥血办林场，创造资产超亿元，分文不取乐悠悠……"有人给他算账：整个林场约有1120万棵树，按每株30元的最低价算，总价值也有3亿多元！有人开玩笑说他是"施甸第一富翁"，叫他"富翁书记"。 2008年11月11日，82岁的他把大亮山林场经营管理权移交给施甸县林业局，分文不取。

"我当地委书记，是为大家当的。不是为我们杨家一家人当的！"一直到去世前，他都没给过家里多少钱。但是，他留下的"财富"，却令人享之不尽。②

---

① 《人民日报》1980年10月29日刊发报道——《他带头不搞特殊化——记保山地委书记杨善洲》；1982年10月，《中国青年报》在报道杨善洲先进事迹时，还配发短评《共产党里就有这样的好干部》。

② 姜洁：《善载绿洲——追记云南省原保山地委书记、共产党员杨善洲》，http://politics.people.com.cn/GB/1026/13856825.html。

1952年10月29日，杨善洲竖排、繁体、一笔一画工整地写下入党申请书，虽然有错别字，却字字真情流露，句句肺腑之言："要起带头作用和积极作用，放弃自己的利益，忠心地为人民服务到底，永远跟共产党和毛主席走。"这是贯串杨善洲60年革命生涯的座右铭。50年后，他读书笔记中写得最多的还是这句话："要牢记全心全意为人民服务的宗旨，始终不渝地为最广大的人民谋利益。"

胡锦涛同志用"一辈子忠于党的事业，一辈子全心全意为群众谋利益"形容他的执着和坚守^①；习近平同志把杨善洲精神内涵概括为"四观"，"以正确的世界观立身，以正确的权力观用权，以正确的事业观干事，以正确的群众观做人"^②。

杨善洲是党员干部的楷模，是中华民族精神谱系中一个高峰，他的身上闪耀着公仆本色——绿了荒山，白了头发，志在造福百姓；老骥伏枥，意气风发，他心向未来。清廉，自上任时起；奉献，直到最后一天。60年里的一切作为，就是为了不辜负人民的期望。^③

① 中共云南省委深入开展创先争优活动领导小组办公室编：《党员干部楷模杨善洲》，云南出版集团公司、云南人民出版社2011年版，第1页。

② 中共云南省委深入开展创先争优活动领导小组办公室编：《党员干部楷模杨善洲》，云南出版集团公司、云南人民出版社2011年版，第4—6页。

③ 中央电视台2011年感动中国十大人物获奖者杨善洲的颁奖词。

不负党员名

——数学家华罗庚①的《破阵子——奉答邓大姐》

1980年1月1日

1979年6月13日，70岁的中国科学院副院长华罗庚，实现了他21年的夙愿，加入了中国共产党。1980年元旦，全国人大常委会副委员长邓颖超以"老同志，新党员"的题词勉励华罗庚。华罗庚以一首《破阵子——奉答邓大姐》表示感谢。

华罗庚

破阵子——奉答邓大姐

五十年来心愿，

三万里外佳音。

沧海不捐一滴水，

烘炉陶冶沙成金，

---

① 华罗庚（1910—1985）：江苏金坛人。著名数学家，1979年加入中国共产党。先后任西南联合大学教授、美国伊利诺伊大学终身教授、清华大学教授及中国科技大学副校长、中国科学院数学研究所所长、中国科学院副院长等职；第一至第五届全国人大常务委员会委员，第六届全国政协副主席。1985年6月12日逝世，终年74岁。

四化作尖兵。

老同志，深愧怍，

新党员，幸勉称。

横刀哪顾头颜白，

跃马紧傍青壮人，

不负党员名。[①]

【延伸阅读】

老同志　新党员

华罗庚出生时，开小杂货铺的父亲按当地风俗，把他放进一个箩筐里，以期辟邪平安，并为他取名"华罗庚"，寓意"百岁同庚"。初中毕业后，没钱上高中，他只好考入上海中华职业学校，最后还是中途辍学，回家帮助父亲经营小杂货铺。1929年，只有初中学历的华罗庚，当上了金坛县立中学的数学老师。就在这年，上海《科学》杂志15卷第2期刊发了他的数学论文——《苏家驹之代数的五次方程式解法不能成立之理由》。清华大学数学系主任熊庆来看到后，1931年请他到清华大学数学系任月薪40块大洋的助理员。从此，华罗庚遨游在数学研究的世界。

1936年华罗庚前往英国剑桥大学留学，为了多学多研究，他选择当访问学者，而不是读博士学位。两年中发表18篇论义，其中《论高斯的完整三角和估计问题》被誉为"华氏定理"。但他没有博士学位，学历依然是初中。全民族抗战爆发后，他谢绝苏联科学院的邀请，回国任西南联合大学数学教授。1946年9月，华罗庚前往美国普林斯顿大学讲学，两年后被美国伊利诺伊

---

① 谢春涛主编：《入党：40个人的信仰选择》，四川人民出版社2016年版，第267页。

大学聘为终身教授，家属随同到美国定居，洋房汽车一应俱全，生活十分优裕。

中华人民共和国的诞生，牵动着华罗庚的心。他毅然放弃在美国的优裕生活，从旧金山出发，绕道巴拿马运河、欧洲、地中海、印度洋，1950年2月抵达香港。新华社向全世界播发了他的《致中国全体留美学生的公开信》："朋友们：道别，我先诸位回去了……朋友们！'梁园虽好，非久居之乡'，归去来兮！但也许有朋友说：'我年纪还轻，不妨在此稍待。'但我说：'这也不必。'朋友们，我们都在有为之年，如果我们迟早要回去，何不早回去，把我们的精力都用之于有用之所呢？总之，为了抉择真理，我们应当回去；为了国家民族，我们应当回去；为了为人民服务，我们也应当回去；就是为了个人出路，也应当早日回去，建立我们工作的基础，为我们伟大祖国的建设和发展而奋斗！朋友们！语重心长，今年在我们首都北京见面吧！"3月16日，华罗庚全家抵达北京，住进了清华园。不久，他出任清华大学数学系主任。

华罗庚对共产党很向往，回国后他一直有早日入党的愿望。1958年6月，他在中国科学院数学研究所全体员工大会上表示，要"坚决和党一条心"，立志以共产党员的标准要求自己，争取加入伟大的中国共产党。这是他第一次表态要加入中国共产党。1963年，他向党组织递交了第一份入党申请书。1964年，已调任中国科技大学副校长兼应用数学系主任的华罗庚，向党组织递交了第二份入党申请书。1967年，他第三次向党组织提出入党申请。由于当时特殊的历史条件，华罗庚的入党申请犹如"石沉大海"一般。

尽管历经挫折，但华罗庚入党的追求却坚定不移。1978年3月，华罗庚被任命为中国科学院副院长。第二年3月，在应邀赴欧洲讲学前，他第四次递交了入党申请书。他写道："决心下定，活一天就为党工作一天，活一小时就为党工作一小时。对党、对人民、对祖国起些微薄的作用。"1979年6月13日，在英国讲学的华罗庚终于收到了被批准入党的通知，他兴奋得彻夜难眠。这一年，他70岁。

欧洲归来，帮助开发两淮煤矿的重任落到华罗庚的肩上。在两个月内，带领7个学生和20多位专家，先后两次赴两淮煤矿调研。1982年8月，他又三下淮南，到生产第一线去办"坑口学习班"，帮助两淮煤矿培训人才。紧张的工作，使他犯了心肌梗塞病。1985年6月12日，华罗庚应邀到日本东京大学做学术报告。原定45分钟的报告，在经久不息的掌声中延长到一个多小时。当他结束讲话时，突然心脏病发作，倒在讲台上。

"最大的希望就是工作到生命的最后一刻"。这正是华罗庚这位"老同志，新党员"初心的最好诠释。

【品读】

作为世界知名的数学家，如果从"小我"的角度看，已经是功成名就了。但是，从舍弃美国优厚待遇毅然归国，到四次递交入党申请，70岁光荣入党，华罗庚追求的是一个"大我"世界，他的身上洋溢着一种"忘我"精神，"不负党员名"。

中国的知识分子自古有"为天地立心，为生民立命，为往圣继绝学，为万世开太平"的传统理想抱负，有"舍生取义"的慷慨与胆气，这种"义"即为"公义"，也即是古人推崇的"大道"。在传承民族优秀文化的基础上，习近平总书记指出的："天下为公、担当道义，是广大知识分子应有的情怀。广大知识分子要坚持国家至上、民族至上、人民至上，始终胸怀大局、心有大我；坚守正道、追求真理，立足我国国情，放眼观察世界，不妄自菲薄，不人云亦云；实事求是、客观公允，重实情、看本质、建真言，多为推进党和人民事业献计出力。"[1]

---

① 习近平：《紧跟时代肩负使命锐意进取　为共同理想和目标团结奋斗》，《人民日报》，2016年4月30日第1版。

愿做一朵浪花奔腾，
加入献身者的滚滚洪流中

——著名地球物理学家黄大年[1]的入党志愿书（节录）

1988年

黄大年（新华社提供）

吉林大学档案馆馆藏着一份黄大年的入党申请书，至今读起来仍让人感慨万千。

人的生命相对历史的长河不过是短暂的一现，随波逐流只能是枉自一生，若能做一朵小小的浪花奔腾，呼啸加入献身者的滚滚洪流中推动人类历史向前发展，我觉得这才是一生中最值得骄傲和自豪的事情。[2]

---

[1] 黄大年（1958—2017）：广西南宁人，国家"千人计划"特聘专家（第二批）。1988年加入中国共产党。曾任吉林大学地球探测科学与技术学院教授、博导，长期从事海洋和航空移动平台探测技术研究工作，探测地下油气和矿产资源以及地下和水下军事目标。2017年1月8日，因病与世长辞，享年59岁。习近平同志对其先进事迹做出重要指示，教育部追授其"全国优秀教师"荣誉称号，中宣部追授其"时代楷模"荣誉称号，中共中央追授其为"全国优秀共产党员"。2018年3月1日，荣膺2017年度感动中国十大人物。

[2] 吴晶、陈聪、周立权等：《生命，为祖国澎湃——追记海归战略科学家黄大年》，http://www.xinhuanet.com/photo/2017–05/17/c-1120987560.htm。

心有大我　至诚报国

作别康河的水草，归来做祖国的栋梁。天妒英才，你就在这七年中争分夺秒。透支自己，也要让人生发光。地质宫五楼的灯，源自前辈们的薪传，永不熄灭。

1977年，黄大年考入长春地质学院（现在吉林大学朝阳校区）应用地球物理系，硕士毕业后留校任教。在当年的毕业纪念册上，他写道："振兴中华，乃我辈之责！"1992年，他被公派到英国攻读博士，并从事地球物理研究工作。1996年，他在英国获得地球物理学博士学位，随后在剑桥ARKeX航空地球物理公司任高级研究员12年，成为这个领域研究高科技敏感技术的少数华人之一。

2009年4月，当得知国家"海外高层次人才引进计划"（简称"千人计划"）时，他第一时间给母校打电话，明确表示要回国。他用最短的时间辞职，卖掉剑桥大学旁边的花园别墅和妻子张艳经营的两家诊所，办好回国手续，回到母校吉林大学，成为东北地区第一批"千人计划"专家之一。"我觉得对我来说很简单，因为简单的根源就是情结问题，惦记着养育我成长的这片土地。我们国家从一个大国向一个强国迈进过程中，它需要很多很多像我这样的人，回来参与建设。"他如是说。

"心有大我"，使他的行止有了山的巍峨；"至诚报国"，使他的胸怀有了海的辽阔。回到祖国后，黄大年组建并担任吉林大学暨吉林省"移动平台探测技术研发中心"重点实验室主任，扛起国家"863计划"多个领域的大旗。

黄大年干起工作来是不要命的"拼命黄郎"，像"陀螺"一样不忍浪费每一分钟。曾经因为一次会议有人迟到，愤怒的他当场摔了手机。他坦言：

"我有时很急躁，我无法忍受有人对研究进度随意拖拉。我担心这样搞下去，中国会赶不上！"他的日程表上总是密密麻麻，每一年都会有130多天时间在出差，剩下时间就一心扑在科研一线。"每天晚上两三点睡，没有周末，没有周日。一天休息5个小时，有时只休息3个小时。中午打个盹儿，十几分钟不到半小时，有时周末能补半天觉。"他向人讲述自己的作息。

黄大年竭尽全力用战略视野为祖国培养"科研后备军"。哪怕在病危期间，也会把自己的学生叫到医院，解决攻坚道路上的难题。到2017年，他为国家留下了满满的"宝藏"：带领400多名科学家创造了多项"中国第一"，填补了我国"巡天探地潜海"领域技术空白，中国正式进入"深地时代"。

几年前，他开始出现昏倒情况，还时不时有原因不明的腹部疼痛。到后来，他就在包里放上一瓶速效救心丸。2016年11月28日深夜，他参加第七届教育部科技委地学与资源学部年度工作会，在北京飞往成都的航班上晕倒了两次，但他手里还死死攥着笔记本电脑。他醒后说的第一句话是，"我要是不行了，请把我的电脑交给国家，里面的研究资料很重要。"12月8日，他住进吉林大学第一医院。12月14日，患胆管癌的黄大年被推上了手术台。

2017年1月2日，黄大年身体健康迅速恶化，发烧、咳嗽接踵而至。1月4日晚，内脏开始出现大出血，肝脏出现衰竭，他失去了意识。而此时，黄大年的女儿黄潇在英国为他生下了外孙春伦。"哥！哥！你快醒醒，潇潇生了，是个男孩……"妹妹黄玲拿着手机，冲到黄大年眼前，但他已没了反应。1月8日，黄大年永远地闭上了眼睛。

轻轻地他走了，正如他轻轻地来；他至诚报国的身影，作别天边的云彩。

黄大年秉持科技报国理想，把为祖国富强、民族振兴、人民幸福贡献力量作为毕生追求，为我国教育科研事业做出了突出贡献，他的先进事迹感人肺腑。

正如习近平总书记指出的："我们要以黄大年同志为榜样，学习他心有大我、至诚报国的爱国情怀，学习他教书育人、敢为人先的敬业精神，学习他淡泊名利、甘于奉献的高尚情操，把爱国之情、报国之志融入祖国改革发展的伟大事业之中、融入人民创造历史的伟大奋斗之中，从自己做起，从本职岗位做起，为实现'两个一百年'奋斗目标、实现中华民族伟大复兴的中国梦贡献智慧和力量。"①

愿做一朵浪花奔腾，加入献身者的滚滚洪流中

---

① 《习近平对黄大年同志先进事迹作出重要指示》，《人民日报》，2017年5月26日第1版。

记得自己是党的女儿，是人民的女儿，是全国老百姓的女儿

——著名爱国将领冯玉祥之女冯理达①日记一则

2004年11月23日

冯理达（新华社提供）

11月23日，是冯理达80虚岁的生日。她这天的日记并不长，但却提醒自己——要记得自己是党的女儿，是人民的女儿，是全国老百姓的女儿。

2004年11月23日　星期二

今天实足年龄已整整79岁了，虚岁80岁了。过得真快，只有努力工作，才能不辜负爸爸、妈妈、亲人、朋友、同志的希望、期望和愿望。当然更要记得自己是党的女儿，是人民的女儿，是全国老百姓的女儿。②

---

① 冯理达（1925—2008）：安徽巢湖人，1975年加入中国共产党。中国人民解放军海军总医院原副院长、著名免疫学专家。1946年就读于美国加利福尼亚大学生物学系，1948年回国，1949年派往列宁格勒医学院攻读免疫学，1959年回国工作，1973年调入中国人民解放军海军总医院工作。1991年被国务院、中央军委批准为"有突出贡献的早期归国定居专家"。2008年2月8日因病去世，享年83岁。

② 《一颗向党心　满纸是责任——冯理达日记摘录》，《人民日报》，2008年7月5日第7版。

信仰之树常青

她的身世显赫——父亲是著名爱国将领冯玉祥，母亲是新中国第一任卫生部长李德全女士；她的求学经历很显赫——美国加利福尼亚大学生物学系、苏联列宁格勒医学院免疫学系，获副博士学位；她的地位很显赫——著名免疫学家、中国人民解放军海军总医院（以下简称"海军总医院"）原副院长、全国政协第八届常委等；她的成就很显赫——8部学术专著、60余篇学术论文、1000多场健康讲座。不过，这些均鲜为人知，真正让她名扬华夏的，是"全国优秀共产党员"的称号。

"少小即怀报国志，毕生几曾敢息肩。"1948年9月1日，"胜利"号轮船在黑海突然失火，父亲冯玉祥和小妹妹不幸遇难。母亲带着冯理达及其弟妹回国。"黑海事件"的生离死别，成为冯理达一生永远的痛，也成为她的人生新起点。回国后，她越来越坚信：只有共产党，才能救中国。[①]

1949年，在列宁格勒医学院攻读免疫学的冯理达，向中国驻苏大使王稼祥递交了第一份入党申请书。1951年回国探亲，冯理达等受到毛主席接见。她再次递交入党申请书。但由于留学生党支部没有发展党员的任务，她的愿望没能实现。

"文化大革命"期间，冯理达一家受到冲击，但重重磨难丝毫没有动摇她对党的信仰。1973年，到中国人民解放军海军总医院工作的第一年，她就先后5次递交入党申请书，每个月主动向党支部汇报思想。有人问她这么大年纪为什么还要入党，入党又图什么。她袒露心声："当年父亲追随共产党，与国民党彻底决裂，为此还献出了生命。1958年，母亲在62岁高龄时加

---

① 白剑峰：《浪花的追求是大海》，《抗日名将冯玉祥之女冯理达：60年的坚定追求》，学习出版社2008年版，第5—23页。

入中国共产党。永远跟党走是我坚定的人生信仰。"

1975年12月23日，一个普通而又平常的日子，对冯理达而言却是一生中最难忘的一天。从这一天起，她终于正式成为一名光荣的中国共产党党员了。她在当天的日记中写道："生我者是母亲，育我者是党，做了党的人，就要为党的事业奉献自己的一生。"

在冯理达的75本日记中，出现次数最多的是"感谢党、感谢人民"和"为党增光添彩"。2005年，母亲诞生109年纪念日，她写道："亲爱的妈妈，您的女儿理达每日都在想念着您，努力做一个你们希望中的女儿，将一切献给党、献给祖国、献给人民。"2007年7月1日，她写道："作为一名党员，我要永不忘党的教导，一辈子为人民服务。"

熟悉冯理达的人都知道，每次党的全国代表大会后，她都会用毛笔正楷恭录修订后的党章全文，送给医院领导和身边党员。从党的十四大到十七大，她一直坚持这么做。当有人问她为什么要抄党章时，她的回答很直白："读八遍不如抄一遍。一个党员选择什么？应该追求什么？答案都在党章里。"①

《人民日报》2008年7月5日刊发的冯理达日记摘录。

---

① 陈万军、王玉山：《用生命诠释信仰——追记优秀共产党员、海军总医院原副院长冯理达》，《抗日名将冯玉祥之女冯理达：60年的坚定追求》，学习出版社2008年版，第26—37页。

学党章、抄党章，重要的是践行党章。2006年过生日，儿子拉着冯理达到商店购买生日礼物，她却让儿子买4000支圆珠笔，当天就寄给西北贫困地区的希望小学。临终前，她嘱咐儿子代交了1万元党费，而她工资卡上仅剩下85.46元。她一生捐献的钱物，价值超过300万元。

"把一生都献给党。"冯理达一生获得无数荣誉和证书，但她最看重的，是15次被评为优秀共产党员和优秀党支部书记。

【品读】

信仰是人的精神支柱，也是人的前进灯塔。人生有了信仰，生命之树才会常青。"向往共产党、追求共产党是我人生意义的全部。能为党工作就是我最大的幸福。"

"热爱祖国忠于党丹心一片，坚定信念践于行堪称楷模。"冯理达用爱党、爱国、爱军、爱民的实际行动，谱写了一曲激昂的信仰之歌，树立起一座共产党人的丰碑。广大共产党员当以冯理达为榜样，坚定信仰，开拓创新，为祖国谋发展，为人民谋利益，让生命之树更美丽！

记得自己是党的女儿，是人民的女儿，是全国老百姓的女儿

人在小岗，心系发展，情为民用

——小岗村第一书记沈浩①日记三则

2005年和2007年

沈浩

2009年11月6日，安徽小岗村党支部第一书记沈浩因心脏病突发，逝世于小岗村，时年45岁。妻子王晓勤在回忆丈夫的时候说道："你走了，走得那样突然，除了二十九本日记，没留下一句话。今天，当我再次整理你日记的时候，我哽咽着翻看那熟悉的笔迹，回忆着过往的点点滴滴，滚烫的泪水又滑落下来。"

---

① 沈浩（1964—2009）：安徽萧县人。1986年7月，加入中国共产党。2004年，选派到凤阳县任小溪河镇党委副书记、小岗村党支部第一书记、村委会主任等职。先后获全国农村基层干部"十大新闻人物"、全国百名优秀村官、感动中国2009年度人物、全国敬业奉献模范等荣誉。

2005年6月某日

吾不争气愧对党[1]

作为小岗村的第一书记，既感动，又沉重。感动的是，没想到书记整日忙碌，心挂小岗，对小岗怀有如此厚情；沉重的是，小岗的现状，尤其是班子，要不辜负领导的期望，把小岗村早日发展起来，谈何容易！！！

葡萄虽轻送省委，

书记设宴亲自陪；

谆谆教导寄希望，

吾不争气愧对党！[2]

2007年6月23日

人在小岗，心系发展，情为民用[3]

人是有思想有感情的动物，但用情一定要把握好，控制好，这也是一个人成熟的表现，切不可一时冲动，甚或滥用情，为情所累，为情所困，为情所苦，更乃为情所毁。

人在小岗，心系发展，情为民用，这是必须要牢记和用行动实践的。在今后的日子里，仍需保持积极的心态，热情投入工作中的每一小时，每一件事情。[4]

---

① 题目为本书编著者所加。

② 沈浩著，王晓勤整理：《沈浩日记》，科学出版社2010年版，第142页。

③ 题目为本书编著者所加。

④ 沈浩著，王晓勤整理：《沈浩日记》，科学出版社2010年版，第191页。

2007年5月24日

特别是要慎独①

今天是星期三，能静下心来思考一下，这是非常难得的。

小岗村是个"名"村，较为敏感，要始终保持清醒的头脑，言行举止都要自觉约束，大到工作接待，小的（到）生活小事，特别是要慎独，稍有不慎就会劳苦白费。但也不能做老好人。随着建设的加快，各种矛盾都会暴露，绝不可回避矛盾。总之，要积极、宽容、正派、廉洁。做到这些就可能少犯或不犯错误。②

【延伸阅读】

爸爸，我想对你说……
沈浩女儿沈王一给爸爸的信（节录）

亲爱的爸爸：

我是你的心肝宝贝汪汪。快过年了，汪汪想爸爸了。

……

爸爸，你离开奶奶、妈妈和汪汪已经整整三个月了。汪汪把你的名片一直放在学校饭卡的胸牌里，捂在心口，想你了，就掏出来看。名片背面，是小岗村的牌楼和地图。果真，牌楼入了我的梦。

……

整整六年前，也是早春二月，你踏上了小岗的土地，陪你的是汪汪送你的新相框，不到10岁的我以为你是去当"大官"了，欢喜地在相片背面歪歪扭扭地写上那几行字："我爱你爸爸，祝你身体健康，万事如意，还有，别

---

① 题目为本书编著所加。

② 沈浩著，王晓勤整理：《沈浩日记》，科学出版社2010年版，第219页。

做贪官。"不知道你一直把汪汪的相片放在桌前陪伴，但知道你很听汪汪的话，做了一个好官。

……

爸爸，你走后，汪汪读了你的事迹报道，读了你写的日记，才知道你不只是我的爸爸，不只属于汪汪，不只属于奶奶、妈妈和我们这个家。爸爸是党的人，属于小岗村，属于农民叔叔伯伯。

……

爸爸，如今家里吃饭，妈妈和汪汪总是先盛一碗给你，然后一勺一勺地替你吃了，像是你吃完的；家里的最后一道门，还在为你留着，等你随时回家，爸爸！

爸爸，今年过年，汪汪不能陪你了，你要好好过啊。你要老想着你的小狗狗汪汪。如果真有来世，在茫茫人海中，我们还做父女，汪汪还是你的乖女儿……

永远爱你的汪汪　沈王一

2010年2月6日[①]

【品读】

"两任村官，六载离家，总是和农民面对面，肩并肩。他走得匆忙，放不下村里道路工厂和农田，对不住家中娇妻幼女高堂。那一年，村民按下红手印，改变乡村的命运；如今，他们再次伸出手指，鲜红手印，颗颗都是他的碑文。"[②]

---

① 沈浩著，王晓勤整理：《沈浩日记》，科学出版社2010年版，第234—238页。

② 2009感动中国十大人物——"践行信念好村官"沈浩的颁奖词。

人在小岗，心系发展，情为民用

沈浩是时代精神的旗帜，先进典型的标杆，是当代共产党人精神风貌的优秀代表，是真心诚意为人民谋利益的基层干部的杰出楷模。他是党员干部的一面镜子，所有党员干部都应该和他对照，想一想，应该怎样对待群众？怎样对待组织？怎样对待责任？怎样对待人生？

人生应有理想、有追求、有希望

——甘祖昌①将军的妻子龚全珍②日记一则（节录）

2012年1月1日

1966年以来，龚全珍记了40余本、10多万字的日记，字里行间体现着她的心路历程、精神世界。每日尽管数语寥寥，但字里行间流露出一个共产党员不忘初心、艰苦奋斗、矢志为民的精神情怀。

2012年1月1日　多云

……看《励志美文》，首篇就是讲人生应有理想、有追求、有希望。我过去有，而且在少年、中年不断激励我前进。老年后，特别是祖昌去世后淡忘了追求、希望，特别是近年来有等待回归自然的想法，所以暮气沉沉，不符合共产党员的要求，感到惭愧。一个共产党员要为共产主义事业奋斗终生，怎能没希望、没追求呢？应彻底清除年老万事休的思想，要严格要求自

---

① 甘祖昌（1905—1986）：江西莲花人。1927年加入中国共产党，1928年参加中国工农红军。1955年被授予少将军衔，1957年回家乡莲花县坊楼乡沿背村务农，被称为"将军农民"。1986年3月23日因病逝世，终年81岁。

② 龚全珍（1923—）：山东烟台人。1949年加入中国共产党。1957年8月，随丈夫甘祖昌回到江西省莲花县，一直从事乡村教师工作。离休后，开办"龚全珍工作室"，服务社区、群众。2013年，获第四届全国道德模范称号；2014年，获2013年度感动中国十大人物；2016年，龚全珍家庭被评为第一届全国文明家庭。

己，不断奋发图强，要走出家门联系群众，为党的事业做点滴工作。[①]

圣洁的并蒂莲

1957年8月，江西省莲花县坊楼乡沿背村出了一件让人意想不到的事情——1927年参加革命、阔别家乡30年、官至新疆军区后勤部部长、少将的甘祖昌，带领妻子龚全珍等一家老小12口人，从新疆回来当农民了。这是怎么一回事呢？

1951年，甘祖昌乘坐的吉普车从一座被敌特分子锯断的木桥上栽下，致使他脑部残留大块瘀血，落下严重的脑震荡后遗症。稍一用脑子，就会头晕头痛，甚至昏倒，使他难以坚持领导工作。苏联医生劝他好好疗养，争取活过60岁；上级首长建议他到条件较好的地方休养。但他三次向组织申请回老家务农："我自从受伤后，脑震荡后遗症时常发作，已经不适合担当领导职务，请求回江西老家当农民，望组织批准。"他的第三次申请终于被上级批准了。

回乡初期，甘祖昌和两个弟弟三家人同住一栋旧房子，住房很紧张，民政部门几次要为他在县城盖房，都被他婉言谢绝。后来人口增多，老房子实在挤不下了，他才自己花钱在村里盖了一栋普通农舍。

龚全珍与甘祖昌将军早年合影（新华社提供）

① 陈艳伟：《读日记　见信仰　品情怀》，http://jndsb.jxnews.com.cn/system/ 2013/05/30/012444 421.shtml。

他还给自己立下规定：不吃超过一元钱一斤的食物，不穿超过一元钱一尺布的衣服，每件衣服至少穿10年。他每月工资330多元，回乡29年来，据乡村政府有据可查的，支援家乡建设献出85783元左右，占他工资总额70%以上。

龚全珍从西北大学教育系毕业后，来到新疆军区八一子弟学校当了一名老师。1953年龚全珍与甘祖昌结婚。随丈夫回到老家后，她一直从事乡村教师工作。

甘祖昌和乡亲们一起，用辛勤的汗水修起了3座水库、25公里长的渠道、4座水电站、3条公路、12座桥梁。1975年4月18日，《人民日报》以"万里征途不歇脚——记红军老战士、共产党员甘祖昌"为题，对甘祖昌先进事迹进行了报道。1977年，该文选入江西省初中《语文》课本。常年劳累，甘祖昌住进了莲花县医院。1986年3月23日，甘祖昌病情恶化，他还向老伴龚全珍交代说："下次领工资，再拿些钱买化肥，送给贫困户。"

丈夫去世后，龚全珍传承将军精神，开展革命传统和理想信念教育，关心贫困孩子、孤寡老人和困难群众。30年来，没有人记得她去了多少地方、做了多少报告，但大家都记得，她从不要一分钱报酬，还自带馒头或面包，就着白开水当午饭。2011年，琴亭镇金城社区开办"龚全珍工作室"，她又受邀担任辅导员。有人问她这是图个啥，她回答道："不图啥！人民用小车推出了新中国，我们没有理由不为群众的幸福富裕贡献一点儿微薄之力。"

2013年9月，龚全珍获得第四届全国道德模范称号。9月26日，中共中央总书记、国家主席、中央军委主席习近平在会见第四届全国道德模范及提名奖获得者时说："刚刚看到的这位老阿姨，就是我们的老将军甘祖昌的夫人龚全珍。她今年90多岁了，我看到她以后，我心里就一阵一阵地感动。甘祖昌将军是我们的开国将军，江西的老红军，建国以后他当了将军，但是他回家当农民。我当小学生时候就有这篇课文，在语文课里，就是《将军当农民》，我们深受影响至今……"[①]2014年2月，龚全珍又荣获2013年度感动中国十大人物。

---

① 《中国"老阿姨"诞生记——萍乡推出全国重大典型龚全珍的成功实践及启示》，http://jx.people.com.cn/n/2014/1023/c360836-22699067.html。

【品读】

　　"少年时寻见光，青年时遇见爱，暮年到来的时候，你的心依然辽阔。一生追随革命、爱情和信仰，辗转于战场、田野、课堂。跨越万水千山，脚步总是坚定，而爱越发宽广。人民的敬意，是你一生最美的勋章。"①

　　一个家庭，两代楷模。甘祖昌、龚全珍铸就了"淡泊名利、艰苦奋斗，一生为党、一心为民"的革命传统精神，他们的身上洋溢着信仰的力量、精神的力量，彰显着共产党人伟大的品格和高尚的情怀。正如习近平总书记所指出的，我们"就是要把这样一种革命传统精神弘扬下去，不仅我们这一代要传承，我们的下一代，也要一代一代地传承下去"②。

---

① 2013年度感动中国十大人物龚全珍的颁奖词。

② 《中国"老阿姨"诞生记——萍乡推出全国重大典型龚全珍的成功实践及启示》，http://jx.people.com.cn/n/2014/1023/c360836-22699067.html。